张轶辙　崔晓晶　编著

茶文学十五讲

万卷出版有限责任公司
VOLUMES PUBLISHING COMPANY

图书在版编目（CIP）数据

茶文学十五讲 / 张轶甡，崔晓晶编著. -- 沈阳：
万卷出版有限责任公司，2025.8
ISBN 978-7-5470-6356-9

Ⅰ．①茶… Ⅱ．①张…②崔… Ⅲ．①中国文学－文
学评论 Ⅳ．①I206

中国国家版本馆CIP数据核字（2023）第151285号

出 品 人：王维良
出版发行：万卷出版有限责任公司
　　　　　（地址：沈阳市和平区十一纬路29号　邮编：110003）
印 刷 者：辽宁新华印务有限公司
经 销 者：全国新华书店
幅面尺寸：170 mm×240 mm
字　　数：300千字
印　　张：18
出版时间：2025年8月第1版
印刷时间：2025年8月第1次印刷
责任编辑：史　丹
责任校对：刘　璠
封面设计：仙　境
版式设计：张　莹
ISBN 978-7-5470-6356-9
定　　价：68.00元
联系电话：024-23284090
传　　真：024-23284448

常见表达方式进行解说。"茶赋典识"主题选择了由晋到宋的3篇茶赋，其间可见茶赋文体的发展，更突出的是茶文化相关典故在作品中的大量呈现，有其文学价值，也有其茶学价值。"茶馆与茶的地域特征"主题借描写茶馆的散文作品展示不同时期、不同地理区域的不同茶文化，在文字中感悟茶馆文化、地域文化的交融发展。"茶人群像"主题则通过或写人，或记事，或议论的古今茶文来展现多姿多彩、个性鲜明的茶人形象，也借不同时期、不同性格、不同追求的茶人去洞悉茶文化的丰富多彩。"茶的民族文化价值"主题着眼于不同国家、不同民族的茶文化，通过对比参照加深对中华民族茶文化民族特征的感受和体认。另外，茶文部分还有扩展阅读篇目6篇，作为感知上述主题和了解不同时期茶文作品风尚的补充。

由于《茶经》本身的文学色彩，也由于其行文字句在文学作品中以典故形式存在的重要作用和价值，因此本书的附录部分对《茶经》进行了简要的注释和解说。

三、编写分工情况

本书由张轶婕老师与崔晓晶老师合作完成，全书四章十五讲，其中第二章的茶词部分（约五万字）、第四章的茶文部分（约十万字）由张轶婕老师负责，第一章的茶诗部分（约五万字）、第三章茶曲的部分（约二万字）及附录的《茶经》部分（约三万字）由崔晓晶老师负责。

目录
Contents

第一章 茶 诗

茶诗扩展阅读篇目

第二章 茶 词

第三讲 茶的品饮——茶中相思情味

第四讲 茶的品饮——文人茶的意境情怀

第五讲 咏物——泉水、茶具、茶图

第三章　茶　曲

茶曲扩展阅读篇目

第四章 茶 文

第九讲 茶酒争胜

第十讲 茶赋典识

第十一讲 茶馆与茶的地域特征

附录 茶经

第一章　茶诗

古代诗歌体裁可分为近体诗和古体诗。古体诗不讲对仗，押韵较自由，包括古诗（唐以前的诗歌）、楚辞、乐府诗。近体诗包括律诗和绝句，按照每句的字数，可分为五言和七言。近体诗结构严谨，字数、行数、平仄或轻重音、用韵都有一定的限制。

在中国诗歌史上，咏茶诗层出不穷。中国茶诗萌芽于晋，兴盛于唐宋，元明清余音缭绕，至今不绝如缕。就茶诗的形式而言，有古风、歌行、律诗、绝句、联句、宝塔、回文、顶真以及竹枝词、试帖诗、宫词等，可谓丰富多彩。据统计，中国以茶为题材和内容涉及茶的诗有数千首，盛唐以后的中国著名诗人几乎全都留下了咏茶诗篇。

两晋南北朝是中国茶文学的发轫期。唐代之前写到茶的诗仅有四首，它们是孙楚的《出歌》、张载的《登成都白菟楼》、左思的《娇女诗》和王微的《杂诗》。一般认为我国第一首写及茶的诗歌是《娇女诗》。

唐朝是中国诗歌的鼎盛时代，诗家辈出。同时，中国的茶业在唐代有了突飞猛进的发展，饮茶风尚在全社会普及开来，品茶成为诗人生活中不可或缺的内容。诗人品茶咏茶，因而茶诗大量涌现。严格来说，我国诗与茶的全面有机结合，是唐代尤其是唐代中期以后才显露出来的。

唐代茶诗中，最脍炙人口的，首推卢仝的《走笔谢孟谏议寄新茶》。白居易撰有茶诗五十余首，数量为唐代之冠。

　　宋代茶诗题材丰富，形式多样，参与的作家和创作的数量都极为可观，这些作品对当时流行的点茶、分茶、斗茶做了全面的反映。范仲淹的《斗茶歌》可以与卢仝的《走笔谢孟谏议寄新茶》诗相媲美，苏轼、黄庭坚、陆游也喜爱茶事，擅长茶诗的写作，作品不仅数量多，佳作名篇也很多。

　　元明清时期，中国的茶叶生产与贸易都有很大发展，但就茶诗成就而言，无论是内容，还是形式体裁，比之唐宋却逊色不少。当然，这与中国文学本身的发展演变也有关。

　　现代，由于白话文学的兴起，古典诗词的作者越来越少，但也偶有一些名家的名作闪耀着光辉。

第一讲　茶艺的演进

　　茶作为当代的三大饮品之一，从食用、药用到饮用的转变经历了漫长的时间。作为饮品，茶的饮用方式也经历了漫长的演进过程。唐代"茶圣"陆羽开创了煎茶法，开启了清饮风尚。宋代流行点茶法，并以点茶法为基础，形成了斗茶的茶俗和分茶的茶艺。唐宋时代皆推崇蒸青团饼茶，需要将团饼茶研磨成茶末之后再饮用，这种状况直至崇尚自然茶味的明代茶人手中才发生改变，冲泡法大行其道，流传至今。在茶诗中可以看到茶艺鲜活的演进历程，从这些诗化的茶史记录中又可以窥见茶人们别样的心路历程及他们对茶艺、对人生的独特追求。

　　对应篇目：　1. 娇女诗（节选）　　　　晋·左　思
　　　　　　　　2. 和章岷从事斗茶歌　　宋·范仲淹
　　　　　　　　3. 试院煎茶　　　　　　宋·苏　轼
　　　　　　　　4. 试　茶　　　　　　　宋·陆　游
　　　　　　　　5. 澹庵坐上观显上人分茶　宋·杨万里
　　　　　　　　6. 某伯子惠虎丘茗谢之　明·徐　渭
　　　　　　　　7. 试新茶同人分赋　　　清·孔尚任

1. 娇女①诗（节选）

晋·左　思

【作者简介】

左思（约250—约305），字太冲。西晋文学家。齐国临淄（今山东淄博东北）人。其诗杰出当时，情辞慷慨，笔力劲健。《咏史》八首、《娇女诗》为其名作。钟嵘曾称其"风力"（《诗品》）。清陈祚明赞云："太冲一代伟人，胸次浩落，洒然流咏。似孟德而加以流丽，仿子建而独能简贵。创成一体，垂式千秋。"（《采菽堂古诗选》）其《三都赋》构思十年方写成，名重一时。"豪贵之家，竞相传写，洛阳为之纸贵。"原有集，已佚。后人辑有《左太冲集》。

【原文】（节选）

吾家有娇女，皎皎②颇白皙③。小字④为纨素，口齿自清历⑤。……其姊字惠芳⑥，面目粲⑦如画⑧。轻妆⑨喜楼边，临镜忘纺绩⑩。……驰骛⑪翔园林，果下⑫皆生摘。红葩⑬掇紫蒂，萍实⑭骤抵掷⑮。贪华风雨中，倏忽⑯数百适⑰。……止为荼荈⑱据⑲，吹嘘对鼎䥴⑳。脂腻㉑漫㉒白袖，烟熏染阿锡㉓。衣被皆重地㉔，难与沉㉕水碧。

【注释】

①娇女：据《左棻（fēn）墓志》记载，左思有两个女儿，长名芳，次名媛。这里的娇女，即左芳及左媛。②皎皎（jiǎo）：光彩的样子。③白皙：面皮白净。④小字：乳名。左媛，字纨素。⑤清历：分明，清晰。⑥惠芳：左芳，字惠芳，是纨素之姊。⑦粲（càn）：美好的样子。⑧如画：美如画。⑨轻妆：淡妆。⑩纺绩：纺纱织布，续麻为缕叫绩。⑪驰骛（wù）：乱蹦乱跳。⑫果下：果实下垂。⑬红葩（pā）：红花。⑭萍实：泛指一般果子。⑮骤抵掷：频繁投掷。⑯倏忽：迅疾貌。⑰适：往。⑱荼（tú）荈（chuǎn）：荼，苦菜。荈，晚采的

茶，泛指茶。⑲据：安坐。⑳鬲（lì）：类似于鼎的烹饪器。㉑脂腻：油腻。㉒漫：污染。㉓阿锡（xì）：此代指衣服。阿，细的丝织品。锡，古通"緆"，细布。㉔重地：指衣服上底色因油污烟熏，弄成多种颜色了。㉕沉：浸入水中。这句说衣服难以浸入清水中洗涤干净。

【学习提示】

　　本诗见于《玉台新咏》，上文为诗歌的节选。本诗与同时期其他三首涉及茶事的诗歌（孙楚《出歌》、张载《登成都白菟楼》、王微《杂诗》）略有不同，它对茶事的描写更为贴切细致，展现了一幅活泼生动的小儿女煮茶图，笔触间流露着活泼的生机。它对茶事的描写更为生活化，说明茶已成为士大夫家庭日常生活的一部分。所以一般认为我国第一首茶诗是《娇女诗》。

　　诗中"止为荼荈据，吹嘘对鼎鬲。"描画作者的两个小女儿学着大人模样煮茶，又等不得水慢慢开，鼓着腮向鼎下吹火的有趣场面。其中涉及当时的茶俗：1. 诗中所用茶器为鼎鬲，说明当时还没有专门的茶器，尚与酒器、食器混用。2. 诗中描写场景为煮茶，说明当时茶的饮用方法为煮饮。

　　总体上说，本诗以女子为主要描写对象，旁涉茶事，虽已经体现出了两晋时期茶与文学尤其是诗歌的结合，但终非以茶为主体的创作。这时期的咏茶诗，仅止于旁涉茶事，较之唐宋之作，无论在作品的数量、内容的深度还是艺术的表现等方面，都有所匮乏。

【学习任务】

　　"止为荼荈据，吹嘘对鼎鬲。"两句写两个女孩儿模仿大人煮茶的情景，形象地勾画出她们娇憨活泼的性格，请根据诗句分析当时茶俗。

2. 和章岷从事①斗茶②歌

宋·范仲淹

【作者简介】

范仲淹（989—1052），字希文。宋政治家、文学家。苏州吴县（今属江苏）人。谥文正。他积极主张诗文革新，在北宋文学革新运动中具有重要的先导作用。其文多直陈时弊，抒写怀抱。其诗五言七言皆有，古体近体兼备，并不同世俗地表现出淳朴淡远、真切朴质、淳厚和静的特色。词亦擅长，在题材上拓宽了当时宋词的内容，表现出宏深阔远的艺术境界。著有《范文正公集》传世。

【原文】

年年春自东南来，建溪先暖冰微开③。溪边奇茗冠天下，武夷仙人从古栽。新雷④昨夜发何处，家家嬉笑穿云⑤去。露牙错落⑥一番荣，缀玉含珠散嘉树⑦。终朝采掇未盈襜⑧，唯求精粹不敢贪。研膏焙乳⑨有雅制，方中圭兮圆中蟾⑩。北苑⑪将期献天子，林下雄豪先斗美。鼎⑫磨云外首山铜⑬，瓶携江上中泠水⑭。黄金碾⑮畔绿尘飞，紫玉瓯⑯心雪涛起。斗茶味兮轻醍醐⑰，斗茶香兮薄兰芷⑱。其间品第⑲胡能欺，十目视而十手指⑳。胜若登仙不可攀，输同降将无穷耻。吁嗟天产石上英㉑，论功不愧阶前蓂㉒。众人之浊我可清，千日之醉我可醒㉓。屈原试与招魂魄，刘伶㉔却得闻雷霆。卢仝㉕敢不歌，陆羽㉖须作经。森然万象中，焉知无茶星㉗。商山丈人㉘休茹芝，首阳先生㉙休采薇。长安酒价减千万，成都药市无光辉。不如仙山一啜好，泠然便欲乘风飞。君莫羡花间女郎只斗草㉚，赢得珠玑满斗归。

【注释】

①章岷从事：章岷，宋浦城人，字伯镇。从事，官名，州郡长官的僚属。
②斗茶：也叫茗战，比赛以品评茶质的优劣。此风起于唐，盛于北宋，南宋时更

普及民间。③建溪：闽江上游的建溪，贯穿建瓯市全境。开：水流动。④新雷：春天第一次打雷。⑤穿云：伴着云雾上山采茶。⑥露芽：带露茶芽。错落：交错缤纷。⑦嘉树：《茶经》"一之源"："茶者，南方之嘉木也。"指茶树。⑧盈襜（chān）：采得不多，还没有装满。襜，古代一种短的便衣，系在身前的围裙。⑨研膏焙乳：宋代制茶的工序。⑩方中圭：古代帝王、诸侯举行隆重仪式时所用的玉制礼器，长条形，上尖下方，也作珪。蟾：蟾宫，指月亮。这句说，做成的茶饼，长方形的像圭一样，圆形的就像月亮。⑪北苑：在福建建安，是龙凤贡茶的产地。⑫鼎：烹茶的生火风炉，以铜铁铸之，如古鼎状。⑬首山铜：典出《史记·封禅书》："黄帝采首山铜，鼎铸于荆山下。"⑭中泠水：中泠泉，位于江苏镇江金山之西的长江江中，早在唐代已闻名天下。⑮黄金碾：茶碾，研磨茶粉的茶具。⑯紫玉瓯：建窑黑釉茶盏。⑰醍（tí）醐（hú）：牛奶提炼出的一种极好的酥酪。⑱兰芷：兰、芷以香著称。⑲品第：名次、等级。品评而且分出名次。⑳十目视而十手指：指斗茶时大家都在手指、目盯着。㉑石上英：产于山石之上的好茶。㉒蓂（míng）：传说中瑞草名。这句是说，论功劳茶不亚于台阶上的瑞草。㉓"众人"句：化用屈原《渔父》的"举世皆浊我独清，众人皆醉我独醒"而来。我，指茶。㉔刘伶：晋朝沛国（今安徽宿县）人，字伯伦，"竹林七贤"之一。嗜酒。传说，他喝了杜康酒以后，三年方醒。这句是说，茶就像打雷一样，可以使沉醉的刘伶醒来。㉕卢仝：唐代诗人，自号玉川子，其《走笔谢孟谏议寄新茶》诗极道饮茶之乐，因此也有人说他是茶痴、茶狂。㉖陆羽：唐代学者，字鸿渐，自号桑苎翁，以嗜茶著名，并对茶道很有研究，撰有《茶经》，人称"茶圣""茶神"。㉗茶星：茶中的英杰、明星，即珍贵的名茶。㉘商山丈人："商山四皓"绮里季、夏黄公、甪里先生、东园公，四人隐居于商山。因四人须眉皆白，故称四皓。㉙首阳先生，指商朝孤竹君之子伯夷、叔齐，反对周武王讨伐商纣王，周武王建立周朝之后，他们耻食周粟，跑到首阳山采薇充饥，后饿死于山下。㉚斗草：旧时用草作比赛，看谁的草韧性强，在二草相交拉扯中，后断者为胜。此句谓茶事高尚，不要羡慕花间女郎斗草以赢得珠玑。

【学习提示】

斗茶，也叫茗战，比赛以品评茶质的优劣。此风起于唐，盛于北宋，南宋时更普及民间。范仲淹的《斗茶歌》是与章岷的唱和诗作，对当时盛行的斗茶活动做了精彩生动的描述。

全诗分三部分。开头写茶的生长环境及采制过程，并指出建茶的悠久历史。中间部分描写热烈的斗茶场面，斗茶包括斗色、斗味和斗香，比斗在众目睽睽之下进行，所以茶的品第高低，都有公正的评价。因此，胜者得意非常，败者感到耻辱。结尾多用典故，烘托茶的神奇功效，把对茶的赞美推向了高潮。

本诗与建溪茶的历史和宋代茶史密切相关。建溪茶，产于建安（今福建建瓯）壑源山北临凤凰山北苑御茶园，因山临建溪口，故名建溪茶，亦名壑源茶。建安，又名北苑，本是五代唐朝的一座宫苑，其主要用途是监制建安茶叶，以供南唐皇帝和贵族享用。宋代之后，凤凰山一带都被叫作北苑，这一茶区的茶也被称作北苑茶，成为皇家的御用茶园。等到带有强烈皇家色彩的"龙团凤饼"（贡茶中的龙凤团茶由丁谓始创，经过蔡襄的改造后，小龙团已是北宋的第一名茶，专供皇室）命名之后，建溪茶就真的名扬天下了。

诗中提及建溪茶的采摘时间、方法和制作规制，可与茶书相验证。诗中的"先暖冰微开""新雷"指出了采茶的时令。当时茶采制多在惊蛰前后，一般认为早上露水未干，茶芽肥润，是采茶的最佳时机。《东溪试茶录》记载："建溪茶比他郡最先。北苑、壑源者尤早。岁多暖则先惊蛰十日即芽；岁多寒则后惊蛰五日始发。先芽者气味俱不佳，唯过惊蛰者，最为第一。"诗中的"唯求精粹不敢贪"说明建溪茶的采摘非常讲究，求质不求量，求精不求多。据《东溪试茶录》记载："凡采茶必以晨兴，不以日出……凡断芽必以甲不以指，以甲则速断不柔，以指则多温易损，择之必精……"赵汝砺《北苑别录》记载："每日常以五更挝鼓，集群夫于凤凰山，监采官人给一牌入山，至辰刻复鸣锣以聚之，恐其逾时贪多务得也。"诗句"研膏焙乳有雅制，方中圭兮圆中蟾"说明了建溪茶的制作之精。"研膏焙乳"是宋代制茶的重要工序。宋徽宗赵佶《大观茶论》"蒸压"条记述："茶之美恶、尤系于蒸芽压黄之得失。……蒸芽欲及熟而香，压黄欲膏尽急止。如此，则制造之功，十已得七八矣。""制造"条也说："蒸压惟其宜，研膏惟熟，焙火惟良。""方中圭兮圆中蟾"是说制成茶饼的成茶形状。清洗、蒸压、研磨后的茶就会放入模具中，压成饼状。模子有圆形、方形、棱形、花形、椭圆形等，上刻有龙凤、花草等各种图纹。北苑贡茶从研膏茶、腊面茶，到龙凤团茶、小龙凤团茶，再到密云龙、龙团胜雪，细色五纲和粗色七纲，一次次飞跃，花样翻新，名品迭出。

接着，诗歌专注写斗茶。"鼎磨"两句涉及了斗茶的煮水用具铜鼎与煎茶用水中冷水。首山铜有一个典故："黄帝采首山铜，铸鼎于荆山下，鼎既成，有龙垂须下接黄帝。"范诗用此典故，较为夸张地述说了自己的鼎有多么珍贵。斗茶不仅要茶新，而且要水活，用火也很讲究。斗茶有时茶质虽略逊于对方，但用水得当，也能取胜。诗中的"中冷水"，就是被誉为天下第一泉的中冷泉，位于江苏镇江金山寺西。

"黄金碾畔绿尘飞，紫玉瓯心雪涛起。"提及茶碾和茶盏两样茶具，作者为斗茶做足了准备，茶具的择取非常精细。"紫玉瓯"指建窑黑釉茶盏，又称兔毫盏。兔毫盏胎质疏松，保温性好，能延长咬盏时间，使白色汤花鲜明。盏大多是侈口浅底，喝茶时能把茶末喝尽；盏稍宽，使茶筅能充分搅拌。宋代斗茶主要的评判标准是看茶汤的汤色和汤花。宋徽宗赵佶《大观茶论》载："点茶之色，以纯白为上真，青白为次，灰白次之，黄白又次之。"

斗茶的核心在于竞赛茶叶品质的高下、点茶技艺的高低，基本方法是"斗色斗浮"。一斗汤色，二斗水痕。首先看茶汤色泽是否鲜白，纯白者为佳，青白、灰白、黄白为次。汤色是茶的采制技艺的反映。宋代主要饮用团饼茶，饮用前先要将茶团茶饼碾碎成粉末。如果研碾细腻，点汤、击拂都恰到好处，汤花就匀细，可以紧咬盏沿，久聚不散；如果汤花泛起后很快消散，不能咬盏，盏面便露出水痕。汤花紧贴盏壁不散退叫"咬盏"。所以水痕出现得早晚，就成为茶汤优劣的依据。斗茶以水痕早出者为负，晚出者为胜。谁先现水痕便输了"一水"，比赛规则一般是三局二胜。

最后，诗人引用大量茶典论述饮茶感受和茶的功效。其中精彩之处不外乎诗人拓展茶饮感受至做人的气节："众人之浊我可清，千日之醉我可醒"；诗人以茶的俭朴清淡，由此而引用屈原《渔父》词："举世皆浊我独清，众人皆醉我独醒"的诗句，以申明自己一生为官清正廉明，为人清廉忠贞。

本诗语言精练、优美，场面描写生动形象，典故丰富，寓意深远。全诗融记叙、议论、抒情为一体，是茶诗中的精品之作。关于本诗的优劣还有一段公案。《诗林广记》引《艺苑雌黄》："玉川子有《谢孟谏议惠茶歌》，范希文亦有《斗茶歌》，此二篇皆佳作也，殆未可以优劣论。"《诗林广记》作者又反驳上论自评曰："余谓玉川之诗优于希文之歌。玉川自出胸臆，造语稳贴，得诗人之句法；希文排比故实，巧欲形容，宛成有韵之文，是果无优劣邪！"其实，两首名作各具特色，不当以优劣论之。

在此诗中，范仲淹把斗茶的原因、斗茶的情形、斗茶的意韵等，都描绘得淋漓尽致。斗茶之风起源于贡茶之地建安，是茶民为了评比茶的高低而形成的。宋代，从茶民、制茶人到茶商，从民间到皇宫，从百姓到文人雅士，几乎各个阶层都爱玩斗茶。茶民、制茶人玩斗茶，是为了让自己的茶得个好名次；商家玩斗茶，是为了更好地推销自己的茶饼；百姓与文人雅士及皇宫玩斗茶，则是闲情雅趣。流行的宋代斗茶，使宋代茶文化上了一个新台阶。今日茶叶评比、茶王比赛等，实际传承了古代斗茶的习俗。斗茶对创制和发掘名茶，对促进茶叶学和茶艺发展，以及茶叶品质的提升，无疑起了巨大的推动作用，同时也更充实、丰富了品茗艺术的内容。

【学习任务】

本诗是斗茶题材中的名篇，请课下搜集宋代建茶与斗茶的相关资料，理解当代斗茶茶会的历史渊源。

3. 试院^①煎茶

宋·苏 轼

【作者简介】

苏轼（1036—1101），字子瞻，号东坡居士。宋文学家、书画家。眉州眉山（今四川眉山）人。与父洵、弟辙，合称"三苏"。思想广博，于儒、道、释均有汲取融会，并由此而形成独特的人生态度。其文学主张受欧阳修影响，提倡文艺要"出新意于法度之中，寄妙理于豪放之外"（《书吴道子画后》）。其文学创作成就极高，文诗词俱为一代大家。散文为后人所称"唐宋八大家"之一，苏文坚持了欧阳修文平易之路，而更为畅达自由。诗存二千七百余首，涉及政治、社会、历史、人生、山水记游、朋友唱和乃至艺术创作的经验和鉴赏诸多方面。苏诗风格多样，对陶渊明、李白、杜甫、白居易、韩愈诸人均有继承发挥，而"嬉笑怒骂，皆成文章"（黄庭坚《东坡先生真赞》），个性极为鲜明。苏词"指出向上一路，新天下耳目，弄笔者始知自振"（王灼《碧鸡漫志》卷二），扩大了词的意境，丰富了词的风格，提高了词的地位。除文学外，书法尤为别开一派的创始人。堪称北宋文化最高成就之代表。著作甚丰，有《东坡全集》《东坡乐府》《东坡易传》《东坡书传》等。

【原文】

蟹眼^②已过鱼眼生，飕飕^③欲作松风鸣。蒙茸出磨细珠落，眩转遶^④瓯飞雪轻。银瓶^⑤泻汤夸第二，未识古人煎水意^⑥。君不见昔时李生^⑦好客手自煎，贵从活火发新泉^⑧。又不见今时潞公^⑨煎茶学西蜀^⑩，定州^⑪花瓷琢红玉。我今贫病常苦饥，分无^⑫玉碗捧蛾眉^⑬。且学公家^⑭作茗饮，砖炉^⑮石铫^⑯行相随。不用撑肠拄腹^⑰文字五千卷^⑱，但愿一瓯常及睡足日高时。

【注释】

①试院：考试的场所。②蟹眼：煎茶时水因热放出气泡，温度愈高，气泡愈大，最初像蟹眼大小，慢慢地便像鱼眼大小。宋庞元英在《谈薮》中提到："俗以汤之未滚者为盲汤，初滚者为蟹眼，渐大者曰鱼眼。"③飕飕（sōu）：风吹松林的声音，形容水沸声。④遶（rào）：同"绕"。⑤银瓶：银制煎水汤瓶，点茶的用具。宋时汤瓶以金者为上，银者次之。⑥古人煎水意：原诗自注："古语云：煎水不煎茶。"苏辙《和子瞻煎茶》："煎茶旧法出西蜀，水声火候犹能谙。相传煎茶只煎水，茶性仍存偏有味。"⑦李生：指李约。温庭筠《采茶录》说："李约性能辨茶，常曰：'茶须缓火炙，活火煎。'"⑧新泉：新鲜的泉水。⑨潞（lù）公：文彦博，北宋大臣，封潞国公。⑩西蜀：泛指四川。⑪定州：今湖北定县。宋时的定州窑烧的瓷器异常珍贵。⑫分无：无缘。⑬玉碗捧蛾眉："蛾眉捧玉碗"。蛾眉，代指美女。意为美女奉茶。⑭公家：指官长。⑮砖炉：烧炭火的炉子。⑯石铫（diào）：一种有柄、有嘴的煮水器。⑰撑肠挂腹：腹中饱满，比喻纳受得多。⑱文字五千卷：借用卢仝的诗句："三碗搜枯肠，唯有文字五千卷。"不需有满腹的学问，只要有一瓯好茶，能吃饱睡足就好了。

【学习提示】

本诗作于熙宁五年（1072年），诗人因为与王安石政见不合，自己请求外任避难而被外放杭州任通判。适年举行科举考试，他任监试官。诗人于试院中煎茶，细听风过松林般的水沸之音，凝视飞雪般的沫饽丰盈，不禁浮想联翩。想到唐代李约煎茶讲究活火发新泉，又想到当朝潞公饮茶钟爱定州花瓷，而自己正处于贫病不得志之时，以砖为炉，石铫煎汤，一副轻简孤寂之状。但只要有茶一瓯，能每天睡足就足够了。诗人感慨自身处境，表现出随遇而安的处世态度。

本诗开篇先呈现出一幅煎茶图，有声有色，以动态化的描摹和细腻的比喻将煎茶过程写活了。接着诗人借批评"银瓶泻汤"的时下风尚，点出自己看重的"古人煎水意"。关于"古人煎水意"原诗自注说："古语云：煎水不煎茶。"苏辙步韵的和诗《和子瞻煎茶》中也说:"煎茶旧法出西蜀,水声火候犹能谙。相传煎茶只煎水,茶性仍存偏有味。"认为煎茶只在煎水,水煎得好,才能保存茶性,使茶的色、香俱美而味更美。可见,兄弟俩一致认为煎茶古法出自西蜀,并引以为荣,且都看重煎茶法的汤候。

古人把焙茶用火适中与否叫作"火候",他们也把煎水适度与否叫作"汤候"。辨别汤候,古人立下了两个标准:一是看水沸时沸泡的多少和大小,二是听水沸时的声响。陆羽《茶经》"五之煮",总结了煎水过程中水从初沸到全沸时的"三沸之汤":"其沸如鱼目微有声,为一沸;缘边如涌泉连珠,为二沸;腾波鼓浪为三沸。"一沸水嫩,三沸水老,只有二、三沸之间的水恰到好处,称为"中汤"。诗人提及"古人",将自己煎茶的此刻与历史相连,写茶却不限于茶,将诗歌自然过渡到抒发煎茶感受的段落。

继之,诗人将唐代茶人李约、当朝名臣文彦博与自己的煎茶场景进行了对比,在比较中抒发了自己的饮茶感受,透露出逆境中随遇而安的处世态度。苏轼的饮茶和卢仝的"七碗论"大异其趣,不图喝个两腋生羽翼,不图开拓文思下笔千言,不图有蛾眉侍茶,只愿有李生的好茶艺,像今之潞公那样有一套精美茶具,只愿喝得一瓯好茶,常"睡足日高时"。

翁方纲《苏诗补注》云:"是时甫用王安石议,改取士之法,罢诗赋、帖经、墨义,专以策,限定千言。故先生呈诸试官诗云:'聊欲废书眠,秋涛春午枕。'正与此篇末句意同。"由是可证,苏轼之茶与睡相结合,睡足一瓯,表面看是取高人清适之生活方式,其实内里是高人的骨气风度,一种不合作的、否定与疏离当政者的态度。

诗中还包含了苏轼的茶学知识:烹茶之火应为"活火"。"活火"是指力猛而不生烟的炭火。因为生火有烟就会熏坏茶汤,影响茶味。苏轼多首诗词中均言及"活火"烹茶,如本诗"贵从活火发新泉",《记梦回文二首》之二中的"红焙浅瓯新火活",《汲江煎茶》中的"活水还须活火烹"等。这充分说明了苏轼对活火烹茶的重视。

茶从传播开始便与隐逸文化相联系,茶中自有高人风范。品茶与美睡结合而得高人之闲适自在是苏轼茶文化中突出的内容。

【学习任务】

试评价"一瓯常及睡足日高时"的茶情。

4. 试　茶

宋·陆　游

【作者简介】

陆游（1125—1210），字务观，号放翁。宋文学家。越州山阴（今浙江绍兴）人。其经历丰富，视野阔大，师法广泛，故能突破江西诗派藩篱自成一家。今存诗九千多首，内容极为丰富，风格多样，富于变化。抒发政治抱负，反映人民疾苦，风格雄浑豪放；抒写日常生活，也多清新之作。词作量不如诗篇巨大，但和诗同样贯穿了气吞残虏的爱国主义精神。杨慎言"放翁词纤丽处似淮海，雄慨处似东坡"（《词品》卷五）。文亦堪称大师，《入蜀记》写景传神，引人入胜。其四六文以单行之神入排偶之中，富于创新。著有《老学庵笔记》《剑南诗稿》等。

【原文】

苍爪初惊鹰脱鞲^①，得汤已见玉花^②浮。

睡魔何止避三舍，欢伯^③直知输一筹。

日铸^④焙香怀旧隐，谷帘^⑤试水忆西游。

银瓶^⑥铜碾^⑦俱官样，恨欠纤纤为捧瓯。

【注释】

①脱鞲（gōu）：亦作"脱韝"。本谓鹰脱离臂衣。多喻不受拘束。②玉花：漂浮在茶汤表面的沫饽。③欢伯：酒的别称。（汉）焦赣《易林·坎之兑》："酒为欢伯，除忧来乐。"④日铸：山名。在浙江绍兴。以产茶著称，所产之茶即以"日铸"为名。日铸茶，又名"日注茶""日铸雪芽"，产于绍兴东南五十里的会稽山日铸岭，为我国历史名茶之一。自宋朝以来列为贡品，据《归田录》（北宋·欧阳修）记载："草茶盛于两浙，两浙之品，日铸第一。"

⑤谷帘：指庐山康王谷瀑布，其状如帘，故名。宋陈舜俞《庐山记》卷三载，康王谷"有水帘飞泉，破岩而下者二三十派，其高不可计，其广七十余尺。陆鸿渐《茶经》尝第其水为天下第一"。⑥银瓶：银质茶瓶，宋代煮水点茶用具。⑦铜碾：铜质茶碾，碾茶器具。

【学习提示】

　　本诗写诗人饮茶之后的思绪绵绵，茶与诗人往昔的美好记忆融合在了一起。他想起当年一同饮故乡日铸茶的旧友和举家西行途中用谷帘泉煮茶的情形，而今壮志未酬，身老异乡，旧人遥远凋零，不觉有些凄凉，心情顿时由喜入悲，尤其是想起与钟爱的妻子唐琬饮茶时的欢娱，更加让人心酸。

　　诗歌首联写煎茶情景，句中以"苍爪"比喻茶芽，"玉花"比喻茶沫，将动态化的煎茶过程生动地呈现了出来，并称颂了茶芽的品质高绝鲜活。

　　颔联写饮茶的功用和茶的地位。"避三舍"出自《左传》，"睡魔何止避三舍"写茶驱滞破睡的功效。茶之功效在陆游的诗中也得到了多方面的阐述。茶能驱滞破睡，"睡魔何止避三舍""手碾新茶破睡昏""毫盏雪涛驱滞思"；茶有助文学思维，"诗情森欲动，茶鼎煎正熟""香浮鼻观煎茶熟，喜动眉间炼句成"；茶能解宿酒，"欢伯直知输一筹""遥想解醒须底物，隆兴第一壑源春"等。作为南宋著名的爱国诗人，陆游力主抗金，力图光复被异族强占的江北失地，但官场失意，遂入川隐居，寄情于青山绿水，茶就成了他恬淡生活的忠实伴侣。

　　颈联以日铸茶对谷帘泉，带出了陆游最美好的饮茶记忆。日铸茶，又有"兰雪"之名，属炒青绿茶之名茶，产于会稽山日铸岭。陆游是绍兴人，则更加喜爱其家乡所产的日铸茶，在外出游历时，行囊中也往往带上日铸茶和烹茶器皿，寻觅到名泉佳水时，即就地烹煎品尝，即兴赋诗。张又新《煎茶水记》将谷帘泉评为"天下第一泉"，陆游亦曾到庐山汲取康王谷谷帘泉之水烹茶，并在《入蜀记》中写道："谷帘水……真绝品也。甘腴清冷，具备众美。非惠山所及。"

　　尾联貌似回归饮茶的当下，感叹没有纤指捧瓯的缺憾，实则隐约与记忆中甜美的爱情相关。陆游与第一任妻子唐琬，二人青梅竹马，本是天造地设的一对，却被陆母拆散。陆游终生难忘唐琬，虽然不久他们就天人永隔，但两人的爱情却地久天长。诗句并未言明此情，但陆游的饮茶记忆中一定有唐琬的影子，此时饮好茶却无佳人相伴，则深感遗憾。

本诗是一首典型的七言律诗。颔联和颈联对仗工整，用典贴切，对内容和情感有极强的概括性，体现了陆游律诗的特点。颔联写日铸茶的功效，典故与拟人、夸张手法并用，形象生动。颈联采用名泉与名茶的对仗，又巧妙地与诗人的生平经历相联系，形成了今昔的时空对比，串联起了诗人的过往经历和情感世界，极富艺术感染力。

陆游不仅是南宋著名的爱国诗人，也是著名的茶人。他出生茶乡，在福建做过茶官，晚年又归隐茶乡，并以陆氏桑苎（桑苎原指农桑之事，后为唐代陆羽别号）家风自诩，对茶倾注了无限深情。他一生创作了三百多首茶诗，是历代诗人中创作茶诗数量最多的诗人。陆游的茶诗描绘了其所处时代的风物世情，展现了诗人士大夫的丰富情韵。

【学习任务】

试就颔、颈两联说说陆游茶诗的写作特点。

5. 澹庵①坐上②观显上人分茶③

宋·杨万里

【作者简介】

杨万里（1127—1206），字廷秀，号诚斋。宋诗人。吉州吉水（今属江西）人。其诗歌成就尤著，与陆游、范成大、尤袤并称"中兴四大诗人"。初学江西诗派，后刻意独创，终于自辟蹊径，别出机杼，形成独具特色的"诚斋体"。其作诗讲究"活法""透脱"，从大自然觅诗，故其诗善于摄取自然景物的特征和动态，写得新奇风趣，语言亦自然活泼、生动善巧。曾作诗二万余首，今存四千二百多首。其词作亦清新自然，一如其诗。赋作有《浯溪赋》《海鳅赋》等。著有《诚斋易传》九卷、《诚斋集》一三三卷传世。

【原文】

分茶何似煎茶好，煎茶不似分茶巧。蒸水老禅④弄泉手，隆兴元春⑤新玉爪⑥。二者⑦相遭兔瓯⑧面，怪怪奇奇真善幻。纷如擘絮⑨行太空，影落寒江能万变。银瓶⑩首下仍尻高⑪，注汤作字势嫖姚⑫。不须更师⑬屋漏法⑭，只问此瓶当响答⑮。紫微仙人⑯乌角巾⑰，唤我起看清风生。京尘⑱满袖思一洗，病眼生花得再明。汉鼎⑲难调要公理，策勋⑳茗碗非公事。不如回施与寒儒㉑，归续茶经传衲子㉒。

【注释】

①澹（dàn）庵：胡铨，号澹庵，宋庐陵人。②坐上：席上。③分茶：又名"水丹青""茶百戏"，是在点茶时使茶汤的纹脉形成物象。④老禅：老和尚，即显上人。这句是说显上人是分茶的能手。⑤隆兴元春：宋孝宗（1163—1164）年间元旦。⑥玉爪：爪形玉质的点茶器具。⑦二者：指注汤入碗和玉爪在碗中的动作。⑧兔瓯：又称兔毫盏。宋代建窑最具代表的产品之一，在黑

色釉中透露出均匀细密的筋脉，因形状犹如兔子身上的毫毛一样纤细柔长而得名。⑨擘（bò）絮：分散的状如棉絮的云。⑩银瓶：银制煎水汤瓶，点茶的用具。⑪首下尻（kāo）高：头朝下底朝上。这里指银瓶注汤时，瓶底朝上。⑫嫖姚：勇健轻捷。⑬师：效仿，学习。⑭屋漏法：书法术语，要求写竖时笔不可一泻而下，须手腕左右抖动，顿挫行笔，如屋漏时水沿墙壁蜿蜒而下状。⑮当响答：银瓶发出的声音。⑯紫微仙人：指显上人。⑰乌角巾：隐士所戴的黑色头巾。⑱京尘：京都的尘埃垢污，比喻功名利禄等尘俗之事。⑲汉鼎：大鼎。旧以宰相治理天下，如鼎之调味。⑳策勋：谓书功勋于简策而定其次第。㉑寒儒：作者自称。这句是说：不如把分茶的技术教给我。㉒衲子：僧人的衣服常用多块旧布补缀而成。所以衲子为僧人的代称，这里是说作者要给显上人立传。

【学习提示】

分茶，又名"水丹青""茶百戏"，是在点茶时使茶汤的纹脉形成物象的一种游艺。北宋初陶谷《荈茗录》中就有记载："茶至唐始盛。近世有下汤运匕，别施妙诀，使汤纹水脉成物象者，禽兽虫鱼花草之属，纤巧如画。但须臾即就散灭。此茶之变也，时人谓之茶百戏。"到了宋代以后，由于茶类改制，龙凤团饼已被炒青散茶所替代，因而，茶的饮用方法也随之而改，沏茶用的点茶法被直接用沸水冲泡茶叶的泡茶法所取代。在这种情况下，宋代时兴的分茶游戏，也就逐渐销声匿迹了。

宋人直接描写分茶的文学作品以本诗最为精彩。本诗写于孝宗隆兴元年（1163年），作者在临安胡铨官邸亲眼看见显上人所做的分茶表演，深为这位僧人的技艺所折服，即兴实录了分茶盛况。经过显上人魔术般的调弄，兔毫盏中的茶汤幻化出各种物象，时而像乱云飞渡，时而像寒江照影，那游动不居的线条又像龙飞凤舞的铁画银钩，纯乎一位印象派大师的杰作，为欣赏者开拓出一片想象的空间。

前四句概述分茶特点，分茶需要较高的茶艺水平，因此作者开篇就特别称赞了本次茶艺表演的显上人，说他是蒸水弄泉的老手。分茶还需要专门的工具：茶筅。"隆兴元春新玉爪"一句描述了分茶工具的制作时间、质地和形状。

接下来的八句是主体部分，描述分茶技法。诗人描述分茶击拂茶汤的场景时极言其奇幻万变，"纷如擘絮行太空，影落寒江能万变"两句运用比喻手法描述了茶汤中茶沫的变化如云行晴空，影落寒江。"注汤作字势嫖姚"描述的是在茶汤表面靠击拂形成了文字样的图形，仿佛书法线条的银钩铁画。云彩之色白，质轻，且状如棉絮，不仅自在飘浮于晴空，还倒映在寒江静水之上，这些比喻使得这轻清洁白的茶沫不仅有了飞动之势，而且如云似影呈现出朦胧又变幻莫测的神秘感。

诗中描述的分茶情景是用单手提银瓶，使沸水由上而下，直接注入盛有茶末的茶盏内，使其形成变幻无穷的物象。因此，注水的高低，手势的不同，壶嘴造型的不一，都会使注茶时出现的汤面物象产生不同的结果。诗句中"首下""尻高"描述的是银瓶的状态，也同时可以想见显上人当时注水的手势。对书法术语"屋漏法"的引用意在说明注水的手法。

结尾八句赞叹分茶功效。"紫微仙人乌角巾，唤我起看清风生"两句用到了卢仝诗句"七碗吃不得也，唯觉两腋习习清风生"的典故。"京尘满袖思一洗，病眼生花得再明"两句用陆机诗句"京洛多风尘，素衣化为缁"的典故。"病眼生花"化用了晚唐裴说的诗句"瘦肌寒带粟，病眼馁生花"。茶使得诗人满袖京尘得以净洗，原本被世尘所翳之"病眼"也为之而明。通过用典，作者述说了茶超脱凡尘的独特功效，其实也就是借茶表达了自己遗世独立的向往。

分茶以点茶为基础，所用茶具与点茶无异。关于盛装茶汤的茶盏和煮水的汤瓶，诗中提到了兔毫盏和银瓶。《大观茶论》有专文论及这两样茶具："盏色贵青黑，玉毫条达者为上，取其燠发茶采色也。底必差深而微宽，底深则茶宜立而易于取乳，宽则运筅旋彻不碍击拂。然须度茶之多少，用盏之大小，盏高茶少则掩蔽茶色，茶多盏小则受汤不尽。盏惟热则茶发立耐久。""瓶宜金银，小大之制，惟所裁给。注汤害利，独瓶之口嘴而已。嘴之口差大而宛直，则注汤力紧而不散；嘴之末欲园小而峻削，则用汤有节而不滴沥。盖汤力紧则发速有节，不滴沥，则茶面不破。"

【学习任务】

　　本诗描述分茶击拂茶汤的场景时极言其奇幻万变，请结合具体诗句说说你对分茶的理解。

6. 某伯子惠①虎丘茗②谢之

明·徐　渭

【作者简介】

徐渭（1521—1593），字文长，号天池山人，或署田水月等。山阴（今浙江绍兴）人。明代晚期杰出的文学艺术家，古代十大名画家之一。他自己认为自己"书第一，诗二，文三，画四"。徐渭的诗文，嬉笑怒骂，皆成文章，注重表达个人对社会生活的实际情感，与当时文坛上最有势力的"前后七子"那种拟古主义文风大相径庭，因而受到具有革新精神的唐宋派古文家唐顺之、公安派首领袁宏道等人的赞赏。所著有《徐文长全集》《徐文长佚草》及杂剧《四声猿》、戏曲理论《南词叙录》等。

【原文】

> 虎丘春茗妙烘蒸，七碗何愁不上升。
> 青箬③旧封题谷雨，紫砂新罐买宜兴④。
> 却从梅月⑤横三弄，细搅松风炧⑥一灯。
> 合向吴侬⑦彤管⑧说，好将书上玉壶冰。

【注释】

①惠：惠赠，敬辞，用于对方对待自己的行动。②虎丘茗：产于苏州虎丘山，系明代江南名茶，"最为精绝，为天下冠"。③箬（ruò）：一种竹子，叶大而宽，可编竹笠，又可用来包粽子。④"紫砂"句：制作原料为紫砂泥，原产地在江苏宜兴，故得名。据相关文献，宜兴紫砂器应该在明代中后期才渐为世人所知。常见的紫砂器是紫砂壶，其特点是不夺茶香气又无熟汤气，壶壁吸附茶气，日久使用空壶里注入沸水也有茶香。⑤梅月：指疏梅映月的景色。《梅花三弄》是十大古曲之一，又名《梅花引》《玉妃引》。⑥炧（xiè）：古同"灺"，没点

完的蜡烛，也泛指灯烛。⑦吴侬：侬作"人"解。吴侬软语形容操吴地方言的人语音轻柔。⑧彤管：古代女史用以记事的杆身漆朱的笔。

【学习提示】

徐渭的茶诗中惠谢友人赠送香茗的诗颇多，本诗即为其中的名篇。诗人得到友人惠赠的虎丘茶后，极为珍惜，以青色竹箬包装。如此上等的精品，又怎么不急着品尝呢？于是，秉烛独饮，细啜品味。一把精致的宜兴紫砂茗壶，一曲古韵《梅花三弄》，冲泡的茶汤澄明芳香，清如玉壶冰一般。此刻，诗人完全沉醉在茶香之中。这种茶醉的感受难以用语言来表达，只有借助于这管横笛了。

本诗所描述的茶俗鲜明地带有明代的特征。首联提及明代名茶虎丘茶。明代苏州，出产过两种名震天下的好茶，一为虎丘茶，一为天池茶，这两种茶，今天已经绝迹。虎丘茶是明代名茶，名声在龙井之上，是当时中国最好的茶叶。明《长物志》卷十二载："'虎丘'，最号精绝，为天下冠，惜不多产，又为官司所据。寂寞山家，得一壶两壶，便为奇品。"据《苏州府志》："虎丘西，山地数亩，产茶极佳，烹之色白，香气如兰，但每岁所采，不过二三十斤。"由于茶园被当时官府霸占，虎丘山寺院自己也吃不到，由于茶产量少，多方索取，寺方还常受欺凌，苦不堪言，便将所有茶树毁光。一代名茶虎丘茶乃绝。

颔联提及明代流行的茶具紫砂壶。宜兴紫砂因为制作原料为紫砂泥，原产地在江苏宜兴，故得名。紫砂茶具，造型简练、大方，色泽淳朴、古雅。宜兴窑的紫砂陶器发展到明代以后方成名窑佳器。紫砂壶正式有文字记载的历史，是从明代正德年间开始的，至今已有约五百年的发展历史。紫砂陶茶具的发展原因是饮茶习俗的变化，即当时用壶沏泡叶片茶的盛行。周高起《阳羡茗壶系》说："近百年中，壶黜银锡及闽豫瓷，而尚宜兴陶。陶曷取诸？取诸其制，以本山上砂，能发真茶之色香味。"许次纾在《茶疏》中也有同样的论说："往时龚春茶壶，近日时彬所制，大为时人宝惜，盖皆以粗砂制之，正取粗砂无土气耳。"颈联描述了饮茶的环境，鲜明地体现出明代饮茶风尚的变化。

　　尾联写诗人饮茶的感受。"玉壶冰"本意为壶水成冰，形容寒冷，喻高洁清廉。王昌龄《芙蓉楼送辛渐》中的名句："洛阳亲友如相问，一片冰心在玉壶。"便是以冰在玉壶之中，比喻人的清廉正直。本诗所言要用吴侬软语去传诵、用彤管去描画的玉壶冰当指清洁美好的茶汤和诗人饮茶之后的心境。

　　从唐代以前的夹杂他物的混煮法到唐代的煮茶法、宋代的点茶法和明清时期的瀹茶法，泡茶方式一直朝着自然简约、生活化的方向发展。本诗带有鲜明的时代特色及地域风尚。宜兴的紫砂茶具是伴随饮茶的冲泡法而兴起的，冰在玉壶般的澄澈品茶感受也体现了明代冲泡法饮茶对茶叶自然本味的追求。疏梅映月的雅致品茶环境及青箬包裹的储茶方式则带有浓浓的江南风味。

【学习任务】

　　本诗的颔联提及储存和冲泡茶叶的器具，颈联描述了饮茶的环境，请分析明代饮茶风尚的变化。

7. 试新茶同人①分赋②

清·孔尚任

【作者简介】

孔尚任（1648—1718），字聘之，又字季重，号东塘，别号岸堂，自称云亭山人。山东曲阜人，孔子六十四代孙。清初诗人、戏曲作家。孔尚任在京任职期间，公余时间致力于戏曲创作。以其著名昆曲作品《桃花扇》而称名于世，时人将他与《长生殿》作者洪昇并论，称"南洪北孔"。

【原文】

精陈③品具扫闲寮④，茗战⑤苏黄⑥俱赴招。

槐火⑦石泉新历历，松风桂雨⑧韵潇潇。

未投兰蕊⑨香先发，才洗瓷罂⑩渴已消。

谁寄一枪⑪来最早？贡纲⑫犹自滞⑬春潮⑭。

【注释】

①同人：有着相同志向的人们，同好。②分赋：分题，是作诗的一种方法：数人相约，以抽阄的方法分别抽得诗题以赋诗，有时诗题上且附韵，即既分题又分韵。③陈：排列，摆设。④寮（liáo）：小屋。⑤茗战：斗茶，我国古代以竞赛方式，评定茶叶质量优劣、沏茶技艺高下的方法。⑥苏黄：北宋诗人、书法家苏轼和黄庭坚的并称。二人都喜茶，作有大量茶诗茶词。⑦槐火：用槐木所烧的火。相传古时往往随季节变换燃烧不同的木柴以防时疫，冬取槐火。王勃《守岁序》云："槐火灭而寒气消，芦灰用而春风起。"宋诗残句云："寒食清明都过了，石泉槐火一时新。"元好问《茗饮》有句云："槐火石泉寒食后。"⑧松风桂雨：言煮水之声。南宋罗大经《鹤林玉露》记诗云："松风桂雨到来初，急引铜瓶离竹炉，待得声闻俱寂后，一瓯春雪胜醍醐。"⑨兰蕊：指茶叶。兰喻其

香，蕊比其嫩。⑩瓷罂（yīng）：盛酒浆等的陶瓷容器。⑪一枪：指茶芽。⑫贡纲：进献给皇帝的贡茶。⑬滞：停止；阻塞；静止。⑭春潮：春天的潮汐。

【学习提示】

本诗为作者与友人聚会所作，作者与同好新茶、同擅诗赋的友人一起品饮新茶并分题赋诗。诗歌首联描写了众人在专用茶室中各展茶艺，以宋代茶人苏轼、黄庭坚斗茶来比拟今日的茶会，更添雅趣和文士傲然之态。中间两联涉及煮水、投茶和温杯等茶艺步骤。颔联写活火新泉成就了泡茶好水，更带来听觉视觉上的茶韵潇潇；颈联则从嗅觉和味觉感受写新茶品质，兼及茶具，让读者不禁对茶的品饮生出期待。尾联却并未继续写冲泡后的茶汤和饮茶感受或斗茶结果，而是宕开一笔感谢寄赠新茶的友人，落笔点题在新茶的"新"字上。

中国人饮茶，注重一个"品"字。"品茶"不但是鉴别茶的优劣，也带有神思遐想和领略饮茶情趣之意。饮茶要求安静、清新、舒适、干净。利用园林或自然山水间，搭设茶室，让人们小憩，意趣盎然。本诗首句所言之茶寮即专用之茶室，这是明清茶人在饮茶环境方面追求的体现。

颈联首先采用了超前夸张的修辞手法，以未投茶而茶香先闻来突出新茶的香气馥郁，以才洗茶具就已经消除了口渴感觉来突出新茶解渴生津的功效，并为尾联诗意的转换蓄势。颈联还采用了对仗的修辞手法，兼写嗅觉和味觉感受，将清洗茶具和投茶的泡茶工序描写得生动形象，突出了泡茶饮茶过程的惬意闲适。

总体而言，本诗在章法和修辞上都巧作安排，展现了清代饮茶风尚，凸显了清代茶人的雅逸形象。

【学习任务】

试分析颈联所使用的修辞手法及其对表达效果的影响。

第二讲　茶文化的丰富

　　茶文化的形成与茶的栽培饮用历史并不是同步的，它受到多方面社会因素，尤其是社会文化因素的影响。茶文化的形成和不断丰富与文学密切相关，与《茶经》"精行俭德"的茶文化精神相照应，在儒学、道家、佛门的不同思想交融之中，茶文化在茶诗中留下了鲜明的印记，这些茶诗也不断丰富了茶文化的内涵。

　　对应篇目：　1. 答族侄僧中孚赠玉泉仙人掌茶　　　唐·李　白

　　　　　　　2. 喜园中茶生　　　　　　　　　　　唐·韦应物

　　　　　　　3. 西山兰若试茶歌　　　　　　　　　唐·刘禹锡

　　　　　　　4. 走笔谢孟谏议寄新茶　　　　　　　唐·卢　仝

　　　　　　　5. 题茶山　　　　　　　　　　　　　唐·杜　牧

　　　　　　　6. 惠山烹小龙团　　　　　　　　　　宋·苏　轼

　　　　　　　7. 次韵曹辅寄壑源试焙新芽　　　　　宋·苏　轼

　　　　　　　8. 采茶词　　　　　　　　　　　　　明·高　启

　　　　　　　9. 余姚瀑布茶　　　　　　　　　　　明·黄宗羲

1. 答族侄僧中孚^①赠玉泉^②仙人掌茶^③

唐·李 白

【作者简介】

李白（701—762），字太白，号青莲居士。自称祖籍陇西成纪（今甘肃秦安），隋末流寓碎叶（今吉尔吉斯斯坦托克马克附近）。少居绵州昌隆（今四川江油）青莲乡。开元年间西入长安，贺知章见之，惊为"谪仙人"。天宝元年（742），诏征入京，供奉翰林。人称李翰林或李谪仙。为唐代伟大诗人。与杜甫齐名，世称"李杜"。其诗各体均工，尤擅乐府、绝句。其内容或表现建功立业愿望，或抒写失志不平愤懑，或抨击黑暗现实，或关心民生疾苦，或流连山水风光，风格或豪放飘逸，或明秀清新，均热情奔放，想象丰富，骨气端翔，兴象超妙，自然浑成，既表现其独特气质与个性，又充分反映时代之精神风貌，闪烁理想主义之光辉，故能代表盛唐诗歌最高成就。其文亦雄奇俊逸，以气势胜，骈散俱工。

【原文】

常闻玉泉山，山洞多乳窟。仙鼠^④如白鸦，倒悬清溪月。茗^⑤生此中石，玉泉流不歇。根柯洒芳津，采服润肌骨。丛老^⑥卷绿叶，枝枝相接连。曝成仙人掌，似拍洪崖^⑦肩。举世未见之，其名定谁传。宗英^⑧乃禅伯^⑨，投赠有佳篇。清镜烛^⑩无盐^⑪，顾惭西子妍。朝坐有馀兴，长吟播诸天^⑫。

【注释】

①中孚（fú）：李白的宗侄李英，在玉泉寺为僧，法号中孚。②玉泉：山名，在荆州当阳县西三十里，即今湖北省当阳市境内。③仙人掌茶：又称玉泉仙人掌茶，创始于唐代玉泉寺，因其状如掌，李白品后，写此诗时，即定其名。后濒于灭绝。④仙鼠：《述异记》载：荆州清溪秀壁诸山，山洞往往有乳窟，窟中

多玉泉交流。中有白蝙蝠，大如鸦。按《仙经》云：蝙蝠一名仙鼠，千载之后，体白如银，栖则倒悬，盖饮乳水而长生也。太白原序所谓"余闻"者，盖本之于此。⑤茗：《说文》："茗，茶芽也。"郭璞《尔雅注》："今呼早采者为茶，晚取者为茗。"⑥丛老：生长时间较长的茶树。⑦洪崖：仙人名。郭璞诗："左挹浮丘袖，右拍洪崖肩。"⑧宗英：宗族内的英杰之士。⑨禅伯：僧人当中出类拔萃者。⑩烛：照见。⑪无盐：《新序》云："齐有妇人，极丑无双，号曰无盐女。"⑫诸天：佛书言，三界共有三十二天，自四天王天至非有想非无想天，总谓之诸天。

【学习提示】

　　最早描写名茶的诗篇是李白的《答族侄僧中孚赠玉泉仙人掌茶并序》诗，把仙人掌茶的出处、品质和功效都做了详尽的描述，故此诗成为重要的茶叶历史资料和咏茶名篇。

　　诗人生动描写了仙人掌茶的独特之处。前四句写景，说明仙人掌茶的生长环境得天独厚，以衬序文。中间八句写茶生于石中，玉泉长流，好的生长环境培养了仙人掌茶上乘的品质。"丛老卷绿叶，枝枝相接连""曝成仙人掌"写出了仙人掌茶树及成品茶叶的外形。"曝成仙人掌，以拍洪崖肩。""曝"，晒也，这是目前发现的最早晒青史料。并用"洪崖"之典，表明饮用仙人掌茶可帮助人成仙长生。最后八句写情，以抒其怀。

　　继李白"仙人掌茶"诗之后，许多名茶纷纷入诗。名茶诗以名茶为描写对象，内容涉及名茶产地、生长环境、制作、饮用、器具、用水、功效、地位等。诗中多表达对名茶的赞美喜爱之情，对名茶有推广宣传之效。名茶诗多与产茶之地的名山、名泉、名人相关，具有明显的地域特征。名茶诗还与时代饮茶风尚有关，具有鲜明的时代特征。唐代诗人多咏紫笋，如白居易的《夜闻贾常州、崔湖州茶山境会亭欢宴因寄此诗》、张文的《湖州贡焙紫笋》等。宋代多咏北苑，明代则以咏龙井茶为多。

　　李白酒名极著，尽人皆知，而茶也是他的所好，也许与他官场失意，退而求仙访道的思想有关。本诗虽然是赠予僧人的篇章，但是有浓浓的道教气息。诗中所说之"仙鼠如白鸦"典出《仙经》，乃道教修仙之经典；诗句中的"采服"是道教徒修行的术语；诗中典故"洪崖"是道教神仙，传说是黄帝之臣伶伦的仙号。甚至《序》中所说饮茶可"还童振枯"并不为高僧所渴慕，却是道教徒的修行目标。

【学习任务】

本诗是最早描写名茶的诗篇，试结合本诗说说名茶诗的特点。

2. 喜园中茶生

唐·韦应物

【作者简介】

韦应物（约737—约792），京兆万年（今陕西西安）人。曾任滁州刺史、苏州刺史等职，世称"韦苏州"。为中唐前期著名山水田园诗人，与王维、孟浩然、柳宗元合称"王孟韦柳"。其诗以写田园风物著名，亦多感伤时世、关怀民瘼之作。各体均擅，尤长五古。白居易称其"歌行，清丽之外，颇近兴讽"，五言诗"高雅闲澹，自成一家之体"（白居易《与元九书》）。其诗源出陶渊明，又能融化六朝诗歌，且有盛唐余韵。宋王钦臣编有《韦苏州集》，今存。《全唐文》存其文一篇。

【原文】

洁性不可污，为饮涤尘烦①。此物信灵味②，本自出山原③。
聊因理郡余④，率尔⑤植荒园。喜随众草长，得与幽人⑥言。

【注释】

①涤尘烦：洗去尘俗的烦恼。②信灵味：信，的确、确实。灵味，善而美、美好的滋味。③山原：山冈原野。④理郡余：处理郡守的闲余时间。⑤率尔：轻率，随便。⑥幽人：隐居避世之人，这里是作者自指。

【学习提示】

这是一首茶的礼赞之诗。作者为官理政之余，在荒园中随意种下了茶树，不承想茶树慢慢长大，于是作者惊喜万分，写诗以记之。

诗中前四句赞美茶独具洁性、灵味，饮之可以涤除尘烦。后四句写诗人于政事之余栽种茶树，诗末以一个"喜"字点题，集中表达诗人亲手种植茶树，又见荒原茶生的喜悦心情。"得与幽人言"一句将茶拟人化，通过茶树，诗人与自然沟通了，融为一体。茶树也被赋予了人的品格。对茶的崇尚，表现出诗人对于淳朴山原生活的企羡和洁身自好的思想。

本诗全篇讲茶，也是讲人，诗人把茶的淳朴特性升华到人格品质的高度来赞美，希望通过饮茶、种茶，来培养自己一生淡泊、不图名利、勤劳廉政的道德情操。后来越来越多的诗人将茶人格化。茶历来被视为清净之物，从生长、采摘、制作到沏泡都要十分纯净，人们把这种特性喻为人德。君子的正直、清廉、公正等品性与茶性融为一体，能够使人在品味茶的色、香、味的过程中，精神和感情得到净化，人格自然得到升华。因此茶文化精神内涵的一个方面就是通过品茶陶冶情操、修身养性。

【学习任务】

本诗全篇讲茶，也是讲人，诗人把茶的淳朴特性升华到人格品质的高度来赞美。谈谈你对诗中所赞美茶性的理解。

3. 西山兰若^①试茶歌

唐·刘禹锡

【作者简介】

刘禹锡（772—842），字梦得。唐文学家。洛阳（今属河南）人。曾以太子宾客分司东都，世称刘宾客。与柳宗元交谊最笃，世称"刘柳"。又与白居易并称"刘白"。其诗各体均擅，多反映时事政治及怀古感兴之作，既富锐意进取精神，又具隽永哲理意味，刚健豪宕，雄浑老苍，故白居易目之为"诗豪"。明胡震亨亦谓其"气该今古，词总华实，运用似无甚过人，却都惬人意，语语可歌，真才情之最豪者"（《唐音癸签》）。其学习民歌所作《竹枝词》等，深得南朝乐府神髓，其散文长于说理，《天论》《因论》为其代表作。著有《刘禹锡集》，有《刘梦得文集》（又名《刘宾客文集》）行世。

【原文】

山僧后檐^②茶数丛，春来映竹抽新茸^③。宛然为客振衣起，自傍芳丛摘鹰觜^④。斯须炒成满室香，便酌砌下金沙水^⑤。骤雨松声^⑥入鼎来，白云满碗花^⑦徘徊。悠扬喷鼻宿酲散^⑧，清峭彻骨烦襟开^⑨。阳崖阴岭各殊气，未若竹下莓苔地。炎帝虽尝未解煎，桐君有篆那知味^⑩。新芽连拳^⑪半未舒，自摘至煎俄顷余。木兰^⑫沾露香微似，瑶草^⑬临波色不如。僧言灵味宜幽寂^⑭，采采翘英^⑮为嘉客。不辞缄封寄郡斋^⑯，砖井铜炉损标格^⑰。何况蒙山顾渚^⑱春，白泥赤印^⑲走风尘。欲知花乳^⑳清泠^㉑味，须是眠云跂石^㉒人。

【注释】

①兰若：梵文"阿兰若"的略称，即寺庙。②后檐：庙的后面。③新茸：茶芽背面生长的白毫。这里指新生的茶芽。④鹰觜（zuǐ）：觜，同"嘴"。鹰嘴，茶芽的美称。⑤金沙水：在浙江长兴山顾山啄木岭。⑥骤雨松风：用来形容煮茶

时水沸发出的声音。⑦白云、花：均指浮于茶汤面上的白沫。⑧宿醒（chéng）散：意指酒醒。醒，指醉酒。⑨烦襟开：扫除了胸中的一切烦恼。⑩“炎帝虽尝”两句：陆羽《茶经》：“茶之为饮，发乎神农氏。”神农氏即炎帝。东汉《桐君录》载：“南方有瓜芦木，亦似茗，至苦涩，取为屑茶饮，亦可通夜不眠，煮盐人但资此饮。”箓（lù）：同“录”。炎帝虽尝过茶，但不懂煮茶的方法。桐君虽著有《桐君录》，但不知道茶的味道。⑪连拳：卷曲着。⑫木兰：落叶灌木，皮似桂而香。⑬瑶草：传说中的仙草。⑭幽寂：僧人坐禅需要喝茶，以达到坐禅时不食不睡，进入寂的境界。⑮翘英：草木的精英，指茶叶。⑯缄（jiān）：封、闭。缄封指封成书信的形式。郡斋：郡守的住所。⑰标格：风格，茶味。⑱蒙山：指四川蒙顶茶。顾渚：浙江紫笋茶。⑲白泥赤印：古代邮寄物品，都在封裹之后用泥打上印章，称封泥印。⑳花乳：茶汤。㉑清泠（líng）味：清凉的味道。㉒眠云跂石：眠于云间，坐在石上。

【学习提示】

　　诗歌为作者到寺院里与僧人茶会，共试新茶所作。茶乃寺院所产，僧人旋摘、旋炒、旋煎。春茶抽茸，斯须炒成，用金沙泉水，入鼎后听聆水声如骤雨、松风之美，注碗后观赏茶沫如白云、流花，鼻闻茶香之悠扬、清峭，鉴察茶气阳崖、阴岭、竹下之别，品观茶叶新芽连拳，似木兰沾露、胜瑶草临波，赞美了茶的色香和超凡品格。此茶最具“幽寂”灵味、花乳清泠味，须是眠云跂石之人方能体会。

　　茶产自寺院之中，僧人亲自为诗人采摘早春的新茶，可见：其一，诗人应与僧人交情颇深，为寺中常客，否则僧人也不会亲自为其采摘寺中出产的新茶。其二，诗人本性爱茶，很可能此次专程为新茶而来。“斯须炒成满室香”句，说明唐代虽然是以蒸青团茶为主，但那个时代少数地区也出现了炒青绿茶工艺，这是公认的我国炒青绿茶最早史料。“骤雨松声”两句使用比喻手法，生动贴切地描绘了水沸、投茶、茶沫生成的图景，也渲染出煎茶环境的清净优雅，山间寺中，松涛阵阵，白云悠悠。“木兰沾露香微似”一句指出的是茶的香型，描述茶香有许多词语，如清冽、醇厚、芬芳、浓酽、怡人、清香等，但是都不如这句比喻来得恰如其分，回味悠长。茶的香气悠扬喷鼻能带来"宿醒散"的茶效；茶味"清峭彻骨"能使"烦襟开"。继之，诗人以拟人口吻言"茶叶生长时的心情"，谈及茶之所以有"采采翘英"的青青盛貌，乃是出于一片等待"嘉客"的诚心。唯有那嘉客才能懂得茶的真正滋味。嘉客者，谁也？这是诗中并未明说，却深蕴微妙的关键。

刘禹锡是一个不得志的文人，他一生穷困，柴米可能都不太够了，茶作为一种休闲饮料，显然并不能提供他口腹温饱，而是扮演着精神食粮的角色。茶的长处是说不出的，是一种气韵、向往和执着，而它的短处却显而易见——质轻和无用。刘禹锡在面对茶时，恐怕也相近于面对自己潦倒的人生！失意却不失志，这是刘诗最动人之处。

【学习任务】

对于茶客来讲，喝茶永远是在乎茶之"香气"与"滋味"的。本诗哪些句子赞美了茶的色和香？试做简要分析。

4. 走笔①谢孟谏议②寄新茶

唐·卢　仝

【作者简介】

卢仝（约771—835），中唐诗人。祖籍范阳（今河北涿州），曾隐居济源（今属河南），其地有玉川泉，故自号"玉川子"。有诗名。其诗构思、意象、用语均趋险尚怪，多用散文句法，杂以议论，宋严羽《沧浪诗话》称之为"卢仝体"，以为"天地间自欠此体不得"。《月蚀诗》为其代表作，韩愈甚赏之，且作诗以效。有《玉川子诗集》（又名《卢仝诗集》）、外集行世。

【原文】

日高丈五③睡正浓，军将打门惊周公。口云谏议送书信，白绢斜封三道印。开缄宛见谏议面，手阅④月团⑤三百片。闻道⑥新年入山里⑦，蛰虫⑧惊动春风起。天子须尝阳羡茶⑨，百草不敢先开花。仁风暗结珠琲瓃，先春抽出黄金芽⑩。摘鲜⑪焙芳⑫旋封裹⑬，至精至好⑭且不奢⑮。至尊之余合王公，何事便到山人家⑯。柴门反关无俗客，纱帽笼头⑰自煎吃。碧云⑱引风⑲吹不断，白花⑳浮光凝碗面。一碗喉吻润㉑，两碗破孤闷。三碗搜枯肠㉒，唯有文字五千卷。四碗发轻汗，平生不平事，尽向毛孔散。五碗肌骨㉓清㉔，六碗通仙灵㉕。七碗吃不得也，唯觉两腋习习㉖清风生。蓬莱山㉗，在何处。玉川子，乘此清风欲归去。山上群仙司㉘下土㉙，地位㉚清高隔风雨。安得知百万亿苍生命，堕在巅崖受辛苦㉛。便为谏议问苍生，到头还得苏息㉜否。

【注释】

①走笔：疾书。②孟谏议：孟简，字幾道，唐德州平昌（今山东商河以北）人。③日高丈五：指天已大亮。④手阅：亲手收检。⑤月团：茶饼。⑥闻道：听说。⑦入山里：上山采茶。⑧蛰（zhé）虫：藏在泥土中过冬的虫。⑨阳羡

茶：紫笋茶，产于江苏宜兴，为唐代贡茶。⑩"仁风"二句：意谓天子的"仁德"之风，使茶树先萌珠芽，抢在春天之前就抽出了金色的嫩芽。琲（bèi）瓃（léi）：珠玉，喻茶之嫩芽。黄金芽：最早发出的一些茶芽，颜色微黄。⑪摘鲜：采摘新鲜的茶芽。⑫焙芳：烘焙茶叶。⑬封裹：把焙干的茶叶包裹起来。⑭至精至好：极好的茶叶。⑮不奢：（茶叶数量）不多。⑯"至尊"二句：意谓这样的珍品茶，本应是天子王公大人享受的，现在竟到了我这样的山野人家来了。至尊，至高无上的地位，此指皇帝。王公，皇帝下面的高级官员。山人，卢仝自称。⑰纱帽笼头：纱帽于隋唐以前为贵胄官吏所用，隋唐时则为一般士大夫的普通服饰。有时亦指普通人的纱巾之类。⑱碧云：形容汤色碧绿。⑲风：煎茶时的滚沸声。⑳白花：茶汤的泡沫。陆羽《茶经》："沫饽，汤之华也。华之薄者为沫，后者为饽，轻细者曰花，如枣花漂漂然于环池之上……"㉑喉吻润：喉中感到滋润。吻，唇。㉒枯肠：比喻才思枯竭。㉓肌骨：泛指身体。㉔清：清爽。㉕仙灵：神仙。㉖习习：微风吹拂貌。㉗蓬莱山：古代传说中的"三神山"之一。㉘司：掌管。㉙下土：大地，指人间。㉚地位：境地。㉛巅崖：高峻的山边。这句是说许多人因采茶而可能从巅崖上掉下去丧生。㉜苏息：困乏后得到休息。

【学习提示】

唐代茶诗首推卢仝的《走笔谢孟谏议寄新茶》。该诗是他品尝友人谏议大夫孟简所赠新茶之后的即兴作品，直抒胸臆，一气呵成。作者用优美的诗句表现对茶的深切感受，特别是对饮七碗茶的描述，更为传神，遂使此诗脍炙人口，历久不衰，后人广为引用。凡论茶者，皆好引此诗，多取"一至七碗"之句，俗称《七碗茶歌》。

题中"走笔"，意为"快速书写、一气呵成"。孟谏议名孟简，是卢仝的挚友，曾诏拜谏议大夫，故称其为孟谏议。孟简时任常州刺史，所寄新茶即为进贡朝廷的名茶——阳羡茶。全诗可分为四段。第三段是作者着力之处，也是全诗重点及诗情洋溢之处，是全诗的精华所在。

首二句言赠茶。送茶军将的叩门声，惊醒了作者天已大亮时的浓睡。军将是受孟谏议派遣来送信和新茶的，他带来了一包白绢密封并加了三道泥印的新茶。读过信，亲手打开包封，并且点视了三百片圆圆的茶饼。密封、加印以见孟谏议之重视与诚挚，开缄、手阅以见作者之珍惜与喜爱。字里行间流溢出两人的互相尊重与真挚友谊。

第二段写茶的采摘与焙制，以烘托所赠之茶是珍品。先说采茶人的辛苦，继之以天子要尝新茶，百花因此不敢先于茶树而开花。接着说帝王的"仁德"之风，使茶树先萌珠芽，抢在春天之前就抽出了金色的嫩芽。以上四句，着重渲染珍品的"珍"。以下四句，说像这样精工焙制、严密封裹的珍品，本应是天子王公们享受的，现在竟到这山野人家来了。在最后那个感叹句里，既有微讽，也有自嘲。

第三段的七碗茶，就是展现他内心风云的不平文字。反关柴门，家无俗客，这是一种极为单纯朴素的精神生活所要求的环境。只有在这种环境中，才能摆脱可厌的世俗，过他心灵的生活。纱帽，这里指一般人用的纱巾之类。诗人纱帽笼头，自煎茶吃，这种平易淡泊的外观，并不说明他内心平静。读完全诗，读者才会见到他内心炽热的一面。碧云，指茶的色泽；风，指煎茶时的滚沸声；白花，指煎茶时浮起的泡沫。在茶癖的眼里，煎茶自是一种极美好的享受，这里也不单纯是为了修饰字面。以下全力以赴写饮茶，而所饮之茶就像一阵春雨，使他内心世界一片葱翠。在这里，他集中了奇特的诗情，并打破了句式的工稳，在文字上做到了"深入浅出"，或者说"险入平出"。作者写了一连气喝了七碗茶的感受，每一碗都有不同的感觉，是一个从物质享受到精神享受的升华过程。七碗相连，如丸走坂，气韵流畅，愈进愈美。饮茶的快感竟到"吃不得也"的程度，可以说是匪夷所思了。这样的情况虽然可能也有，但也应该说这是对孟谏议这位饮茶知音所送珍品的最高赞誉。蓬莱山是海上仙山。卢仝自比为暂被谪落人间的仙人，想借七碗茶所引起的想象中的清风，返回蓬莱。

第四段忽然转入为苍生请命，因为那些高高在上的群仙，不知下界亿万苍生的死活，所以诗人想回蓬莱山，替孟谏议这位朝廷的言官去问一下下界苍生的事，问一问他们究竟要到什么时候才能够得到喘息和休息的机会。实则诗人是希望养尊处优的居上位者，在享受这至精至好的茶叶时，要知道它是茶农冒着生命危险，攀悬崖峭壁采摘而来。这是本诗尤其难能可贵之处，诗人在喝完七碗茶后并没有忘乎所以，而是笔锋一转，又回到现实生活中来，为民请命，关心民间疾苦。这也是本诗在后代评价极高的一大原因。

全诗构思奇特巧妙，时空变幻莫测，意境深邃悠远，在内容和形式上都达到了高超的水平。本诗情感丰富，既有对君之情感与对民之情感的矛盾，又处处流露对朋友之情，既爱茶，然而又怜惜采茶、制茶的茶农。艺术上，此诗有意采用长篇古体诗形式，便于诗人笔墨自如挥洒。虽为古体诗，但无古风的拙朴，却有律体的韵味。

此诗细致地描写了饮茶时的身心感受和心灵境界，提高了饮茶的精神境界，对饮茶风气的普及与茶文化的传播起到了推动的作用，被公认为历代饮茶诗中的千古绝唱，被视为"天下第一茶诗"，甚至卢仝因此而得到了茶中"亚圣"的尊称。

【学习任务】

1. 本诗是唐代茶诗中的名篇，其中对饮茶感受的描述尤为精警。请背诵其中"一至七碗"之句，也即俗称《七碗茶歌》的部分。

2. 请简述本诗对后世茶文学创作的影响。

5. 题茶山①

唐·杜 牧

【作者简介】

杜牧（803—852），字牧之。晚唐文学家。京兆万年（今陕西西安）人。平生好读书，喜论兵，尝注《孙子》。诗赋散文，各体均擅。古诗多感怀时事之作。七言近体，或写景抒情，或怀古咏史，情致豪迈，论文精警，风格俊爽，于晚唐诗坛独持拗峭，虽带有感伤之时代色彩，但风华流丽，韵味隽永，直可追步盛唐。其散文"纵横奥衍，多切经世之务"（《四库全书总目》）。《阿房宫赋》开宋代文赋先河。著有《樊川文集》，今存。

【原文】

山实东吴秀，茶称瑞草魁②。剖符③虽俗吏，修贡亦仙才。溪尽停蛮棹④，旗张卓翠苔。柳村穿窈窕⑤，松涧渡喧豗⑥。等级云峰峻，宽平洞府开。拂天⑦闻笑语，特地见楼台。泉嫩黄金涌⑧，牙香紫璧⑨裁。拜章⑩期沃日⑪，轻骑疾奔雷。舞袖岚侵涧，歌声谷答回。磬音藏叶鸟，雪艳照潭梅。好是全家到，兼为奉诏来。树阴香作帐，花径落成堆。景物残三月，登临怆一杯。重游难自克，俯首入尘埃。

【注释】

①茶山：在唐湖州长城县（今浙江长兴县）顾渚山。地处太湖西岸，盛产紫笋茶，入品陆羽《茶经》，称其为茶中上品。②魁（kuí）：为首的，居第一位的。③剖符：封建时代的帝王在建国之后，就会封赏有功的诸侯将士，任命将、郡守，将符节剖分为二。后因以"剖符""剖竹"为分封、授官之称。④棹（zhào）：船。⑤窈窕：娴静美好的样子。⑥喧豗（huī）：形容轰响。⑦拂天：触到天。极言其高。⑧"泉嫩"句原有注为："山有金沙泉，修贡出，罢贡即

绝。"⑨紫璧：茶芽。顾渚紫笋，因其鲜茶芽叶微紫，嫩叶背卷似笋壳，故而得名。⑩拜章：上给皇帝的奏章；上奏章。⑪沃日：冲荡日头，以日比喻皇帝，指入贡的新茶与奏章都要呈送给皇帝。紫笋茶初贡时为五百穿，即五百斤。包装后火漆封印，修贡官员写上报章文书，然后由驿骑飞送至长安。

【学习提示】

　　茶山即唐湖州长城县（今浙江长兴县）顾渚山，出产唐代贡茶顾渚紫笋。按唐制，每岁春三月采制第一批春茶时，湖、常二州刺史都要奉诏赴茶山督办修贡事宜。这首《茶山》诗作于唐宣宗大中四年（850）春三月，当时诗人正在湖州刺史任上。

　　本诗分四个方面来描述。前四句说作者因督造贡茶来到茶山。继之为茶山修贡时的繁华景象，采茶的山中盛景是为三多：河里船多，岸上旗多，山中人多。热闹非凡的采茶结束，经过茶人辛勤劳动，制成的紫笋贡茶与沙泉一起入贡。"拜章"句开始写紫笋茶的入贡。最后以茶山的自然风光表示惜别之情，与前面采茶的欢乐情景形成对照。

　　贡茶初始，只是各产茶地的地方官吏征收各种名特茶叶作为土特产品进贡皇朝。自唐朝开始，除上贡外，还专门在重要的名茶产区设立贡茶院，由官府直接管理。顾渚紫笋茶可谓进贡历史最久、制作规模最大、数量最多、品质最好、进贡时间最长的贡茶，堪称中国贡茶之最。从某种意义上说，贡茶的发展为中国名茶的产生和发展奠定了基础，同时也给茶农带来了沉重的负担。古代茶诗文中不乏借贡茶反映民生疾苦的作品，如唐代诗人袁高的《茶山诗》等，体现了当时文人对贡茶制度的批判，表现了他们"忠君爱民"的思想，但本诗并未涉及这个方面。

【学习任务】

　　本诗为作者奉诏到茶山监制贡茶时所作，比较本诗和《走笔谢孟谏议寄新茶》、袁高《茶山诗》，谈谈你对贡茶制度的理解。

6. 惠山①谒②钱道人③，烹小龙团④，登绝顶，望太湖

宋·苏 轼

【原文】

踏遍江南南岸山，逢山未免更流连。

独携天上小团月⑤，来试人间第二泉⑥。

石路萦回⑦九龙脊⑧，水光翻动五湖⑨天。

孙登⑩无语空归去，半岭松声万壑传。

【注释】

①惠山：无锡惠山。②谒：晋见。③钱道人：苏轼拜谒的惠山寺长老。④小龙团：茶名。宋代御用贡茶，北苑所产小饼龙凤团茶，圆形印有龙纹。⑤小团月：指小龙团茶，因"小龙团"其形圆如月而联想起来。⑥第二泉：指惠山泉水。因唐代著名的茶叶专家"茶圣"陆羽曾品评了天下宜茶之水二十种，惠山泉第二而得名。惠山泉因此得以名扬天下。⑦萦回：弯曲环绕。⑧九龙脊：惠山山顶，其山峰九曲，故又称九龙山。⑨五湖：指太湖。太湖，五湖之一，素以优美的湖光山色和灿烂的人文景观著称。⑩孙登（约220—280）：字公和，号苏门先生，三国时魏人。长年隐居汲郡山中为道，喜好读《易》，弹一弦琴，善啸。阮籍和嵇康都曾求教于他。

【学习提示】

苏轼的这首诗为七律，写得特别精彩。诗人携带建州北苑产"小团月"贡茗，踏遍江南，到了惠山，而以茶试"人间第二泉"——惠山泉。结句以孙登无语长啸抒写自己"半岭松声万壑传"的山林隐逸之情。诗中的"独携天上小团月，来试人间第二泉"，脍炙人口，常为后人所引用。

首联以衬托的手法写惠山的景色之美，让作者更是流连忘返。此诗是

其任杭州通判（苏轼因在新法的施行上与新任宰相王安石政见不合，自求外放，调任杭州通判）时所作，作者于宋神宗熙宁六年（1073）十一月至七年（1074）五月之间，曾两次来惠山拜谒钱道人，此诗也大概作于这段时间。在杭州任上的三年里，苏子登过的江南名山难计其数，却钟情于惠山。惠山屹立于碧波万顷的太湖边，自有山海之灵气相助；而相传舜帝曾躬耕于此，西域僧人慧照也于晋代在此建寺，它又是江南衣冠文物萃集之地，更有奇人钱道人在此。

领联写惠山烹茗品泉，写得既细腻又洒脱，既脍炙人口又联想独特。据欧阳修《归田录》云："其品精绝，谓之小团，凡二十饼重一斤，其价值金二两，然金可有，而茶不可得。"用这样极不容易到手的"小团"茶与惠山钱道人共试这"人间第二泉"，足见他们对第二泉泉水的青睐。又据徽宗赵佶的《大观茶论》中认为宜茶之水"惠山为上"。可见作者表面赞茶、品茶，实际是赏景——品泉。出句"天上"，对句"人间"，对仗既细腻又洒脱，由"小龙团"茶联想到"天子（皇帝）"，所以喻它来自"天上"，又由此触发联想到天上的"小团月"，奇特的想象能使读者联想到天上的明月照着清澈的第二泉，与喝惠山泉水烹煮的小龙团茶同样的沁人肺腑。奇特的想象含蓄蕴藉，引人遐思。

颈联写登惠山途中与登顶后的所见。据陆羽《慧山寺记》记载："山有九龙，若龙之偃卧然"，又："慧山，古华山也。曰九陇，惟慧为恒称，九龙则间称之。龙云者，极其状也。""石路萦回九龙脊"说的是石路在苍翠的"偃卧"九龙山脊间盘旋萦绕；"水光翻动五湖天"写登绝顶俯瞰太湖的波涛翻动水天的景象。把惠山的九条"苍龙"，淹没于太湖的水光接天之中的景象写得淋漓尽致。此联有动静结合之效。从山巅的佛寺俯瞰，新视角带来新感受，山石嶙峋，小路盘旋在虬曲蜿蜒的惠山九龙脊上，让人顿觉，唯有弯曲，方可通达山巅；唯有攀登，方可领略山的雄伟高峻——静态的世界包孕着勃勃的生机。再看山下，太湖烟波浩渺，波涛翻滚，水光接天，气势磅礴——动态的水色天光更让人感受到了无限的生机活力。

尾联既化用典故，又以景结情，写隐逸情怀，含义深远。从诗题看此联当是拜谒钱道人、品茶品泉、登绝顶赏景之后，由归途的景象所产生的联想。苏轼惠山一行归途中，松涛泠泠作响，使他想到了嵇康、阮籍拜访孙登的历史典故。结合此时苏轼的背景，面对钱道人的"无语"教诲，这一联既感慨嵇康未悟遭杀，而阮籍领悟孙登啸音得以保全性命，更表达了自己不与政敌做无谓的争斗，而自求外放为民造福的自得。

此诗不仅品茶，侧重点更是品泉，通过赏景以传作者的弦外之音，超越对茶的饮用品味本身，与山水林泉之清景、超越尘世的行为方式相联系。

【学习任务】

试分析诗中"独携天上小团月，来试人间第二泉"两句脍炙人口的原因。

7. 次韵①曹辅寄壑源②试焙新芽

宋·苏 轼

【原文】

仙山③灵草④湿行云⑤，洗遍香肌粉未匀。

明月⑥来投玉川子⑦，清风吹破武林⑧春。

要知冰雪心肠⑨好，不是⑩膏油⑪首面新。

戏作小诗君勿笑，从来佳茗似佳人。

【注释】

①次韵：诗人的好友曹辅给诗人寄来了北宋贡茶院福建壑源刚制出的新茶，并写了一首诗。诗人步原韵和诗一首，以表谢意。②壑源：宋代福建省有名的产茶地方。③仙山：此指茶山。④灵草：指茶芽。⑤湿行云：指茶芽为流动着的云雾所湿润。言山之高，上多云雾，因而茶叶品质好。⑥明月：指团茶。⑦玉川子：唐代诗人卢仝的号，这里苏轼用以自比。⑧武林：旧时杭州的别称，以武林山得名。这句是说作者饮了此茶，不觉清风生两腋，从而感到武林的春意。⑨心肠：此处指茶的内质。⑩不是：两字意思是"不只是"。⑪膏油：在茶饼面上涂一层膏油，这是当时流行的一种做法。

【学习提示】

诗人的好友曹辅给诗人寄来了北宋贡茶院福建壑源刚制出的新茶，并写了一首诗。诗人步原韵和诗一首，以表谢意。曹辅的原诗没有流传开，东坡这首诗却成了咏茶的名篇。全诗用词典雅，句句写佳人，同时又是句句写佳茗，拟人描写精彩，画面感强，意境优美，确是咏茶诗中的佳作。

这是一首赞茶之诗。前三联，都是从不同的角度讲茶好。首联说产地之优，兼及制茶。颔联写茶品之高，兼及煎茶饮茶。"明月"见出团饼的茶形，"玉川子"（卢仝）是诗人自比。颈联讲用料之纯，具有一副"好心肠"。话说到这里，已经可以断定这是一款好茶。但到底什么是顶级好茶？诗人的回答是："从来佳茗似佳人。"茶之为人所好，主要是物质功利性，以其味为人所赏，而苏轼之之同于美人香草，则不仅在其物质性，更在从其精神性着眼。新茶得天地之灵气，妙质天成，恰似佳人摒弃一切脂粉膏油，不施粉黛，有冰雪之心性。全诗采用拟人手法，用不施粉黛、冰雪心性的佳人比拟真香妙质的新茶，着眼于二者内在精神特质的相似性，以佳人之句写佳茗之性，结以"佳茗似佳人"之喻尤为精妙。

古往今来，自有了茶这个不可或缺的生活品后，关于茶的比喻可以说五花八门，如嘉木、瑞草、灵草、灵芽等，其中最具创意和形象思维的，非"佳人"莫属。到了苏轼这里，他以浪漫诙谐的笔调喻茶为"佳人"，将茶的喻说换了天地。此喻对后人影响颇大，明代茶人许次纾与现代文人林语堂均受其启发。

据许善长《谈尘》，清末，西湖边藕香居茶室有两副非常有名的茶联，其一便是"欲把西湖比西子，从来佳茗似佳人"，奇妙而工整，令人叫绝。

【学习任务】

本诗以"从来佳茗似佳人"的比喻著称，请结合此喻分析全诗的象征手法。

8. 采茶词

明·高　启

【作者简介】

高启（1336—1374），字季迪。长洲（今江苏苏州）人。元末曾隐居吴淞江畔的青丘，自号青丘子。明初著名诗人，与杨基、张羽、徐贲合称"吴中四杰"。其诗雄健有力，富有才情，开始改变元末以来缛丽的诗风。学诗兼采众家之长，无偏执之病。但从汉魏一直模仿到宋人，又死于盛年，未能熔铸创造出独立的风格。反映人民生活的诗质朴真切，富有生活气息。吊古或抒写怀抱之作寄托了较深的感慨，风格雄劲奔放。有诗集《高太史大全集》、文集《凫藻集》、词集《扣舷集》。

【原文】

雷过①溪山碧云②暖，幽丛半吐枪旗短③。银钗女儿④相应歌⑤，筐中摘得谁最多？归来清香犹在手，高品⑥先将呈太守。竹炉新焙未得尝，笼盛贩与湖南商。山家⑦不解⑧种禾黍⑨，衣食年年在春雨⑩。

【注释】

①雷过：春雷出鸣。②碧云：指茶树。③枪旗短：茶芽初展，极为细嫩。《北苑别录》"拣茶"条："中芽，古谓一枪一旗是也。言茶初生，一小芽如枪，一小叶如旗，故名。今称旗枪。"④银钗女儿：头戴银钗的采茶女。⑤相应歌：相互接应地唱着山歌。⑥高品：上等的茶叶。⑦山家：山村茶农。⑧不解：不懂得。⑨禾黍（shǔ）：指稻谷等粮食作物。⑩春雨：指春天采茶时节。

【学习提示】

这是一首关注茶农疾苦的诗。诗中描写了茶农把茶叶供官后，其余全部卖给商人，自己却舍不得尝新的痛苦，表现了诗人对人民生活的极大同情与关怀。

"银钗女儿相应歌，筐中摘得谁最多"生动描述了茶农采茶的场景，给人深刻印象的自然是山谷间回荡的茶歌悠悠。茶歌的来源包括由文人的文学作品而变成茶歌的，由民谣经文人的整理配曲而来的，还有茶农和茶工本身创作的采茶民歌或山歌。本诗描写了采茶过程中茶歌应答的场景，而且诗歌本身从茶农视角写茶农生活，语句平易简洁，流畅自然，洋溢着浓郁的生活气息，亦是具有民歌风味的茶歌佳作。

"竹炉新焙"一句提及诗中所描写的茶需经烘焙制成，其烘焙用具为"竹炉"。"竹炉"指用竹篾做成的套子套着的火炉。此处诗中所说的竹炉带有山间就地取材的茶农本色，历史上竹炉也曾作为烹茶煮水用具，则更多地体现了文人的简朴茶风。关于竹炉还有一段茶人逸事：惠山泉北的竹炉山房，门前有一联云："削竹编炉，原是山房旧物；烧松煮雪，久为钠子珍藏。"房内壁间嵌着一幅《竹炉煮茶图》刻石，陈列着一个外方内圆、朴拙雅致的竹茶炉。这一房、一图、一炉，折射出二泉文化的璀璨光华。竹炉山房原是惠山寺的弥陀殿，因明初住持普真竹炉煮茶的逸事，在明万历年间改成现名。

咏农诗就是以农村和农民生活为题材的诗歌。悯农诗则是其中描述农民苦难生活、表达作者悲悯情怀的诗作。茶农是农民中的一类，但历代诗人对茶农的关注要远比育禾种粟的农民晚得多。卢仝《走笔谢孟谏议寄新茶》中有"安得知百万亿苍生命，堕在巅崖受辛苦"的诗句，袁高《茶山诗》对采制贡茶农民的疾苦反映得更加细致："扪葛上敧壁，蓬头入荒榛。终朝不盈掬，手足皆鳞皴。"本诗"归来清香犹在手，高品先将呈太守。竹炉新焙未得尝，笼盛贩与湖南商"四句则更为全面地反映了真正以茶为业的茶农辛苦采茶制茶满足衣食之需的生活状况。

【学习任务】

本诗借采茶情景的描述，旨在表达对茶农疾苦的关切。联系古代悯农诗及当前茶农实际分析本诗的主旨。

9. 余姚瀑布茶①

明·黄宗羲

【作者简介】

　　黄宗羲（1610—1695），字太冲，号梨洲，世称南雷先生或梨洲先生。浙江宁波余姚人。明末清初经学家、史学家、思想家、地理学家、天文历算学家、教育家。与顾炎武、王夫之并称"明末清初三大思想家"。主张文学应当反映现实社会，表达作者的真情实感。不满明代文学的刻意模仿，摘抄剽窃之风。黄宗羲一生著述大致依史学、经学、地理、律历、数学、诗文杂著为类，多至五十余种三百多卷，其中最为重要的有《明儒学案》《宋元学案》《明夷待访录》《明文海》《四明山志》等。

【原文】

　　　　　　檐溜②松风方扫尽，轻阴③正是采茶天。

　　　　　　相邀直上孤峰顶，出市俱争谷雨④前。

　　　　　　两筥⑤东西分梗叶，一灯儿女共团圆。

　　　　　　炒青⑥已至更阑⑦后，犹试新分瀑布泉⑧。

【注释】

　　①余姚瀑布茶：又名余姚仙茗、香茗，属绿茶。瀑布仙茗源于四明山白水冲瀑布上游的道士山。余姚境内还有一处有名的瀑布，即化安双瀑，也出瀑布茶。该茶历史悠久，唐时已闻名天下。②檐溜：檐沟。亦指檐沟流水。③轻阴：微阴的天色。④谷雨：谷雨茶，是谷雨时节采制的春茶，又叫二春茶。明人许次纾在《茶疏》中谈到采茶时节时说："清明太早，立夏太迟，谷雨前后，其时适中。"⑤筥（jǔ）：盛放分拣茶梗茶芽的器具。⑥炒青：在制作茶叶的过程中利用微火在锅中使茶叶萎凋的手法，乌龙茶、青茶制作的一个特有工序。⑦更阑：

更深夜残。⑧瀑布泉：化安双瀑，在剡溪的上游，因流分二注而得名。黄宗羲曾归隐于化安山。

【学习提示】

黄宗羲是"明末清初三大思想家"之一，浙江宁波余姚人。瀑布仙茗产于四明山白水冲道士山瀑布岭。四明山还有一处著名的"化安双瀑"，因流分二注而得名，山上山下也种有茶树，亦称瀑布茶。黄宗羲晚年在化安山筑龙虎草堂，隐居于此。读书写作之余，他与家乡的瀑布茶结下不解之缘。本诗即写瀑布仙茗的采摘与制作，描述了一幅富有生活气息的农家采茶、制茶图。采茶以晴天为最好，但清明谷雨时节难得放晴，因此阴天也要抓紧采。黄宗羲扫完草堂前的松针落叶，便抓紧与家人、童仆还有其他山民攀上顶峰，采摘雨前茶。晚上归来，一家人又忙着在灯下分拣梗叶、炒茶杀青，通宵忙碌，辛勤劳作。最后一句堪称点睛之笔：制好了新茶，已是五更将尽，晨曦初露。虽然睡眼蒙眬，但作为一位爱茶人，此时此刻用瀑布泉泡上一杯瀑布新茶，品尝自己的劳动果实，该是何等的惬意与满足！此情此景真是茶人的一大快事，唯有黄宗羲这样热爱生活，懂得种茶、制茶、品茶的世外隐士才有福消受。

诗的前四句描述了采茶的时间选择和热闹场景。采茶的天气是"轻阴"，时间是"谷雨前"。采茶人是相邀而行，直登峰顶。采茶之时更是你追我赶，唯恐落后。后四句写制茶。制茶时全家出动，并且早晨刚刚采摘回来的新茶当天就进行分拣和炒青。"梗"指茶梗，是指茶叶的梗。一直以来，茶人没有饮用茶梗的习惯。本诗后四句写一家人劳作，亲人在劳作中的融融之乐，品尝劳动果实的惬意。黄宗羲还有一首《寄新茶与第四女》也写到瀑布茶："新茶自瀑岭，因汝喜宵吟。月下松风急，小斋暮雨深。勾线灯落蕊，更尽鸟移林。竹光犹明灭，谁人知此心。"也许是女儿未嫁或回娘家，黄宗羲在《余姚瀑布茶》中写"一灯儿女共团圆"。这次则不同，这位爱茶的四女未回娘家采新茶。诗人想得周到，立即为爱女寄去新茶和诗作。为爱女寄新茶，引发了诗人的诸多人生感慨：雨夜人静，独坐书斋，月儿时明时暗，竹灯摇曳明灭，偶尔能听到飞鸟在移林觅枝。清净孤寂之中，壮士内心且如漫山松涛起伏动荡，壮志未酬，有谁能知这烈士暮年之心？唯有向懂诗的爱女略作倾诉。可见诗人寄茶只是引子，而诗义远在茶外。"更阑不忘尝新茶"，这一定是杯上佳之茗：时令在谷雨前，采茶在瀑布边，泡的又是瀑布泉水。劳作后的休息，一屋的茶香怡人，一家的亲情舒心，一杯绿茶入口，润喉、暖身。此情此景真是人生的一大快事。"茶者，水之神；水者，茶之体。非真水莫显其神，非精茶曷窥其体。"（张源《茶录》）新汲取的瀑布泉冲泡刚刚制成的瀑布茶本已两妙，加之是辛劳一天的劳动成果，品饮之时更增茶香茶味。这茶香之中最美之处在于诗人山居耕读、自给自足的快乐。

黄宗羲诗文著述宏富。家乡的瀑布茶给了他源源不绝的文思，茶香浸润着他的笔墨。《山居杂咏》是他诗词的代表作，其中"之一"里的"死犹未肯输心去，贫亦其能奈我何"被视为不畏强暴、贫贱不移的述志名句。"之六"则写出了他在山居耕读自给自足的快乐："数间茅屋尽从容，一半书斋一半农。左手犁锄三四件，右方翰墨百千通。牛宫豕（shǐ）圈亲僮仆，药灶茶铛坐老翁。十口萧然皆自得，年来经济不无功。"诗句极写诗人作为书生农夫的自信与洒脱。身为大儒而能胜任农耕，只有归隐山居的黄宗羲才有这般风骨。文武全才的他，本是国家栋梁，可做名将良相。乱世造就了他的矛盾心理：既痛恨明朝的腐败，又不肯屈服于清朝，这是这位大思想家生不逢时的历史悲剧。好在，顺治、康熙两位皇帝器重他的才华，并未因他反清复明、抗旨拒召而灭他的九族，容他在山居安乐品茶，耕读著述，得以善终，又有思想巨著传世，从这方面来说，黄宗羲又是幸运的。

【学习任务】

本诗颈联写一家人在劳作中的融融之乐，试分析诗句的对仗之美。

茶诗扩展阅读篇目

1. 夜闻贾常州、崔湖州①茶山境会亭②欢宴因寄此诗

唐·白居易

【作者简介】

白居易（772—846），字乐天，号香山居士。河南新郑（今河南郑州新郑市）人。唐代伟大的现实主义诗人，与元稹共同倡导新乐府运动，世称"元白"，与刘禹锡并称"刘白"。白居易的诗歌题材广泛，形式多样，语言平易通俗。有《白氏长庆集》传世，代表诗作有《长恨歌》《卖炭翁》《琵琶行》等。

【原文】

遥闻境会茶山夜，珠翠③歌钟④俱绕身。

盘下中分两州界⑤，灯前合作一家春⑥。

青娥⑦递舞应争妙，紫笋齐尝各斗新⑧。

自叹花时北窗⑨下，蒲黄⑩酒对病眠人。

【注释】

①贾常州、崔湖州：分别为常州刺史、湖州刺史。②境会亭：浙江长兴、江苏宜兴交界处，唐代建有境会亭。③珠翠：珍珠和翡翠，妇女饰物。④歌钟：编钟。⑤盘下中分两州界：茶盘中放着湖州、常州出产的茶叶，各有特色，界限分明。⑥灯前合作一家春：湖州人、常州人灯前一起品茶。⑦青娥：美貌少女。⑧紫笋齐尝各斗新：大家一起品尝各地紫笋茶，比较其质量高低。紫笋茶，唐代著名的贡茶，产于浙江长兴顾渚山和江苏宜兴的接壤处。⑨北窗：北堂。⑩蒲黄：中草药名。

2. 谢李六郎中寄新蜀茶

唐·白居易

【原文】

故情周匝^①向交亲，新茗分张^②及病身^③。

红纸一封书后信^④，绿芽十片^⑤火前春^⑥。

汤添勺水煎鱼眼^⑦，末下刀圭^⑧搅曲尘^⑨。

不寄他人先寄我，应缘我是别茶人^⑩。

【注释】

①周匝：这里作"完全"讲。这句是说：过去的感情完全是因为向来彼此交往亲密。②分张：分给。③病身：白居易自称"病身"。④"红纸"句：收到书信以后收到了茶叶。⑤绿芽十片：唐代制茶要经过蒸、捣、拍、烘等工序，制成的茶呈团饼状，又称片茶。绿芽十片即十块团饼茶。⑥火前春：清明节前一天，为寒食节。火前即清明前，火前春即明前茶。⑦鱼眼：水初沸时出现的小气泡称"蟹眼"，以后出现稍大的气泡称"鱼眼"。⑧刀圭：古代量取药末的用具，像小汤匙。这里的"刀圭"被用来量取茶末。⑨曲尘：指造酒产生的细菌，这里指碾碎后筛过的茶叶细末，把置于釜内的茶叶细末用小汤匙搅动。⑩别茶人：能鉴别茶叶品质优劣的人。

3. 茶（宝塔诗^①）

唐·元 稹

【作者简介】

元稹（779—831），字微之。河南洛阳人。唐朝著名诗人。与白居易共同倡导新乐府运动，世称"元白"。其诗辞浅意哀，令人动容。有《元氏长庆集》六十卷，补遗六卷，现存诗八百三十余首，收录诗赋、诏册、铭谏、论议等共一百卷。

【原文】

茶。

香叶，嫩芽。

慕诗客②，爱僧家③。

碾雕白玉，罗织红纱。

铫④煎黄蕊色，碗转曲尘花⑤。

夜后邀陪明月，晨前命对朝霞。

洗尽古今人不倦，将至醉后岂堪夸。

【注释】

①宝塔诗：一种杂体诗，原称一字至七字诗。从一言起句，依次增加字数，从一字到七字句逐句成韵，叠成两句为一韵。对仗工整，读起来朗朗上口，声韵和谐，节奏明快。②慕诗客：使诗人思慕。慕，思念。③爱僧家：使僧人爱恋。④铫（diào）：有柄的小型烧器，为煮茶的器具。⑤曲尘花：淡黄色的花。

4. 饮茶歌诮①崔石使君

唐·皎 然

【作者简介】

皎然（约720—约803），俗姓谢，字清昼。湖州长城（今浙江长兴县）人。唐代著名诗僧、茶僧。南朝谢灵运十世孙。活动于大历、贞元年间，有诗名。

【原文】

越②人遗③我剡溪茗④，采得金芽⑤爨⑥金鼎⑦。素瓷雪色缥沫香⑧，何似诸仙琼蕊浆⑨。一饮涤昏寐，情思朗爽满天地。再饮清我神，忽如飞雨洒轻尘。三饮便得道，何须苦心破烦恼。此物清高世莫知，世人饮酒徒自欺。愁看毕卓⑩瓮间夜，笑向陶潜篱下⑪时。崔侯啜之意不已，狂歌一曲惊人耳⑫。孰知茶道全尔真，唯有丹丘⑬得如此。

【注释】

①诮（qiào）：带有诙谐调侃崔石使君饮酒不胜茶之意。崔石约在贞元（唐德宗年号，785—805）初任湖州刺史。②越：古代绍兴一带。③遗（wèi）：赠送。④剡溪：水名。剡溪茶因皎然此诗得以扬名，此处剡溪应特指嵊州。⑤金芽：金黄色的茶芽，比喻茶叶极为珍贵。⑥爨（cuàn）：此处当烧、煮茶之意。⑦金鼎：风炉，煮茶器具。⑧"素瓷"句：素瓷雪白，白色瓷碗。白瓷碗里的茶汤，漂着沫饽散发着清香。⑨"何似"句：如清凉的雨丝从天而降。琼蕊，琼树之蕊，服之长生不老。⑩毕卓：《晋书·毕卓传》记载了毕卓为吏部郎时盗饮美酒的典故，后以此典比喻嗜酒者。⑪陶潜篱下：陶潜，陶渊明。篱下，陶渊明《饮酒》诗："采菊东篱下，悠然见南山。"⑫"崔侯"二句：意思是崔石使君饮酒过多之时，还会发出惊人的狂歌。狂歌，此指放歌。⑬丹丘：古代道教中的神仙，有传说称其饮茗得羽化。

5. 对陆迅饮天目山茶因寄元居士晟①

唐·皎 然

【原文】

喜见幽人会，初开野客茶。日成东井②叶，露采北山芽。文火③香偏胜，寒泉味转嘉。投铛④涌作沫，著碗聚生花。稍与禅经⑤近，聊将睡网赊⑥。知君在天目，此意日无涯⑦。

【注释】

①陆迅、元晟均为诗人的朋友，诗人与陆迅等友人对饮天目山茶，并赋诗致谢友人元晟寄赠天目山茶的情谊。天目山地处浙江省杭州市西北部临安区境内，是我国古代老茶区之一，产茶历史悠久。"茶圣"陆羽在《茶经》"八之出"中载有"杭州临安、於潜二县生天目山与舒州同"。②东井：井宿，二十八宿之一，因在玉井之东，故称。此二句言带露采摘制作天目山茶的情景。③文火：煎煮时所用的小而缓的火。此句应指文火炙烤茶饼。④铛（chēng）：锅，此处为煮茶用具。句中"沫"与"花"皆指茶汤表面的沫饽。⑤禅经：佛经。⑥赊（shē）：遥远。⑦无涯：无穷尽、无边际。

6. 茶山诗

唐·袁 高

【作者简介】

袁高（728—787），字公颐。沧州东光（今河北东光）人。官至御史中丞。唐代德宗时曾出任湖州刺史，督造贡茶。

【原文】

禹贡①通远俗，所图在安人。后王失其本，职吏不敢陈。亦有奸佞②者，因兹欲求伸。动生千金费，日使万姓贫。我来顾渚源，得与茶事亲。氓辍耕农耒③，采采实苦辛。一夫旦当役，尽室④皆同臻⑤。扪葛⑥上欹⑦壁，蓬头入荒榛⑧。终朝不盈掬，手足皆鳞皱⑨。悲嗟遍空山，草木为不春。阴岭芽未吐，使者牒⑩已频。心争造化功，走挺麋鹿均。选纳⑪无昼夜，捣声昏继晨。众工何枯栌，俯视弥伤神。皇帝尚巡狩，东郊路多堙⑫。周回绕天涯，所献愈艰勤。况减兵革困，重兹固疲民。未知供御余，谁合分此珍。顾省忝⑬邦守，又惭复因循。茫茫沧海间，丹愤⑭何由申。

【注释】

①禹贡：《尚书·禹贡》载："禹别九州，随山浚川，任土作贡。"贡，贡赋，赋税。②奸佞（nìng）：奸邪谄媚的人。多指奸臣。③泯（máng）辍耕农耒（lěi）：指采茶制茶使得农民废止了农业春耕劳作。泯，古代称民（充当隶役的平民）。辍，中途停止，废止。耒，古代指耕地用的农具。④尽室：全家。⑤臻（zhēn）：到，来到。⑥扪（mén）葛：攀缘葛藤。⑦欹（qī）：古同"敧"，倾斜。⑧荒榛（zhēn）：杂乱丛生的草木。引申为荒芜。⑨鳞皴（cūn）：像鳞片般的皲（jūn）皮或裂痕。⑩牒（dié）：古代官府往来文书的文种之一。⑪选纳：选取。⑫堙（yīn）：堵塞。⑬忝（tiǎn）：辱，有愧于，常用作谦辞。⑭丹愤：出于忠诚的激愤。

7. 茶 舍

唐·皮日休

【作者简介】

皮日休（约838—约883），字袭美。湖北襄阳人，晚唐诗人、散文家，与陆龟蒙齐名，世称"皮陆"。

【原文】

> 阳崖枕白屋，几口嬉嬉活。棚上汲红泉，焙前蒸紫蕨。
> 乃翁研茗①后，中妇拍茶②歇。相向掩柴扉，清香满山月。

【注释】

①研茗：把茶放入盆内捣研，以达到茶末均匀细腻的效果。②拍茶：唐朝茶"拍"的程序，是把茶捣成膏后，放在模具里让其成型。

8. 茶 舍

唐·陆龟蒙

【作者简介】

　　陆龟蒙（？—881），字鲁望，别号天随子、江湖散人、甫里先生。唐代文学家。江苏苏州人。曾任苏湖两都从事。经常与皮日休作文和诗，人称"皮陆"。

【原文】

　　　　旋取山上材，架为山下屋。门因水势斜，壁任岩隈①曲。
　　　　朝随鸟俱散，暮与云同宿。不惮采掇②劳，只忧官未足。

【注释】

　　①岩隈（wēi）：深山曲折处。②采掇：采摘、采集。

9. 煮 茶

唐·皮日休

【原文】

　　　　香泉一合乳，煎作连珠沸。时看蟹目溅，乍见鱼鳞起①。
　　　　声疑松带雨，饽恐生烟翠。倘把沥中山②，必无千日醉。

【注释】

　　①蟹目、鱼鳞：均以比喻手法写煮水的汤候。②中山：酒的代称。《搜神记》卷十九载："狄希，中山人也，能造千日酒，饮之千日醉。"

10. 煮　茶

唐·陆龟蒙

【原文】

闲来松间坐，看煮松上雪。时于浪花里，并下蓝英末。

倾余精爽健，忽似氛埃①灭。不合别观书，但宜窥玉札②。

【注释】

①氛埃：指污浊之气、尘埃。借指尘世或俗念。②玉札：玉版刻的道书。对别人书信的敬称。

11. 茶磨二首（其一）

宋·梅尧臣

【作者简介】

梅尧臣（1002—1060），字圣俞，世称宛陵先生。北宋著名现实主义诗人。宣州宣城（今属安徽）人。积极支持欧阳修的古文运动，是诗歌革新运动的推动者。和苏舜钦齐名，被称为"苏梅"，为当时人所推崇。著有《宛陵先生集》六十卷。

【原文】

楚匠斲①山骨②，折檀为转脐③。乾坤人力内，日月蚁行④迷。

吐雪夸春茗，堆云忆旧溪。北归唯此急，药臼不须挤。

【注释】

①斲（zhuó）：古同"斫"，用刀、斧等砍。②山骨：山中岩石。唐人刘师服、侯喜等《石鼎联句》亦有句云："巧匠斲山骨，刳中事煎烹。"③转脐：磨心的转轴。④蚁行：本意为蚂蚁爬行，比喻日月在天之运行。

12. 寄茶与平甫①

宋·王安石

【作者简介】

王安石（1021—1086），字介甫，号半山。封为舒国公，后又改封荆国公。世人称"王荆公"。北宋临川盐阜岭（今江西抚州）人。中国历史上杰出的政治家、思想家、文学家、改革家，"唐宋八大家"之一。其诗文各体兼擅，词虽不多，但亦擅长，有《王临川集》。

【原文】

碧月②团团堕九天，封题③寄与洛中仙。
石楼④试水⑤宜频啜，金谷⑥看花莫漫煎。

【注释】

①平甫：王安国（1028—1074），字平甫，王安石胞弟，曾任职洛阳。②碧月：比喻团茶。③封题：物品封装妥善后，在封口处题签。④石楼：应指香山寺石楼。⑤试水：尝试品味茶水。⑥金谷：金谷园为洛阳名园，相传为西晋石崇的别墅，"金谷春晴"被誉为洛阳八大景之一。

13. 汲江煎茶

宋·苏轼

【原文】

活水还须活火烹，自临钓石取深清①。

大瓢贮月②归春瓮，小杓分江③入夜瓶。

雪乳④已翻⑤煎处脚⑥，松风⑦忽作泻⑧时声。

枯肠未易禁三碗⑨，坐数荒村长短更⑩。

【注释】

①深清：指既深又清的江水。②贮月：月映水中，一并舀入春瓶，因此说是"贮月"。③分江：从江中取水，江水为之减了分量，所以说是"分江"。④雪乳：一作"茶雨""茶乳"，指煮茶时汤面上的乳白色浮沫。⑤翻：煮沸时滚动。⑥脚：茶脚。⑦松风：形容茶水倒出时的声音。⑧泻：倒出。⑨"枯肠"句：未易，不容易。禁，承受。这一句语意用唐代诗人卢仝《谢孟谏议寄新茶诗》中的诗句。⑩更：打更。

14. 回文诗①二首

宋·苏 轼

【原文】

十二月十五日，大雪始晴，梦人以雪水烹小团茶，使美人歌以饮，余梦中为作回文诗，觉而记其一句云：乱点余花唾碧衫。意用飞燕唾花②故事也。乃续之，为二绝句云。

之 一

酡颜③玉碗捧纤纤④，乱点余花唾碧衫。

歌咽⑤水云凝静院，梦惊松雪落空岩。

之 二

空花⑥落尽酒倾缸，日上山融⑦雪涨江。

红焙⑧浅瓯新火活⑨，龙团小碾斗晴窗⑩。

【注释】

①回文：谓诗中字句，回环往复，读之都成篇章。②飞燕唾花：谓美人之唾液染于袖上，如花之美。③酡颜：醉颜，美女饮酒后面色红润。酡，饮酒后脸色变红，将醉。④纤纤：形容女子手柔细美好。⑤歌咽：歌声哽咽。⑥空花：指雪，犹言雪自空而落。⑦日上山融：日出而山雪融化。⑧红焙：焙火正红。⑨火活：有焰的火。⑩斗晴窗：在晴天窗边用龙凤团茶进行的斗茶。

15. 以小团龙及半铤①赠无咎②并诗用前韵③为戏

宋·黄庭坚

【作者简介】

黄庭坚（1045—1105），字鲁直，号涪翁，又号山谷道人。宋文学家、书法家。洪州分宁（今江西修水）人。与张耒、晁补之、秦观俱游苏轼门，时称"苏门四学士"，而黄庭坚于诗影响尤大，于元祐间即与苏轼并称"苏黄"。黄庭坚推尊杜甫，对诗歌创作有较为系统的理论主张，为宋代最大诗歌派别江西诗派的开创者。其诗今存近两千首，较全面地反映出宋代士大夫文人日常生活及精神世界。其诗语言生新瘦硬，又用典繁富，有浓厚书卷气，但亦难免生僻艰涩之病。又善作词。今所存一百八十余首词作，部分词作以疏宕笔致表达现实人生感受，颇有价值，然成就不及诗歌。还长于书法，行草兼善，楷法亦自成一家，与苏轼、米芾、蔡襄合称"宋四家"。著作有《豫章黄先生文集》《山谷诗内、外、别集》等。

【原文】

我持玄圭与苍璧④，以暗投人渠不识。城南穷巷有佳人，不索宾郎⑤常晏食⑥。赤铜茗椀⑦雨斑斑，银粟翻光解破颜。上有龙文⑧下棋局，探囊赠君诺已宿。此物已是元丰⑨春，先皇圣功调玉烛。晁子胸中开典礼，平生自期莘与渭⑩。故用浇君磊隗⑪胸，莫令鬓毛雪相似。曲几⑫团蒲⑬听煮汤，煎成车声绕羊肠⑭。鸡苏⑮胡麻⑯留渴羌，不应乱我官焙香。肥如瓠壶⑰鼻雷吼，幸君饮此勿饮酒。

【注释】

①锭（dìng）：量词，此处指福建建安所产京锭茶，一说用于形容团茶的数量。②无咎：晁补之，字无咎，号归来子，济州巨野（今属山东巨野县）人。北宋时期著名文学家，为"苏门四学士"之一。③前韵：先后作旧体诗二首以上，用韵皆同，第一首对以后各首来说，其所用之韵称"前韵"。常在题中指明。④玄圭与苍璧：比喻团茶。团茶晶莹苍亮，如圭如璧。圭璧原是玉器，多用作诸侯朝聘或祭祀。⑤宾郎：也作"宾根"，即槟榔。常绿乔木，果橙红色，古时为待客佳品。⑥晏食：谓晚食时，约当酉时之初。晏，迟、晚。⑦椀（wǎn）：同"碗"。⑧龙文：指团茶上面龙纹的图形。⑨元丰：宋神宗赵顼的一个年号，元丰八年二月宋哲宗即位沿用。先皇即宋神宗。⑩莘与渭：耕莘钓渭，取自伊尹出仕前在有莘之野躬耕务农，姜太公隐居时于渭水边垂钓的典故。⑪磊隗（wěi）：亦作"礌魁"，比喻胸中不平之气。⑫曲几：古代一种呈半圆形的凭几，三足，放在车上可供向前伏靠，也可放在床上供人向后和旁侧倚靠。⑬团蒲：蒲团。用蒲草编织成的圆垫，多为僧人坐禅及跪拜时所用。后也作坐具。⑭煎成车声绕羊肠：形容煎茶的声音。羊肠喻指狭窄曲折的小路。⑮鸡苏：草名，即水苏。其叶辛香，可以烹鸡。⑯胡麻：此处应指胡麻的种子胡麻仁，有药用食疗功效。宋代民间饮茶中仍有饮茶加入佐料的习俗，鸡苏与胡麻仁都是当时饮茶添加的佐料。⑰瓠（hù）壶：一种盛液体的大腹容器。

16. 效蜀人煎茶戏作长句①

宋·陆　游

【原文】

午枕初回梦蝶②床，红丝小硙③破旗枪。

正须山石龙头鼎④，一试风炉蟹眼汤。

岩电⑤已能开倦眼⑥，春雷不许殷枯肠⑦。

饭囊酒瓮⑧纷纷是，谁赏蒙山紫笋香？

【注释】

①长句：指七律。②梦蝶：典出《庄子·齐物论》，后用"梦蝶"为梦幻之意。③硙（wèi）：指石磨。④山石龙头鼎：典出唐代诗人韩愈《石鼎联句诗》，即指石制的鼎，鼎盖作龙头形，陆羽《茶经》称之为"风炉"。⑤岩电：谓目光明亮，如岩下闪电。《世说新语·客止》："晋王戎视日不眩，裴楷说'戎眼烂烂如岩下电'。"⑥倦眼：眼睛疲劳，言饮茶解倦，倦眼既开，目光如电。⑦殷枯肠：在空肠中发出春雷般的鸣声。⑧饭囊酒瓮：酒囊饭袋，喻无能之人。

17. 临安春雨初霁①

宋·陆　游

【原文】

世味年来薄似纱，谁令骑马客京华？

小楼一夜听春雨，深巷明朝卖杏花。

矮纸斜行闲作草②，晴窗细乳戏分茶③。

素衣莫起风尘叹，犹及清明可到家④。

【注释】

①霁：雨雪停止，云雾散，天放晴朗。②"矮纸"句：矮纸，就是短纸、小纸。草，就是草书。这一句实是反用了张芝的典故。据说张芝擅草书，但平时都写楷字，人问其故，回答说，"匆匆不暇草书"。③细乳：煎茶时汤面的茶沫。分茶是一种高级茶艺活动，诗人不是个中高手，故曰"戏"。④"素衣"二句：化用陆机《为顾彦先赠妇》诗句"京洛多风尘，素衣化为缁"，意谓羁旅风霜之苦，又寓有京中恶浊，久居为其所化的意思。陆游这里反用其意。

18. 寒　夜

宋·杜　耒

【作者简介】

杜耒（？—1225），字子野，号小山，南城（今属江西）人。南宋诗人。

【原文】

寒夜客来茶当酒，竹炉①汤沸②火初红。

寻常一样窗前月，才有梅花便不同。

【注释】

①竹炉：外竹内泥的火炉。②汤沸：指开水沸腾。

19. 游龙井

元·虞　集

【作者简介】

虞集（1272—1348），字伯生，号道园，人称邵庵先生。元代著名学者、诗人。其诗歌风格于精切典雅中见沉雄老练，体裁多样，长于七古和七律。与杨载、范梈、揭傒斯齐名，人称"虞杨范揭"，为"元诗四大家"之一。

【原文】

杖藜①入南山，却立赏奇秀。所怀玉局翁②，来往絇③履旧。空余松在涧，仍作琴筑奏。徘徊龙井上，云气起晴昼。入门避霡洒，脱屐乱苔甃④。阳岗扣云石，阴房绝遗构。澄公爱客至，取水挹幽窦。坐我薝蔔⑤中，余香不闻嗅。但见瓢中清，翠影落群岫。烹煎黄金芽，不取谷雨后。同来二三子，三咽不忍嗽。讲堂集群彦，千蹬坐吟究。浪浪杂飞雨，沉沉度清漏。今我怀幼学，胡为裹章绶⑥。

【注释】

①杖藜（lí）：拄着拐杖。②玉局：棋盘的美称。另苏轼曾任玉局观提举，曾自称"玉局翁"。③絇（qú）：古时鞋上的装饰物。④甃（zhòu）：砖砌的井壁。⑤薝（zhān）蔔：栀子，原产印度，由西域进入中国，音译"薝蔔"。⑥章绶：官印和系印的丝带。

20. 雪煎茶

元·谢宗可

【作者简介】

谢宗可，字、号均不详。金陵（今江苏南京）人。生卒年及生平全不可考，约元文宗至顺初前后在世。能诗，有咏物诗一卷。

【原文】

夜扫寒英①煮绿尘②，松风③入鼎更清新。
月圆影④落银河水，云脚⑤香融玉树春。

陆井⑥有泉应近俗，陶家⑦无酒未为贫。

诗脾夺尽丰年瑞，分付蓬莱顶上人。

【注释】

①寒英：比喻雪花。②绿尘：比喻茶末。③松风：形容煮水沸腾的声音。④月圆影：比喻团茶。⑤云脚：比喻茶汤表面的沫饽。⑥陆井：陆羽泉，位于上饶市区茶山寺。史载，唐代"茶圣"陆羽于德宗贞元初（785—786）从江南太湖之滨来到信州上饶隐居。之后不久，即在城西北建宅凿泉，种植茶园。⑦陶家：用五代陶谷扫雪烹茶典故。

21. 茶 筅①

元·谢宗可

【原文】

此君一节莹无瑕②，夜听松风漱玉华③。

万缕引风④归蟹眼，半瓶飞雪起龙芽⑤。

香凝翠发云生脚⑥，湿满苍髯浪卷花。

到手纤毫⑧皆尽力，多因不负玉川⑨家。

【注释】

①茶筅（xiǎn）：古代点茶用具。竹制帚形，也叫"竹帚""竺副帅"。宋徽宗赵佶《大观茶论》："茶筅以劲竹老者为之，身欲厚重，筅欲疏劲。本欲状面未必眇。当如剑尖之状。盖身厚重，则持之有力，易于运用。筅疏动如剑尖，则出拂而浮沫不生。"②莹：光彩明亮。无瑕：没有疵病。③松风：煎茶时水沸之声。漱："煎"的意思。玉华：指茶。④万缕：指煎茶时上浮的水气。风：指煎茶水沸时发出的松风声。⑤飞雪：茶汤表面的沫饽。龙芽：茶叶。⑥翠发：绿色茶汤形成。云生脚：在注汤时用茶筅筅之，使茶汤的浪花浮成云头雨脚为止。

下句"浪卷花"相同。⑦湿满苍髯（rán）：苍，青色。髯，两颊上的胡须。比喻茶筅在搅打茶汤时被弄湿。⑧纤毫：指茶筅的筅丝。⑨玉川：唐代诗人卢仝。

22. 寄新茶与第四女

清·黄宗羲

【原文】

　　新茶自瀑岭，因汝喜宵吟①。月下松风②急，小斋暮雨深。
勾线③灯落蕊，更尽④鸟移林。竹光犹明灭，谁人知此心。

【注释】

　　①宵吟：夜晚吟诗。②松风：松林之风。③勾线：用墨线勾描物象，不施色彩。④更尽：更深夜尽。更为旧时夜间计时单位，一夜分为五更，每更约两小时。

第二章　茶词

词原是配合隋唐以来新兴燕乐歌唱的歌词，后来逐渐脱离音乐，成为一种长短句的诗体。又称乐府、曲子词、诗余、长短句、歌曲等。词有各种不同的曲调，每个曲调都有一个名称，谓之词牌。每个词牌都具有其固定的曲调，即所谓"调有定格，字有定声"。

文人词形成于晚唐，兴盛于两宋，复兴于清。晚唐五代至宋初的词创作以言男女相思的小令词为主，至北宋中期苏轼倡导词"自是一家"，拓宽了词的表现范围，因此作为文人生活重要部分的茶也进入词中，促进了茶词的创作。宋代是茶文学创作的兴盛期，茶词的兴起也是茶文学兴盛的一个突出表现，很多著名作家都兼擅诗词，如苏轼、黄庭坚等不仅长于茶诗的创作，茶词的写作也很具代表性。

王国维《人间词话》："词之为体，要眇宜修。能言诗之所不能言，而不能尽言诗之所能言。诗之境阔，词之言长。"这是词体所独有的文体特征，因此茶诗茶词虽皆以茶为描写对象，但词本身长于言情、含蕴悠远的文体特征决定了茶词较茶诗更为细腻，更适合表达个人化的情感。茶词的主题与风格还是与茶诗有明显区别的。

第三讲　茶的品饮
——茶中相思情味

　　词本为书写男女相思爱情的文体，至北宋渐渐有文人开始用词表现文人生活和情怀，苏轼提倡以诗为词，开创了豪放词派，茶也被引入词的写作范围。茶与词的结合还催生了一种与茶诗不同的风味：美女奉茶的相思情味。

对应篇目：　1. 西江月·龙焙　　　　　宋·苏　轼

　　　　　　2. 满庭芳·茶　　　　　　宋·黄庭坚

　　　　　　3. 满庭芳·茶词　　　　　宋·秦　观

　　　　　　4. 小重山（春到长门）　　宋·李清照

1. 西江月①·龙焙②

宋·苏　轼

【原文】

龙焙今年绝品，谷帘③自古珍泉。雪芽双井④散神仙。苗裔⑤来从北苑⑥。

汤发云腴⑦酽白⑧，盏浮花乳⑨轻圆。人间谁敢更争妍。斗取红窗粉面。⑩

【注释】

①西江月：词牌名，原唐教坊曲，后用作词调。②龙焙：茶名，宋代圆饼形贡茶，上有龙凤纹饰。③谷帘：指庐山康王谷瀑布。其状如帘，故名。宋陈舜俞《庐山记》卷三载，康王谷"有水帘飞泉，破岩而下者二三十派，其高不可计，其广七十余尺。陆鸿渐《茶经》第其水为天下第一"。④雪芽双井：双井白芽，草茶中之珍品。产于宋洪州分宁（今江西省修水县）城西双井。⑤苗裔：后代，子孙。⑥北苑：专门用于制造贡茶的御用茶园，茶园地处闽国北部，故称"北苑御茶园"，所产之茶称"北苑茶"。宋代北苑贡茶又称龙凤茶、龙团凤饼、北苑龙焙、建溪官茶等。⑦云腴（yú）：煎茶时上浮的白色泡沫。宋时烹茶，以乳色鲜白、泡沫细腻为上乘。⑧酽（yàn）白：纯白。酽，（汁液）浓，味厚，引申指颜色的浓。⑨花乳：同"云腴"注释。⑩"人间"二句：争妍，竞相逞美。斗取，斗得。此二句，以茶喻人。

【学习提示】

这首茶词对当时的名茶双井茶、北苑茶以及名泉谷帘泉进行了生动形象的赞美。《西江月》是词牌名，龙焙指宋代贡茶龙凤团茶。本词有序，原序为："送建溪双井茶、谷帘泉与胜之。"一说胜之，徐君猷家后房，甚慧丽，自陈叙本贵种也。徐君猷，名大受，当时黄州（今湖北黄冈）知州。胜之，徐大受的家伎。一说胜之姓黄名胜之，是苏轼在常州的诗文旧友、忘年之交。

　　开篇两句点题。龙焙即官焙的北苑茶，谷帘即天下第一的谷帘泉水。东坡谪居宜兴蜀山讲学时，非常讲究饮茶，有所谓"饮茶三绝"之说，即茶美、水美、壶美。此词用第一名泉谷帘泉水煮极品北苑龙团新茶，可谓两美俱全。"散神仙"形容双井茶的珍贵，仿佛此物只应天上有。但一"散"字又将双井茶与供奉帝王的北苑茶相区分，即使同为"神仙"，此者为散淡无事的闲职。双井茶产于洪州分宁双井（今江西修水杭口乡）。欧阳修在《归田录》中记载："自景祐以后，洪州双井白茶渐盛，近岁制作尤精，囊以红纱，不过一二两，以常茶数十斤养之。用避暑湿之气，其品远在日注上，遂为草茶第一。""苗裔来从北苑"一句意在强调双井茶总归是乡里野茶，充其量也只是北苑贡茶的"苗裔"而已，茶中绝品，还得首推北苑龙团。

　　"汤发云腴酽白，盏浮花乳轻圆。"以比喻手法写茶汤色泽，两句十二个字将茶汤汤色之纯白，粥面沫饽漂浮咬盏的轻盈圆润之状描摹得细致真切。宋人煎茶点茶以汤色纯白为上，本诗所言之北苑团茶和双井散茶的茶汤都呈白色。黄庭坚《双井茶送子瞻》有句云："我家江南摘云腴，落硙霏霏雪不如。"将茶叶比喻为"云腴"。此词中苏轼也使用了这一美称。尾二句与词序相结合，以茶喻人，"红窗粉面"本指美人。此处指序中所说徐君猷家伎胜之。此二句，以茶比人，认为如此好茶好比美貌佳人，敢称天下无双。曾为"贵种"、今成家伎的绝世美人，似乎给了作者一种"同是天涯沦落人"的相惜之感。本词虽然提及了红粉佳人，却无婉媚之态，而多出一分舍我其谁的傲气。这正是苏词的独特之处。

　　苏轼以诗为词的创作理念使茶诗词内容基本一致，但茶词风格更为妩媚，音乐性更强。苏轼的茶诗远比茶词数量多、名气大，但是其茶词却独具开创之功，将茶题材引入词的写作是苏轼对词体裁和茶文学的一大贡献。

【学习任务】

　　试比较分析苏轼茶诗与茶词的异同，理解苏轼词对词体发展的贡献。

2. 满庭芳^①·茶

宋·黄庭坚

【原文】

北苑龙团^②，江南鹰爪^③，万里名动京关。碾深罗细^④，琼蕊^⑤暖生烟。一种风流气味，如甘露、不染尘凡。纤纤捧，冰瓷莹玉，金缕鹧鸪斑^⑥。

相如^⑦，方病酒，银瓶^⑧蟹眼^⑨，波怒涛翻。为扶起，樽前醉玉颓山^⑩。饮罢风生两腋^⑪，醒魂到、明月轮边。归来晚，文君^⑫未寝，相对小窗前。

【注释】

①满庭芳：词牌名。因唐吴融"满庭芳草易黄昏"诗句而得名。又名锁阳台、满庭霜、潇湘夜雨等。②北苑龙团：茶名。北苑在建州，即今福建建瓯，是贡茶的主要产地。③鹰爪：茶芽。《负暄杂录》："北苑茶，凡茶芽数品，最上曰小芽，如雀舌鹰爪。"④碾（niǎn）深罗细：唐、宋时期人们品饮的主要是制成饼形的末茶，碾茶的工具就是茶碾与茶罗。《大观茶论》载："凡碾为制，槽欲深而峻，轮欲锐而薄""罗欲细而面紧"。⑤琼蕊：指碾后的茶末。琼蕊原意为琼花之蕊，服之长寿。⑥金缕鹧鸪斑：以其纹色代指茶盏。⑦相如：司马相如（约前179—前118），字长卿。西汉大辞赋家。蜀郡（今四川西部）人。其代表作品为《子虚赋》。他与卓文君的私奔故事也广为流传。司马相如"常有消渴疾"，见《史记》列传。茶可消渴解酒，故以"相如病酒"引起。⑧银瓶：银制煎水汤瓶，点茶的用具。⑨蟹眼：煎茶时水因热放出气泡，温度愈高，气泡愈大，最初像蟹眼大小，慢慢地便像鱼眼大小。⑩醉玉颓山：用《世说新语·容止》中嵇康之事典。⑪风生两腋：出自卢仝《走笔谢孟谏议寄新茶》，形容好茶饮后，人有轻逸欲飞之感。⑫文君：卓文君，司马相如之妻。

【学习提示】

这首词意境新颖，上半片写茶不同凡响的"风流气味"；下半片写相如病酒，需以茶醒醉魂，方能归来与文君小窗相对，观天边明月，将茶在文人心目中的优雅韵味衬托得极为巧妙。

词先从茶的名贵说起。产地之名贵：北苑。北苑在建州，即今福建建瓯，是贡茶的主要产地。状貌之名贵：琼蕊暖生烟。"琼蕊"以玉英、仙草代指茶末，"生烟"之茶碾研磨茶末的场景。而"暖生烟"似乎更易让人联想到戴叔伦的一段话："诗家美景，如蓝田日暖，良玉生烟，可望而不可置于眉睫之前也。"此句似将茶末之状貌的描摹增加了一层美玉一样朦胧的美态和珠玉一样莹润的感觉。

继而写碾茶和点茶。碾和罗是唐宋时期碾茶的工具。《大观茶论》载："凡碾为制，槽欲深而峻，轮欲锐而薄""罗欲细而面紧"。因此，碾深罗细是在强调茶具的精致考究。"冰瓷莹玉"四字当为对茶汤色泽的描述。"冰""莹"强调茶汤的洁白莹润。"瓷""玉"除了有光滑莹润的质地外，色泽也偏向白色。而黑瓷流行之前，白瓷恰是最佳的品茶用具。"鹧鸪斑"，以其纹色代指茶盏。此处当指兔毫盏中最名贵的金兔毫。

通过茶具的名贵渲染了品饮之境况后，诗人又写到了茶味的不同凡俗。"风流气味""如甘露、不染尘凡"皆赞颂茶味的回甘、茶性的高洁。上片收尾又引出了奉茶人的娇美雅致，也为过片的相如文君做铺垫。"纤纤捧"意即以纤细且美丽如玉的手指捧起精美的茶具。此处以"纤纤"代指奉茶的美女。有红巾翠袖，纤纤玉指，捧精美茶盏，侍奉身前，堪称一时雅事。

下片以相如病酒领起，相如即西汉大辞赋家司马相如。"醉玉颓山"，用《世说新语·容止》篇典故："嵇叔夜（康）……其醉也，傀俄若玉山之将崩。"此处用以形容相如酒醉的形态。"银瓶蟹眼，波怒涛翻"描述煮水点茶的情景。"波怒涛翻"形容水沸而用拟人手法。"饮罢风生两腋，醒魂到、明月轮边"写饮茶感受，引用卢仝诗句的同时，作者还生发出自己的想象：饮茶后两腋习习清风直把酒醒后的相如送到了一轮明月之上。最后全词以卓文君明月下小窗前等候的身影作结，呼应相如，正带出了一段文君夜奔相如流传千古的爱情故事。

艺术方面，全词无一"茶"字，多用借代、比喻手法，还引入典故使词句含义丰富，与描写对象"茶"不即不离，新意迭出。首先，这首词围绕一杯茶，竭尽腾挪铺叙之能事。作者通篇不着一个"茶"字，翻转于名物之中，出入于典故之间，不即不离，愈出愈奇，可谓得咏物词的要领。其次，这首词与黄庭坚的诗歌一样善于运用典故，丰富的典故使得词句能够给人更丰富的联想，加深了词句含蓄蕴藉的语言风格。最后，黄庭坚创造性地把西汉文学家司马相如引入茶的领域，用著名文士表现文人茶的风雅。他把司马相如与卓文君的爱情故事与茶联系了起来，使"不染凡尘"的茶似乎带有了一种独特的情味。

【学习任务】

全词不着一个"茶"字，却将饮茶情状、器具描述得细致生动，可谓得咏物词的要领。

3. 满庭芳·茶词

宋·秦 观

【作者简介】

秦观（1049—1100），字少游，一字太虚，号淮海居士。宋词人。高邮（今属江苏）人。秦观为"苏门四学士"之一，工诗、词、文，尤以词著名。其词语工入律、情韵兼胜、凄婉清丽、典雅流畅，为北宋重要之婉约词人。词多写男女情爱，独绝之处在于"将身世之感打并入艳情"（周济《宋四家词选》）。其诗清新婉丽，"有情芍药含春泪，无力蔷薇卧晚枝"（《春日五首》），代表了秦观之"女郎诗"（元好问《论诗绝句》）特色。其文章学西汉。著有《淮海集》四十卷，又《后集》六卷，《长短句》三卷。

【原文】

雅燕①飞觞②，清谈挥麈③，使君④高会群贤。密云双凤⑤，初破⑥缕金团⑦。窗外炉烟似动，开瓶试、一品香泉。轻淘起，香生玉麈⑧，雪溅紫瓯⑨圆。

娇鬟⑩。宜美盼⑪，双擎翠袖⑫，稳步红莲⑬。坐中客翻愁，酒醒歌阑⑭。点上纱笼画烛⑮，花骢⑯弄、月影当轩。频相顾，余欢未尽，欲去且流连⑰。

【注释】

①雅燕："燕"即"宴"，高雅的宴会。②飞觞（shāng）：举杯饮酒。觞，古代盛酒器，呈雀形，称羽觞，故谓举觞为飞觞。③清谈挥麈：挥麈（zhǔ）清谈，本魏晋名士风习，常执麈尾（拂尘），挥动以助谈兴。如《晋书·王衍传》谓衍"终日清谈……每捉玉柄麈尾"。④使君：对州郡长官的尊称。⑤密云：茶名，又名密云龙、密云团。双凤：茶名，即双凤团。"密云""双凤"皆珍贵的茶饼。⑥破：谓擘开茶饼。⑦"缕金团"等名茶皆为贡品，皇帝又每以分

赐大臣，即所谓"赐茶"。⑧玉麈：玉柄麈尾。⑨紫瓯：指为宋代斗茶饮茶用的闽北建窑所产的黑釉兔毫茶碗。⑩娇鬟（huán）：美丽的环状发髻。⑪美盼：美目流转。⑫擎（qíng）：向上托，举。翠袖：青绿色衣袖。泛指女子的装束。⑬红莲：指女子的脚步。⑭阑（lán）：残，将尽。⑮纱笼：纱制灯笼。画烛：有画饰的蜡烛。⑯花骢（cōng）：指珍贵的骏马。⑰流连：留恋不止，依恋不舍。

【学习提示】

这是一首描绘茶宴茶会场景的词作。上片咏宴集烹茶，细致优雅；下片引入情事，兼写捧茶之人。此词既细腻传神地写出了煮茶的程序，又写出了雅宴清谈中侍女的娇美、坐客的流连，表现了高会难逢、主人情重的意蕴，充满清雅、高旷的情致。

本词写茶宴涉及了参与者（群贤毕至）、服务者（美人奉茶）、宴会用品（名茶香泉、精美茶具）及宴会过程（宴饮、点茶、奉茶、惜别）四部分内容。

开篇三句写群贤高会宴饮的情状，既点出主人风姿之高雅，又点明宴集之盛大，群贤之脱俗，为写品茗助兴做好了铺垫。"飞觞"一说指举杯或行觞，一说指传杯行酒令。"飞觞""清谈挥麈"都是文人雅事。魏晋六朝清谈家必执麈尾，后相沿成习，为名流雅器，不谈时，亦常执在手。清谈时挥麈尾代表思想界领袖的地位，善于清谈的大名士，方有执麈尾的资格，这是士族门阀身份的象征，也是玄学名士追求风神的表现。接着写茶会上品饮香茗，以"密云双凤，初破缕金团"二句入题。"密云双凤"指北苑贡茶。宋代贡茶北苑茶以"龙凤团茶"而著称于世，它不再像唐代那样在茶饼上穿孔，而以刻有龙凤图案的模型压模出之。宋太平兴国年间，贡品主要是龙凤团茶。咸平初，丁谓造"大龙团"；庆历中，蔡襄造"小龙团"；自元丰至绍圣间，又相继有"密云龙"和"瑞云翔龙"问世。此处言"密云双凤"未必特指密云龙和凤茶，当代指北苑贡茶，强调茶会用茶之精之贵，也带出茶会主人的宴客高情。"缕金团"是形容团茶的外在形态，据北宋王辟之《渑水燕谈录·事志》记载："建茶盛于江南，近岁制作尤精，龙凤团茶最为上品，一斤八饼。庆历中，蔡君谟为福建转运使，始造小团以充岁贡，一斤二十饼，所谓上品龙茶者也。仁宗尤所珍惜，虽宰臣未尝辄赐，惟郊礼致斋之夕，两府各四人，共赐一饼。宫人翦金为龙凤花贴其上，八人分蓄之，以为奇玩，不敢自试，有嘉客，出而传玩。"说明龙凤团茶的珍贵。"窗外炉烟似动，开瓶试、一品香泉"二句，写煮水。此处提及宋代流行的煮水用具：茶炉、茶瓶。古人煮茶，讲究选水。"一品"即一等。张又新《煎茶水记》借陆羽评定天下适于煎茶之水，江西庐山的谷帘泉为"天下第一泉"。江苏镇江金山以西的中泠泉也曾被唐代名士刘伯刍定为"天下第一泉"。此处是在点出茶会用水的讲究。"轻涛"三句，细写烹茶的情状。"玉"写茶末的质地，"雪"写茶汤的色泽。"淘"一作"涛"，"轻涛""雪溅"描摹点茶击拂、茶沫丰富的样子。"紫瓯"指点茶用具兔毫盏。

过片四句，写美丽的侍女高擎茶具款客的动人场面。"娇鬟""美盼"写女子的容貌神色之美。"翠袖"代指女子的双臂双手，也写出女子的服饰之美。"红莲"喻指女子的脚步，"稳步红莲"是写女子的步态之美。"坐中"二句，紧承上文。对着名茶美女，怎能不感到良宵太短呢？反愁歌阑酒醒时，人将归去。结尾五句侧面描写时间流逝与正面描写人物情态细节，共同表现茶会即将结束时宾主间的依依别情。"点上"二句，说月已当轩，夜深矣，而马弄月影，已不耐烦，暗示已到该离去之时。"频相顾"三句，写坐客尚未尽欢，流连不忍离去的情景。"相顾"，与上文"娇鬟"相呼应。

此词在内容构成上是宴饮、点茶、送茶、惜别等，是比较典型的茶词。从中我们也可以看到歌伎在这个过程中起的作用。苏轼说："从来佳茗似佳人。"可见以美人来点茶、送茶更增添了茶的"风韵美"。这反映了宋代文人士大夫在酒宴之后，让歌伎及时出来为他们唱词送茶、延客助兴的情况。

【学习任务】

本词咏宴集烹茶，请根据词句分析本次茶宴的要素，并感受秦观词的清丽婉约的风格特征。

4. 小重山①

宋·李清照

【作者简介】

李清照（1084—1155？），自号易安居士。宋女词人。济南章丘（今属山东）人。诗、文、书、画皆能，尤擅长词。其创作在北宋和南宋呈现不同的特点。北宋时期，其词多写闺中生活、自然风光和离别相思。进入南宋，其词则主要抒发伤时念旧和怀乡悼亡的情感，变早年的清丽、明快为晚年的凄凉、深婉。其填词，注重协律，崇尚典雅有情致。善用白描手法，善于将抽象的内心活动形象化。语言优美、精巧，却不雕琢求工。为婉约派代表词人。其诗所存无多，然题材较词宽广，且见解独特。文有《〈金石录〉后序》等，另有《词论》一篇，提出"词别是一家"之观点，并全面评论了北宋词人。后人辑有《李清照集》《漱玉词》。

【原文】

春到长门春草青②。江梅些子破，未开匀③。碧云笼④碾玉成尘⑤。留晓梦，惊破一瓯春⑥。

花影压重门⑦。疏帘铺淡月，好黄昏。二年三度⑧负东君⑨。归来也，著意过今春。

【注释】

①小重山：词牌名，又名"小重山令"。《金奁集》入"双调"。唐人例用以写"宫怨"，故其调悲。五十八字，前后片各四平韵。②春到长门春草青：直接袭用五代薛昭蕴《小重山》词之首句，暗寓幽闺独居之意。长门，汉代长安离宫名，汉武帝陈皇后失宠，曾幽闭于此。易安将自己的居处比作长门，意在表明丈夫离家后的孤独。③些子：一些，即少量之意。未开匀：谓还未普遍开放。言

野梅只有少许嫩蕊初放，尚未遍开。④碧云：指茶叶之色。笼：指茶笼，贮茶之具。⑤玉成尘：既指将茶碾细，又谓茶叶名贵。⑥一瓯春：一瓯春茶。瓯，饮料容器。春指茶。⑦"重门"句：重门，即多层之门。言梅花的姿影投射在重门之上显得很浓重。花，指上片所言之江梅。⑧二年三度：两年中遭遇三次立春。农历遇闰年，一年中首尾常有两个立春日。⑨东君：原指日神，后人则指代为司春之神。

【学习提示】

这是一首当春怀人、盼望远人归来之作。较之表现同一题材的许多作品所不同的是，它没有写个人独居之苦闷，也没有写良人不归之怨恨，而是热情地呼唤远行在外的丈夫早日归来，一同度过春天的美好时光。小词将热烈真挚的情感抒发得直率深切，表现出易安词追求自然、不假雕饰的一贯风格。

上片写作者晨起所见。词人晨起，见春草乍青，江梅初绽。一瓯春茶，驱散最后一丝睡意。起首三句以白描笔法描绘早春景色，寄寓着作者叹春之情。"春到长门春草青"，直接袭用五代薛昭蕴《小重山》词之首句，暗寓幽闺独居之意。"长门"，汉代长安离宫名，汉武帝陈皇后失宠，曾幽闭于此。易安将自己的居处比作长门，意在表明丈夫离家后的孤寂。"春草青"，字面的意思是说春天已经到来，阶前砌下的小草开始返青，隐含的意思则是春草已青而良人未归。《楚辞·招隐士》："王孙游兮不归，春草生兮萋萋。"此暗用其意。"江梅些子破，未开匀"言野梅只有少许嫩蕊初放，尚未遍开，而此时正是赏梅的好时节。以上三句突出写春色尚早，目的是要引出歇拍呼唤远人归来的"著意过今春"。

接着写饮茶，描绘出词人煮茶忆梦的画面。"碧云笼碾玉成尘"，写饮茶前的准备。"碧云"，以茶叶之颜色指代茶饼，亦可理解为茶笼上雕饰的花纹。"笼"指茶笼，贮茶之具。"碾玉成尘"，言将茶饼碾成碎末，犹如碧玉之屑；"玉"亦谓茶之名贵。"留晓梦，惊破一瓯春。"写晓梦初醒，所梦之事犹残留在心，而香茗一杯，顿使人神清气爽，梦意尽消。"一瓯春"，犹一瓯春茶之省称。联系全词来看，"晓梦"似与怀人有关，然含而不露，颇耐人寻味。春草江梅，是可喜之景；小瓯品茗，是可乐之事。然而独自一人面对这良辰美景、赏心乐事始终有所缺憾。

下片写黄昏景色。淡淡月光，照在稀疏的帘栊上，花影掩映，飘散出缕缕幽香。两年中已经有三度辜负了这样的春光，在外的人也该归来了，一定要用心好好地度过这个无比美好的春天。过后三句仍是写景，不过时间由清晓移到了黄昏。"花影压重门"，言梅花的姿影投射在重门之上显得很浓重。"花"，指上片所言之江梅。"重门"，一层一层的门。"疏帘铺淡月"，言春月的清辉铺洒在窗帘上，显得很均匀。天上的月，月下的花，本来和人没有直接的联系。只是当它们介入女词人的生活氛围，花影映照重门，疏帘铺洒月色的时候，便和词心灵锐的女词人产生了感情上的交流。

以上由春草返青写到江梅初绽，由花影压门写到淡月铺帘，中间更穿插以春晨早起，茶香驱梦，如此反反复复描写春天之美好，终于逼出了歇拍三句："二年三度负东君，归来也，著意过今春。""东君"，谓春日、春天之神。农历遇闰年，常有重春现象。据《金石录后序》可知，易安婚后，明诚或因负笈远行，或因异地为官，每与易安分别。丈夫长年在外，如今算来，已有两年三个春天没有在家里度过了。因此词人急切地呼唤道：请你立刻回来吧，让我们一同倍加珍惜地度过今春这大好时光！三句词卒章显志，为一篇结穴。这一结尾，感情的激流直泻而下，心底的情话冲口而出，把全词的抒情有力地推向了高潮。

这首词写景如画，意境淡远。上片含蓄，下片直率，相映成趣。情景交融，感情真朴。春茶也成为词人表达情感的载体。词中借春茶忆晓梦，隐含怀人之情；同时又以小瓯品茗、早春赏景的赏心乐事烘托独居的缺憾，铺垫怀人盼归的主题表达。

本词琢炼字句精工绝妙，最为人称道的是"花影压重门，疏帘铺淡月"两句，"疏帘淡月"后成为词牌名。"花影压重门，疏帘铺淡月"很容易使读者联想起林逋《山园小梅》诗中"疏影横斜水清浅，暗香浮动月黄昏"的名句来。这两句词以对偶形式出之，匀齐中富于变化。按照习惯，"花影压重门"本应对以"淡月铺疏帘"，但在这里词人似乎有意将"淡月"和"疏帘"位置互换，一方面为了合于平仄，另一方面也避免了雕饰之嫌。词本不同于律诗，是不必追求对仗的严谨工稳的。"花影压重门，疏帘铺淡月"，用"压"字状映照在重门之上的花影分量，用"铺"字状天边淡月透过疏帘映照内室的清辉，意蕴丰富而美妙，是词史上公认的名句。两句词生动地创造出初春月夜静谧幽美的境界，为全词精彩之笔；"压""铺"二字尤为精妙，写出了词人对景物的特殊感受，令人叹服易安遣词造句的深厚功力。

【学习任务】

春日相思是婉约词的典型内容，但茶在其中作为传情达意的载体并不常见，试分析春茶意象在这一传统内容的表达中发挥了何种作用。

第四讲 茶的品饮
——文人茶的意境情怀

　　自古以来，茶与文人就有着不解之缘。饮茶的境界与文人雅士崇尚自然山水，恬然淡泊的生活情趣相对应。以茶雅志，以茶立德，无不体现了中国文士一种内在的道德实践。饮茶，体现了我国古代文人风格独具的生活世相与生活哲学。茶较诸酒，质地纯任自然平和，故能圆融调和三教，化解一切矛盾，使身心归于平静安宁。茶味轻甘，适宜表现恬适轻松的生活。因而文人品茶不仅讲究何时何处，还讲究用茶、用水、用火、用炭，讲究与何人共饮。这种种的讲究其实只为一个目的，即进入修身养性的最高境界。

1. 踏莎行①·茶词

宋·黄庭坚

【原文】

画鼓②催春，蛮歌走饷③。雨前④一焙谁争长。低株摘尽到高株，株株别是闽溪⑤样。

碾破春风⑥，香凝午帐。银瓶雪滚翻成浪。今宵无睡酒醒时，摩围⑦影在秋江上。

【注释】

①踏莎（suō）行：词牌名。"踏莎行"又名"柳长春""喜朝天"等。双调五十八字，仄韵。②画鼓：有彩绘的鼓。此句描述击鼓喊山的采茶风俗。明代徐渤《茶考》："喊山者，每当仲春惊蛰日，县官谐茶场，致祭毕，隶卒鸣金击鼓，同声喊曰：'茶发芽。'"③走饷：到田间送饭。④雨前：谷雨节气前。《宋史·食货志下》载："建宁腊茶，北苑为第一，其最佳者曰社前，次曰火前，又曰雨前，所以供玉食，备赐予。"社前指春社之前。火前指寒食节，即清明前一日，因禁火，故有此名。⑤闽溪：指福建。福建武夷山一带，茶品甚好。⑥碾破春风：碾茶。⑦摩围：摩围山，地处重庆彭水县。作者《与大主簿三十书》云："蜀人呼天为围，此阁临江，正对摩围峰也。"

【学习提示】

这首词作于词人谪居黔州之时。哲宗即位后，黄庭坚官至校书郎。但苏门的官场失意，黄庭坚也不例外。绍圣初年即遭弹劾，被哲宗贬为涪州（今涪陵）别驾，遣送到黔州（今彭水郁山镇）居住。其时土人聚居的黔州，刀耕火种、文化与教育滞后。黄庭坚的到来，直接推动了边远民族地区文化教育的发展。谪居蛮荒之地，自称"黔中老农"的黄庭坚，精神无疑抑郁而苦闷，但他谪居的日子过得也许并不是很坏，至少是十分充实的，在黔州期间，黄庭坚创作了大量诗词文稿。他脱离政务羁绊之后，感觉文思顺畅，"似得江山之助"。这首词对当地的春日茶事做了生动的描绘。

"画鼓催春，蛮歌走饷"，写春日农事。我国的茗饮之风至唐时大盛，而自唐及清均有鸣鼓喊山之类的催茶旧俗。明代学者徐渤在《茶考》中称："喊山者，每当仲春惊蛰日，县官谐茶场，致祭毕，隶卒鸣金击鼓，同声喊曰：'茶发芽。'"南宋赵汝砺在《北苑别录》中称："……春虫震蛰，千夫雷动，一时之盛，诚为壮观。"

"低株摘尽到高株"，状采茶之态。据蔡襄《北苑熔新茶诗》序云："北苑（茶）发早而味尤佳，社（立春后第五个戊日为春社日）前十五日，即采其芽，日数千工，聚而造之，逼社（临近社日）即入贡。"因此"春风"二字，即指社前之茶。山谷另一首茶词《看花回》云"香引春风在手，似粤岭闽溪，初采盈掬"，并可证。春风本不可破，此处描述碾茶却形成了新奇的词语组合，有生新出奇的表达效果。

"银瓶雪滚翻成浪"一句写出煮茶的场景。此处以银瓶写煮水用具，以雪写水沸翻滚之色，翻成浪则写水沸之状。让人在比喻中将煮水与江海之波涛翻滚联想到一起，意境开阔。

"无睡酒醒"写茶之功效。"摩围影在秋江上"为结句，却以景结情，带出余味悠长、含蓄深远的独特意境。试想，诗人饮茶本是午睡之后，甚至可能还没喝到茶的时候，却已经在想象夜深人静之时，自己因这一杯茶的功效而无眠，因无眠而从阁中远望的场景了。他远望中恰是一江的秋水倒映崔巍的摩围山，水面无波，大山静默，一种宁静淡泊的心境不禁油然而生，而这又恰是饮茶后美妙感受的外化形象。寄情山水于外，忧国忧民于内，黄庭坚如是，古往今来的所有文化先贤如是。

本词咏茶，而不局限于茶，实写与采茶、饮茶相关的一系列日常生活，将文人茶的高雅和世俗生活的平凡完美结合，这是黄庭坚茶词，也是宋代文人茶词的一大特点。词中描写的日常生活不必只是上层文人、高层士大夫才能有的，一般平民也能享有，完全是世俗化的。而这种世俗生活在黄庭坚的笔下，又带有文人的审美观照，所以又是审美化的。

【学习任务】

　　"碾破春风，香凝午帐"两句想象奇特，用字新奇，试分析。

2. 鹧鸪天①·竹炉汤沸火初红

明·徐　渭

【原文】

客来寒夜话头②频，路滑难沽③曲米春④。点检松风汤老嫩⑤，退添柴叶火新陈。

倾七碗⑥，对三人，须臾梅影上冰轮⑦。他年若更为图画，添我炉头倒角巾⑧。

【注释】

①鹧鸪天：词牌名。双调，五十五字，押平声韵。又名"思佳客""思越人""剪朝霞"等。②话头：话语，话题，文人常借以泛指启发问题的话语。③沽（gū）：买。多指买酒。④曲米春：酒名。⑤点检松风汤老嫩：煮水时以水声判断水沸的程度。南宋罗大经《鹤林玉露》评其友李南金论煮水之法说："然瀹茶之法，汤欲嫩而不欲老；盖汤嫩则茶味甘，老则过苦矣。"⑥七碗：典出唐代诗人卢仝的《走笔谢孟谏议寄新茶》，其中最精彩的部分被称为《七碗茶歌》，它写出了品饮新茶给人的美妙意境。⑦冰轮：皓月，源自陆游的《月下作》，原句是"玉钩定谁挂，冰轮了无辙"。⑧角巾：方巾，有棱角的头巾。为古代隐士冠饰。借指隐士或布衣。

【学习提示】

这首词具体地描述了主人在寒夜细心地为来客煮茶，在月下边饮边谈，畅叙友情的情景。同时，词中对饮茶环境的审美趋向恰是明代文士茶追求自然、清雅的典型反映。

明代的制茶工艺和饮茶方式发生了深刻的变革，使我国的茶文化达到一个崭新的高度。明代文人、茶人对品茶环境、空间的选择，审美氛围的营造更为执着。明代茶人精心布置的品茗环境散发着无限魅力与浪漫气息。除要求茶器外，亦对茶品、泉品、茶友、赏器、闻香、插花、择果等有诸多要求，而幽人雅士则以拥有属于自己的茶室为要，在书斋一侧建构茶寮，成为必备条件之一。茶空间无分室内、室外，大多追求自然、闲适、古朴、幽雅、清静。所有这些特色在这首词中都有所表现，这正是爱茶成痴的徐渭所看重的，所以这是一首优美清雅的茶词，也是一幅生动的明代文人茶会图。

首先，词人在煮水时极为讲究。"点检松风"两句说明词人讲究的要点就是从煮水声判断水的老与嫩，并根据火的状态增减柴火。这首先看出作者茶艺的高超，同时体现了作者亲自烹茶待客的殷切情意。

其次，词人非常看重饮茶的环境。"倾七碗，对三人，须臾梅影上冰轮"三句描画了一幅月夜品茶图，茶香梅香月色相互映衬，又浑融于宾主品茶夜谈的雅士风流中。"七碗"用卢仝诗典，"梅影"句写月夜梅花绽放之景，"须臾"句写三人夜谈光阴飞逝，衬托夜谈欢畅之友情。

词人对自己的茶艺、茶品还是极为自得的，所以他说："他年若更为图画，添我炉头倒角巾。"结尾两句更将时间推进到了多年后，此时堪描堪画的品茶图景，如果有一天真的被后人钦慕谱成图画，一定要加上煮茶的茶痴徐渭啊！

【学习任务】

"倾七碗，对三人，须臾梅影上冰轮"三句有典、有情、有景，请试着赏析。

3. 沁园春^①·送友人入山采茶

清·陈维崧

【作者简介】

陈维崧（1625—1682），字其年，号迦陵。清代词人、骈文作家。宜兴（今属江苏）人。陈维崧的词数量很多，风格雄壮，由于处在明清易代之机，家事国事寄托其中，时代特点鲜明，显得波澜壮阔。他的骈体文在清初亦是一大家。亦能诗，但成就不如其词与骈体文。其著述有《朱陈村词》《陈迦陵文集》《湖海楼诗集》等。

【原文】

十里溪山，竹粉缨^②恋，兰风藻^③川。有蒙茸萝葛，蔽亏曦月^④，坦迤涧壑，向背林泉^⑤。夕渡遄^⑥归，晨渔缓出，谷唱潭吟韵邈绵^⑦。居此者，是秦时毛女，汉代琴仙^⑧。

人家四月开园，送君去刚逢谷雨^⑨天。恰晴村绿崦^⑩，数间僧灶，清江翠箬^⑪，一带商船。拍处盈盈，焙余冉冉^⑫，归卧回廊瘦石边。松涛^⑬沸，正龙团乍碾^⑭，蟹眼初煎。

【注释】

①沁园春：词牌名。创始于初唐，调名源于汉朝窦宪倚势变相强夺沁水公主田园之典故。又名"念离群""东仙""洞庭春色""寿星明""千春词""大圣乐"。双调，一百一十四字。②缨（yīng）：缠绕、系牵。③藻（zǎo）：修饰、装饰。④蒙茸萝葛，蔽亏曦月：蒙茸，蓬松、杂乱的样子。萝葛，爬蔓类植物。曦（xī）月：日月。形容山间植物茂盛，遮天蔽日。⑤坦迤涧壑，向背林泉：坦迤（yǐ），形容山势平缓而连绵不断。涧壑（hè），山涧沟谷、溪涧山谷。向背，面对和背向。⑥遄（chuán）：快，迅速。⑦邈（miǎo）绵：旷远，连

绵不断。⑧秦时毛女，汉代琴仙：毛女，古代仙女，字玉姜，形体生毛，在华阴山中。自言秦始皇宫中人，秦亡入山。食松叶，遂不饥寒。身轻如飞。汉处士琴高公炼丹于琴高山，得道成仙后骑着赤鲤升天。⑨谷雨：二十四节气之一，源自古人"雨生百谷"之说，是新茶采收的时节。明代茶人许次纾在《茶疏》中谈到采茶的时节："清明太早，立夏太迟，谷雨前后，其时适中。"⑩崦（yān）：泛指山。⑪箬（ruò）：一种竹子，叶大而宽，可编竹笠。⑫拍处盈盈，焙余冉冉：盈盈，仪态端丽。焙，用微火烘烤。焙茶又称制茶，即用温火烘茶，古代制茶技术。冉冉（rǎn），慢慢地、缓缓地。⑬松涛、蟹眼：古人很看重煮水，有"三沸"之说，松涛言水沸之声，蟹眼形容水沸之貌。⑭龙团乍碾：龙团，宋代北苑贡茶，此处代指好茶。碾（niǎn），制成饼形的团茶需碾成茶末后方能饮用。

【学习提示】

　　这首词，上片描述了茶山景致，并说山上住过神话传说中的毛女、琴仙等神仙。下片讲述了采茶、制茶、煎饮茶的场景，其中琴高山茶园开始采茶、焙茶的烟冉冉升起的景致和烹茶时人物的姿态心境都别具特色。本词写茶山景致意在映衬所产茶的品质优异，设想友人采茶煮茶的悠闲意态意在衬托友人的品格气度。茶产于世外桃源般的深山，由友人在幽静处独品，更见其不染凡尘、不同流俗的野逸气质。

　　上片描述茶山景致多四字句，都使用了对偶的修辞手法，句式整齐。同时，赋法的铺排加之夸张手法，让人有应接不暇之感。

　　下片讲述采茶、制茶、煎饮茶的场景。其中拍茶、焙茶是制作团饼茶的主要工序，"焙余冉冉"是描述烘焙时的茶烟袅袅，"拍处盈盈"是形容拍茶女性动作的轻柔优美。但词人着墨的重点却是结尾友人烹茶的场景，虽然笔墨不多，但描绘可谓穷形尽相，仿佛活画出一幅烹茶图。"归卧回廊瘦石边。松涛沸，正龙团乍碾，蟹眼初煎"四句首先言及烹茶的地点环境及烹茶友人的姿态，"回廊瘦石"的环境本就清雅，友人闲卧的姿态更是显出人物的安闲自在。接着描述煮水、碾茶的情形。"松涛沸"而有声，"蟹眼"而有形。"乍碾""初煎"表明茶尚未煎好，没有品饮，也就无从评判茶的好坏，但就是这没煎好的茶给了人们想象的空间，这没喝到嘴的新茶似乎更让人期待。

本词题为送友人入山采茶，却全以想象出之。上片先以夸张的口吻描述作者并未亲见而友人尚未看到的茶山美景，实则是赞颂亲自入山采茶的友人有出尘之姿。接着过片开端点题，说明了送别友人的时间。更奇的是，作者并未描述送别的情景，而是靠想象将茶山采茶、制茶，茶商买茶、运茶，茶人采茶归来后烹茶的情景一一呈现出来。虽然是臆想之辞，却生动得仿佛亲临。

【学习任务】

试理解本词渲染茶山景致与友人采茶烹茶情景的目的，感受茶的野逸气质。

4. 扫花游^①·试茶

清·朱彝尊

【作者简介】

朱彝尊（1629—1709），字锡鬯，号竹垞，晚号小长芦钓鱼师，又号金风亭长。清代诗人、词人、学者。秀水（今浙江嘉兴）人。其学识渊博，通经史，能诗词古文。其词宗法南宋，尤其推崇姜夔，为浙西词派的创始者，和陈维崧并称"朱陈"。所作讲求词律工严，用字致密清新，其佳者意境淳雅净亮，极为精巧。诗与王士禛齐名，时称"南朱北王"。其诗有学者气，重才藻，求典雅。著述甚丰，有《经义考》《日下旧闻》《曝书亭集》等。编有《词综》《明诗综》等。

【原文】

楝花^②放了，正谷雨^③初晴，逼篱云水^④。晓山十里，见春旗乍展，绿枪未试^⑤。立倦浓阴，听到吴歌^⑥遍起。焙香气^⑦。袅^⑧一缕午烟，人静门闭。

清话^⑨能有几？任旧友相寻，素瓷^⑩频递，闷杯尽矣！况年来病酒^⑪，夜阑^⑫须记。活火^⑬新泉，梦绕松风曲几^⑭。暗灯^⑮里，隔窗纱，小童斜倚。

【注释】

①扫花游：词牌名。又名"扫地花""扫地游"，以周邦彦有"任占地持杯，扫花寻路"句，故名。双调九十五字，仄韵格。②楝（liàn）花：楝科落叶乔木。春末夏初开花，能结子。③谷雨：二十四节气之一，谷雨时雨水增多，是新茶采收的时节。④逼篱云水：应为倒装句，形容春雨初晴时云气缭绕、水汽氤氲的状态。⑤旗、枪：茶芽，茶的嫩叶。茶芽刚刚舒展成叶称旗，尚未舒展称枪，至二旗则老。⑥吴歌：流传于江浙一带的民间歌谣。⑦焙香气：焙茶，又称制茶（炒茶）。⑧袅（niǎo）：形容烟气缭绕升腾的样子。⑨清话：高雅不俗的言

谈。⑩素瓷：釉上釉下都不加任何色彩，也不绘制有色图案花纹的瓷器，统称素瓷。⑪病酒：饮酒沉醉，或谓饮酒过量而生病。⑫夜阑：夜将尽。夜深人静的时候。⑬活火：唐宋以来把有火焰、有火苗的炭火叫"活火"。用活火煎出的茶汤茶味醇厚。"活水还须活火煎，贵从活火发新泉"成为历代煮水品茶的座右铭。⑭松风：煎水煮茶声。曲几：古代一种呈半圆形的凭几，三足，放在车上可供向前伏靠，也可放在床上供人向后和旁侧倚靠。⑮暗灯：昏暗的灯光。

【学习提示】

　　这是一首描写春日茶事的词，上片写采茶、焙茶的明媚与热闹，下片写以茶会友，寒夜烹茶的悠闲与静寂，上下片形成对比，意蕴悠然。

　　上片写采茶、焙茶，描画出江南水乡的春日茶景。"楝花"句写出江南春色，有花香，有水乡的淋漓雾气，点明了采茶的时间。"晓山"句写茶山上茶芽生长的蓬勃之态，仿佛春茶在静静等待人们的采摘。"立倦浓阴""人静门闭"写的是作者的情态，与"吴歌遍起""焙香气"的采茶制茶场景形成一静一动、一慵懒一欢快的鲜明对比，并向下片过渡。

　　下片写以茶会友、寒夜烹茶的品饮之乐。夜静更深，茶兴入梦，静寂悠闲中显出一丝丝落寞，与上片早春初晴、茶歌遍起的明媚热闹形成对比。早年与友人清谈品酒，而今夜独自品茶，连煮水小童也已睡熟，可见动静不同，心境不同。早年频频举杯饮酒，今夜茶还未泡好便已睡着，梦中尚在盼着新茶入口，可见作者早年饮酒与今夜饮茶同样兴致勃勃。

　　陈维崧《沁园春·送友人入山采茶》和朱彝尊《扫花游·试茶》两首茶词有很多相似之处。比如两首词都描绘了谷雨天采茶、焙茶的热闹图景，采茶时"人家四月开园""吴歌遍起"，制茶时茶烟升腾"拍处盈盈，焙余冉冉""焙香气"。与采茶、制茶的热闹形成对比，两首词都记述了烹茶品饮的安静清雅："松涛沸，正龙团乍碾，蟹眼初煎""活火新泉，梦绕松风曲几"。当然，两首词又都有各自的特点，陈词上片全记茶山之美，朱词则更多侧重独自烹茶品茶的高风雅量。陈词送友人入山采茶，全从他人着笔；朱词写独自品饮，静静剖析个人心事。

这首词中倾诉了词人独饮茗茶的悠闲与静谧，如果与卢仝《走笔谢孟谏议寄新茶》比较，则从卢仝诗写品茶感受到卢仝的胸襟广阔，关心民生疾苦。朱词更多写个人的人生境遇感受，有自矜自伤之意。

【学习任务】

所谓"独饮得神"，体味词人独饮茗茶的意境，并与卢仝《走笔谢孟谏议寄新茶》相比较。

第五讲　咏物

——泉水、茶具、茶图

　　自陆羽作《茶经》后，茶的品饮日益考究，好茶需好水，需配合适宜的茶具，若营造意境氛围则焚香、插花、挂画等也不可缺少。这一主题主要将歌咏与茶相关用水、用具、用画的作品归结为一，从中体会茶文化的博大，感受茶对其他艺术门类的影响。

对应篇目：　1. 水龙吟·题瓢泉　　　　宋·辛弃疾

　　　　　　2. 好事近·咏茶筅　　　　宋·刘　过

　　　　　　3. 踏莎行·卢仝啜茶手卷　宋·张　炎

　　　　　　4. 百字令·惠山酌泉　　　元·张可久

1. 水龙吟^①·题瓢泉

宋·辛弃疾

【作者简介】

辛弃疾（1140—1207），原字坦夫，改字幼安，号稼轩居士。宋词人。历城（今山东济南）人。平生以气节自负，以功业自许，一生力主抗战，曾上《美芹十论》（即《御戎十论》）与《九议》，条陈战守之策，显示其卓越军事才能与爱国热忱。抗金复国是其作品之主旋律，其中不乏英雄失路的悲叹与壮士闲置的愤懑，具有鲜明的时代特色。还以生动细腻的笔触描绘江南农村四时的田园风光、世情民俗。其词题材广阔，又善化用前人典故，风格沉雄豪迈又不乏细腻柔媚之处。在苏轼的基础上，大大开拓了词的思想意境，提高了词的文学地位。后人遂以"苏、辛"并称。其诗文亦有足称道者，特别是其文"笔势浩荡，智略辐辏，有权书衡论之风"（刘克庄《后村先生大全集》卷九八）。著有《稼轩词》，后人辑有《辛稼轩诗文钞存》。

【原文】

用些语再题瓢泉，歌以饮客，声韵甚谐，客为之醺。^②

听兮清佩琼瑶些。明兮镜秋毫些^③。君^④无去^⑤此，流昏涨腻，生蓬蒿些^⑥。虎豹甘人^⑦，渴而饮汝^⑧，宁^⑨猿猱^⑩些。大^⑪而流江海，覆舟如芥^⑫，君无助、狂涛些。

路险兮、山高些。块予独处^⑬无聊些。冬槽春盎，归来为我，制松醪些^⑭。其外芳芬，团龙片凤，煮云膏些^⑮。古人^⑯兮既往，嗟予之乐，乐箪瓢^⑰些。

【注释】

①水龙吟：词牌名。出自李白诗句"笛奏龙吟水"。又名"龙吟曲""庄

椿岁""小楼连苑"。此调气势雄浑，宜用以抒写激奋情思。②原序：用些语再题瓢泉，歌以饮客，声韵甚谐，客皆为之醮（jiào）。题云"再题瓢泉"，当是继上阕《祝英台近》之后，亦庆元元年（1195）之作。用些语：用"些"字作语尾叹声。"些"，为古代楚地方言中的语尾助词，仅表声，无实义。歌以饮客：用此歌助客酒兴。声韵甚谐：声调和韵律非常和谐悦耳。醮：喝尽杯中之酒，犹言"干杯"。③"听兮"两句：赞美瓢泉声脆如玉佩叮咚，水明如镜可察秋毫。兮（xī）：语气助词。琼、瑶：都是美玉。镜：此作动词，作"照见"讲。秋毫：秋天鸟兽身上新长出来的极细小的毛，用以形容极细微的东西。④君：指瓢泉。⑤去：离开。⑥"流昏"两句：浊水会污染你的清白，野草会窒息你的生命。流昏涨腻：两词重义，都指污浊的水。涨腻：用杜牧《阿房宫赋》语："渭水涨腻，弃脂水也。"　⑦甘人：《招魂》写地下幽都的魔鬼食人，有"此皆甘人"句，意谓此物皆以食人为甘美。⑧汝：你，指瓢泉。⑨宁：宁可。⑩猱（náo）：一种有长臂的猿。⑪大：壮大，指泉水与他水合流。⑫覆舟如芥：弄翻船只如同弄翻一棵小草那么容易。⑬块予独处："予块然独处"，语出《汉书·杨王孙传》，谓孤独自处。⑭"冬槽"三句：请瓢泉归来为我酿酒。槽：酿酒用的槽床。盎（àng）：盛酒用的容器。松醪（láo）：松膏酿成的酒。⑮"其外"三句：请瓢泉归来为我煮茶。芳芬：此指茶香。团龙、片凤：皆茶名。云膏：形容煎好后的茶如云脂油膏般软滑宜口。⑯古人：指孔子的大弟子颜回。⑰箪（dān）：盛饭用的圆竹器。瓢：将葫芦对剖，挖去瓤子，做舀水、盛物等用的器具。孔子曾赞美颜回说："贤哉，回也！一箪食，一瓢饮，在陋巷，人不堪其忧，回也不改其乐，贤哉，回也！"（《论语·雍也》）

【学习提示】

　　佳茗必须有好水相匹配，方能相得益彰。泡茶的水质好与坏，对茶叶的色、香、味都具有很大影响，特别是对滋味影响极大。这是一首歌咏泉水的词作，此水可制酒、煮茶、饮用，也可明志。

　　瓢泉在江西省上饶市铅山县东二十五里，泉水清冽，风景优美。作者在这里有一处旧居。光宗绍熙五年（1194）七月，作者被解除知福州兼福建路安抚使的职务后，便来这里"新茸茅檐"闲居，宁宗庆元二年（1196）又移居退隐。这首词大致是作者闲居瓢泉时期写的。原词有序云："用些语再题瓢泉，歌以饮客，声韵甚谐，客皆为之釂。"说明了词作的写作背景。这是一首劝酒的歌词，词人以寄言泉水，小题大做，寓写自己对现实环境的感受。"用些语"即用"些"字作语尾叹声。"些"，为古代楚地方言中的语尾助词，仅表声，无实义。"歌以饮客"即用此歌助客酒兴。词句声调和韵律非常和谐悦耳，最后客人们为之喝尽杯中之酒。

上阕前两句，从视觉、听觉来写，表达了作者对泉水的欣赏、赞美之情。"清佩琼瑶"是以玉佩声形容泉水的优美声响；柳宗元《至小丘西小石潭记》也曾写道："隔篁竹，闻水声，如鸣珮环。""镜秋毫"是用可以照见的秋生羽毛之末来形容泉水的明净。这两句给瓢泉以定性的评价，表明了山泉能保持其可爱的本色。以下通过泉水所处的三种不同状态，来反映作者对泉水命运的设想、担忧及警告。这些刻画，正好用以反衬起笔二句，突出"山泉水浊"之意。

首先，劝阻泉水不要出山（去此）去流昏涨腻，生长蓬蒿。"流昏涨腻"取意于杜牧《阿房宫赋》"谓流涨腻，弃脂水也"。其次，"虎豹"句，用《楚辞·招魂》"虎豹九关，啄害下人些"和"此皆甘人"。虎豹以人为美食，渴了要饮泉水，它岂同于猿猱（之与人无害），不要为其所用。最后，"大而流江海"三句，反用《庄子·逍遥游》"水之积也不厚，则其负大舟也无力，覆杯于坳堂之上，则芥为之舟"的语意，谓水积而成大江海，可以视大舟如草叶而倾覆之。这些都是设想泉水不能自守而主动混入恶浊之中，遭到损害而又害人的危险情况。以上几种描述，想象合理，恰符作者当时所处的社会现实。

此处似乎在仿照《楚辞·招魂》"外陈四方之恶，内崇楚国之美"（王逸《楚辞章句》）的描述规劝瓢泉不要流走。《招魂》内容主要是以宏美的屋宇、奢华的服饰、艳丽的姬妾、精致的饮食以及繁盛的舞乐，以招徕亡魂。《招魂》可能是在招魂仪式中演唱的，但从那"魂兮归来！反故居些"的呼唤声中，我们也可以看到屈原对楚王之死的哀悼惋惜之情。

　　下阕是作者自叙，表达贞洁自守、愤世嫉俗之意。路险山高，块然独处，说明作者对自身当前所处污浊险恶环境的认识。故小隐于此，长与瓢泉为友，以期求得下文所描写的"三乐"，即"饮酒之乐""品茶之乐""安贫之乐"。词的上下阕恰好形成对比。前者由清泉指出有"三险"，后者则由"无聊"想到有"三乐"。其实"三乐"仍是愤世嫉俗的变相发泄。瓢泉甘洌，可酿松醪（松膏所酿之酒），写饮酒之乐，实寓借酒消愁；瓢泉澄澈，可煮龙凤茶，作者品茗闲居自然悠闲，却暗含不被世用之意；最后写安贫之乐，古人既往，聊寻同调，则与"一箪食，一瓢饮"的颜回一样的便是同志。箪瓢之"瓢"与"瓢"泉之"瓢"恰同字，以此相关，契合无间。

　　总观全词，可以用刘辰翁对辛词的评语"谗摈销，白发横生，亦如刘越石。陷绝失望，花时中酒，托之陶写，淋漓慷慨"（《须溪集》卷六《辛稼轩词序》），来领略这首词的思想情调。瓢泉的闲居并未能使作者的心情平静下来，反而郁积了满腔的愤怒。流露出的对官场混浊、世运衰颓的憎恶，并不是哀婉之调，而是一种激昂之声，不可以视之为"流连光景，志业之终"。尽管词的上阕似乎构成了不和谐的画面（上阕多激愤，下阕多欢乐），但贯通一气的还是愤懑、不同流合污、自守贞洁的浩然之气。

　　本词有意模仿楚辞，从主旨、谋篇到语言都呈现出这种倾向。本词上片设想泉水处污浊环境的危险，下片则设想与瓢泉为友，饮酒煮茶的快乐，上下片对比寄予了作者对现实环境的憎恶激愤及坚贞自守之意。

【学习任务】

　　本词有意模仿楚辞，从主旨、谋篇到语言都呈现出这种倾向，请以下片对用瓢泉酿酒、烹茶的描写为重点分析这种楚辞化的写作特点。

2. 好事近①·咏茶筅②

宋·刘 过

【作者简介】

刘过（1154—1206），字改之，自号龙洲道人。宋词人、诗人。吉州太和（今江西泰和）人，长于庐陵（今江西吉安）。其词今存八十多首，多感时论事、抒写平生豪气之作，但亦不乏纤丽俊秀者。刘熙载《艺概》卷四称其"狂逸之中自饶俊致，虽沉着不及稼轩，足以自成一家"。其诗今存三百多首，古、律诗兼备，亦多豪壮遒劲之作。其文流传较少，亦语意峻拔。有《龙洲集》十四卷、《龙洲词》一卷。

【原文】

谁斫③碧琅玕④，影撼半庭风月。尚有岁寒⑤心在，留得数茎华发。

龙孙⑥戏弄碧波涛⑦，随手清风发。滚到浪花深处，起一窝香雪⑧。

【注释】

①好事近：词牌名。又名"钓船笛"，《张子野词》入"仙吕宫"。"近"指舞曲前奏，属大曲中的一个曲调。②茶筅（xiǎn）：古代点茶用具。竹制帚形，也叫"竹帚""竺副帅"。③斫（zhuó）：用刀斧砍。④碧琅玕（láng gān）：指青竹。杜甫《郑驸马宅宴洞中》诗："主家阴洞细烟雾，留客夏簟青琅玕。"⑤岁寒：一年中的寒冷季节，喻在困境中坚韧不拔的精神，乱世中坚贞不屈的节操品行。⑥龙孙：泛指竹。⑦碧波涛：茶汤。⑧起一窝香雪：茶汤似雪涛，呈白色，气味芬芳。

【学习提示】

宋代饮茶一改唐代的煮茶法，取而代之的是用汤瓶煎水点茶。用汤瓶往茶盏里点茶时，边注边以点茶用具在茶碗中用力搅拌，使得茶末和水相互混合成为乳状茶液，表面呈现丰富的白色泡沫，宛如白花布满碗面。

宋代点茶击拂之器有茶匙和茶筅两种，茶筅为竹制帚形，也叫"竹帚""竺副帅"。宋徽宗在《大观茶论》中专门描述过茶筅："茶筅，以斤竹老者为之。身欲厚重，筅欲疏劲，本欲壮而末必眇。当如剑背，则击拂虽过而浮沫不生。"

这首词是一首咏物词，以茶筅为歌咏对象。上片主要介绍茶筅的材质及形状，下片侧重描绘运用茶筅点茶的过程。

首两句描绘了竹影婆娑庭院悠然的美景，并引出茶筅的材质为竹。词句用"碧琅玕"形容材质的青翠，用"撼"将轻盈的竹影描绘得刚劲有力。词句运用刚柔轻重的反差在优美静谧中写出了动态感和翠竹劲健的身姿。

茶筅的材质为竹，而竹与松同为岁寒不凋之植物，词人以"岁寒心"写茶筅的特质。《论语·子罕》："岁寒，然后知松柏之后凋也。"后以"岁寒心"比喻在困境中坚韧不拔的精神，乱世中坚贞不屈的节操。"华发"指花白的头发，此处以"华发"写茶筅的形态。茶筅一般以细竹丝制成，将细竹丝系为一束，加柄制成，这里用头发比喻纤细的竹丝，贴切而有深意。联系上下文，翠竹影撼风月，岁寒心坚，最终却只留得白发数茎的描述里，似乎也暗含了作者年华老去、江湖落魄的感伤。

下片从茶筅的材质特性转换到茶筅点茶的本身，将点茶的过程拟人化，"戏弄""滚"两个动词活画出茶筅搅动茶汤、击拂茶沫的情景。"随手清风发""起一窝香雪"则增加了画面的美感和飘逸之态。

本词先从茶筅的材质（岁寒心）、形态（华发）角度入手，从材质角度赋予了茶筅劲健的身姿和坚韧的心性，并借此表白了词人在困境中坚忍不拔，想要有所作为的心理。下片用拟人化的口吻描述点茶过程，写来既富于动感，使人想见其场面，又能够尽现其风神，得其飘然雅逸之质。本词赋予了茶筅劲健的身姿和坚忍的心性，作为一首咏物词，能够针对茶筅的内质外形，不即不离，可谓掌握了咏物题材的写作要点。

【学习任务】

结合茶筅的外在特点赏析"尚有岁寒心在，留得数茎华发"。

3. 踏莎行·卢仝①啜茶手卷②

宋·张 炎

【作者简介】

张炎（1248—1314后），字叔夏，号玉田、乐笑翁。宋元间词人、词论家。临安（今浙江杭州）人。工于词，精于声律，是南宋格律派的最后一位重要词人。所作词用字精巧工致，风格雅正清畅。其论词极推崇姜夔，而所作词风格又近之。早年之作多反映贵族公子的优游闲适生活，宋亡后则以追怀往昔为主。擅长咏物，曾以《南浦·春水》词扬名天下，人称"张春水"，又以《解连环·孤雁》一词得名"张孤雁"。有《山中白云词》八卷。

【原文】

清气崖深，斜阳木末。松风泉水声相答。光浮碗面啜先春③，何须美酒吴姬压④。

头上乌⑤巾，鬓边白发。数间破屋从芜没⑥。山中有此玉川人⑦，相思一夜梅花发。

【注释】

①卢仝：唐诗人，号玉川子。②手卷：把书画装裱成卷子，即书画横幅之长者，不适合悬挂，只可舒卷。③先春：茶名。采制于早春，以季节名茶。④何须美酒吴姬压：何必吴地的美女压酒。何须，何必。吴姬，吴地美女。压酒，米酒酿制将熟时，压榨取酒。⑤乌：黑。⑥数间破屋从芜没：数间破旧的茅屋周边杂草丛生。芜，丛生的草。⑦玉川人：指卢仝。卢仝《有所思》有句云："相思一夜梅花发，忽到窗前疑是君。"

【学习提示】

茶与画的结缘，在中国茶文化史上是非常值得大书一笔的。茶与画虽然形式各异，但其内涵与美感却是相通的。这是一首题画诗，描写对象为茶画《卢仝啜茶手卷》。手卷就是把书画装裱成卷子，即书画横幅之长者，不适合悬挂，只可舒卷。南宋刘松年有《卢仝烹茶图》，该画生动地描绘了南宋时的烹茶情景。画面上山石瘦削，松槐交错，枝叶繁茂，下覆茅屋。卢仝拥书而坐，赤脚女婢治茶具，长须肩壶汲泉。这首词生动描述卢仝啜茶的画面内容，同时联系卢仝《走笔谢孟谏议寄新茶》《有所思》诗句展开联想，赞美卢仝贫处山中、恬淡自适的高风雅韵。全词语言清雅，意蕴悠远。

首三句写自然环境。气、阳在上，山崖、古树在下，气为清明之气，阳为日暮斜阳，山崖幽深寂静，古木高耸傲岸，意境开阔悠远。"松风泉水声相答"采用拟人化手法，不仅写出了山风吹动松林与泉水自上汩汩而下的样子，而且将二者细微之声写得生气勃勃，仿佛在应和唱答一般，也将山林的寂静衬托得惟妙惟肖。如此开阔寂静的环境下，茶人的品茶活动也自然不同流俗。

"光浮碗面"语出卢仝《走笔谢孟谏议寄新茶》"白花浮光凝碗面"一句，形容茶碗中茶汤表面泡沫丰富、细腻洁白。"啜先春"可理解为饮用早春采摘的新茶，亦与卢仝"先春抽出黄金芽"的诗句相印证。同时，"先春"也可理解为早春时节的无限春光，则"啜先春"就能够给人带来春光明媚、如沐春风的美妙联想。"何须美酒吴姬压"一句采用反问句式，用"光浮碗面"的饮茶景象与吴姬压酒的饮酒场面相对比，强调茶具备了山林高士一般的精神境界。吴姬指吴地的美女，"吴姬压酒"用了李白《金陵酒肆留别》的典故，李白原诗为："风吹柳花满店香，吴姬压酒劝客尝。金陵子弟来相送，欲行不行各尽觞。请君试问东流水，别意与之谁短长？"

"头上乌巾"的装束采用了卢仝《走笔谢孟谏议寄新茶》中"纱帽笼头自煎吃"一句的说法。乌巾又与白发形成了色彩的对比。乌巾即黑头巾，古代多为隐居不仕者的帽子。乌巾昭示着卢仝的独特身份，白发则表明了年华的流逝，与乌巾的黑白对比中活画出了卢仝的耿介傲岸、安贫自适的独特心境。"数间破屋"已经清楚说明了饮茶者卢仝的经济状况：贫穷，这也是对《啜茶手卷》画面的如实描述。"从芜没"加重了这种对贫困的描述，同时也透露出作者的心态，并为结句做好了铺垫。仅有数间破屋而已，也眼看就要随着丛生的杂草荒芜了。这里采用了夸张手法，旨在说明山间小屋的破败、荒芜，但同时说明了这破屋已经融为了山林的一部分，居住者并不在意房舍的破旧与否，正所谓"山不在高，有仙则名。水不在深，有龙则灵。斯是陋室，惟吾德馨"（刘禹锡《陋室铭》）。

"相思一夜梅花发"出自卢仝《有所思》"相思一夜梅花发，忽到窗前疑是君"。这一名句将相思之情写得有形有色，连香气也隐然鼻端了。一夜无眠，清晨，窗外梅花绽放，暗香浮动，让人不禁浮想联翩，这一夜无眠是茶的功效，还是相思所致呢？在物质上卢仝是贫困的，但在精神上他却是富有的。

唐寅曾题跋《卢仝烹茶图》云："玉川子豪宕放逸，傲睨一世，甘心数间之破屋，而独变怪鬼神于诗，观其茶歌一章，其平生宿抱忧世超物之志，洞然于几语之间，读之者可想见其人矣。松年绘为图，其亦景行高风，而将以自企也。玉川子之（志）向，洛阳人不知也，独昌黎知之。去昌黎数百年，知之者复寡矣。而松年温之，亦不可不为之遭也。"此词为题画诗，通过对手卷内容的描述，表达了作者对卢仝饮茶雅韵的向往之情。同时，联系唐寅题跋《卢仝烹茶图》的文字，孰知这首词不是作者借卢仝抒发自身的抱负和感慨呢？

【学习任务】

试总结本词中所描述的卢仝形象。

4. 百字令①·惠山②酌泉

元·张可久

【作者简介】

　　张可久（约1270—1348），字小山。元朝重要散曲家、剧作家。庆元（今浙江省宁波市鄞州区）人。张可久毕生致力于词曲的创作，是元代最为多产的散曲大家，是元代散曲清丽派的代表作家。其作品多为欣赏山光水色，抒写个人情怀和应酬怀古之作。作品表现了闲适散逸的情趣，同时吸收了诗词的声律、句法及辞藻到散曲中，形成一种清丽而不失自然的风格。明清以来颇为文人推重。明李开先序乔吉、张可久二家小令，谓"乐府之有乔张，犹诗家之有李杜"。有《小山乐府》。

【原文】

　　舣③舟一笑，正三吴④好处，天将僧占。百斛⑤冰泉，醒醉眼、庭下寒光潋滟⑥。云湿阑干，树香楼阁，莺语青山崦⑦。倚花索句，终日登临无厌。

　　小瓶声卷松涛⑧，俗尘不到，休把柴门掩。瓯⑨面碧圆珠蓓蕾⑩，强似花浓酒酽⑪。清入心脾，名高秘水⑫，细把茶经⑬点。留题石上，风流何处鸿渐⑭。

【注释】

　　①百字令：词牌名，词共有一百个字。②惠山：惠山泉，在无锡惠山愚公谷中。③舣（yǐ）：使船靠岸。④三吴：吴郡、吴兴郡、会稽郡等三郡辖地。⑤斛（hú）：中国旧量器名，亦是容量单位，一斛本为十斗，后来改为五斗。⑥潋（liàn）滟（yàn）：形容水波相连，荡漾闪光。⑦崦（yān）：泛指山。⑧松涛：风吹松林，松枝互相碰撞发出的如波涛般的声音。此处用来形容用茶瓶煎水的声音。⑨瓯：茶盏。⑩珠蓓蕾：蓓蕾，花蕾，含苞未开的花，借指茶芽。珠蓓

蕾即说茶芽细小如珠。⑪酽（yàn）：（汁液）浓，味厚。⑫秘水：唐朝时代称秘书省中的茶水。明代学者陆树声在《茶寮记·秘水》中称："唐秘书省中水最佳，故名秘水。"⑬茶经：即《茶经》，是中国乃至世界现存最早、最完整、最全面介绍茶的第一部专著，被誉为"茶叶百科全书"。⑭鸿渐："茶圣"陆羽字鸿渐，为《茶经》作者。

【学习提示】

自陆羽定惠山泉为天下第二泉之后，历代题咏者甚众，这首词便是其中的佳作。词中上片记叙游览惠山泉的经过，下片描述用惠山泉品茶的情境。开篇三句和结尾两句直接写作者的游览和感受。

开篇三句写作者乘船到达惠山时的整体观感，"一笑"的含义在于这惠山泉的所在果然是钟灵毓秀之地。结尾两句写作者在惠山终日游赏，吟诗作文，悠游其间。什么样的景致让作者如此感叹和沉醉呢？四至六句描述了惠山泉的独特之处："冰泉""寒光"四字从视觉上写出了惠山泉的清冽朗润之气，使人未饮其水，就已经醒了宿醉。这样的清冽泉水让人精神为之一振，作者到惠山正是为了这天下第二泉。这样的描写不禁让人想到苏轼的《惠山烹小龙团》："独携天上小团月，来试人间第二泉。"七至九句描绘惠山泉周围景色。"云""树""莺""山崦"是自然意象，"阑干""楼阁"是人文意象。"云"言阑干之高，"树"显楼阁之清幽，"莺语"以动衬静，更奇处在于莺语声声更增加了山峦的妩媚青翠。于是在这样的美景之中，作者陶醉了，终日游赏，吟诗作文，悠游其间。

本词题目为"惠山酌泉"，来惠山的目的即为品饮惠山泉，所以上片点题"惠山"，下片则写"酌泉"。下片三句描述煮水场景，用汤瓶煮水，水沸时犹如响起松涛之声。五、六句呈现了茶汤清润、汤色碧绿、茶芽似花苞一般的品茶情景，并认为这品茶情景远比花前品酒要清雅完美得多。七至九句专门说惠山泉品饮，惠山泉烹煮的茶汤功效是清入心脾，当年陆羽将此泉编入《茶经》时，它已经比著名的秘水名声大了。结篇两句则有遥想古人和自比古人两层意思，作者留题茶词赞美惠山泉，自然想到"茶圣"陆羽也曾品题此水，遥想古人当时风采。同时也将自己的惠山之游看作陆羽重至，风流不减当年。

　　本词下片除了明用陆羽的典故外，其实还暗用了卢仝《走笔谢孟谏议寄新茶》的诗句"仁风暗结珠琲瓃""柴门反关无俗客"，融前人诗句入词而无斧凿痕迹，也是本词的一大特点。词的上片称颂泉水的清冽朗润，使人未饮其水而心生期待。下片写煮水泡茶情景，以水声、汤色、茶芽形态呼应上片，可见惠山煮茶的清雅。将上、下片结合，从游踪、景致、煮水、泡茶、品茶几个方面全面描写惠山泉。

【学习任务】

　　本词上片点题中的"惠山"，下片点题中的"酌泉"，试评价上下片结合对惠山泉的题咏。

第六讲　咏茶性

　　茶在古代文人的眼中是清洁之物，象征高尚的情操、高雅的品性。陆羽作《茶经》有"茶之为用，味至寒，为饮，最宜精行俭德之人"之句，首次将茶性与君子精行俭德之性相提并论。古代文人特别重视品茶养德，对茶性的论述也偏重于茶对饮者品德修养的提升作用，借茶性说人性。

　　对应篇目：　1. 蓦山溪·咏茶　　　　　　　宋·王　质
　　　　　　　　2. 解佩令·茶肆茶无绝品至真　金·王　喆

1. 蓦山溪①·咏茶

宋·王 质

【作者简介】

王质（1135—1189），字景文，号雪山。郓州（今山东东平）人，后寓居兴国军（今湖北阳新），是南宋中兴时期著名的经学家、文学家。王质最突出的才华表现在文学上，他善诗、工词、能文，作品流畅爽快。他的奏议很有气势，是其散文创作中成就突出的部分。王质诗作中七古、律诗、七绝数量较多，成就也较高，七古多写得奔放豪迈，律绝以隽快蕴藉见长；词作骏发豪迈，喜用口语，风格清壮，爱国词、闲逸词、咏史怀古词、咏物词，都各具特色。今存《雪山集》十六卷，《诗总闻》二十卷、《绍陶录》两卷和《林泉结契》五卷等。

【原文】

枯林荒陌②，矮树敷③鲜叶。不见雅④风标⑤，十二分、山容野色⑥。因何嫩茁，舞动小旗枪⑦，梅花后，杏花前，色味香三绝。

含光隐燿⑧，尘土埋豪杰。试看大粗疏⑨，争知变、寒云飞雪。休说休说，世只两名花，芍药相，牡丹王，未尽人间舌。

【注释】

①蓦山溪：词牌名。又名"上阳春""蓦溪山"。《清真集》入"大石调"。②陌（mò）：泛指田间小路。③敷（fū）：铺展，遍布。④雅：高尚，不俗。⑤风标：风度，品格，形容优美的姿容神态。⑥山容野色：山的姿容，原野或郊野的景色。⑦旗枪：茶芽，指带顶芽的小叶。因顶芽尖小形如枪，小叶面展如旗，一旗一枪，故得名。⑧含光隐燿（yào）：含光宝剑隐匿光芒。含光，剑名。燿，同"耀"。⑨粗疏：疏略，不精细。

【学习提示】

这是一首成功的咏物词，作者渲染茶树生长环境的荒芜和气候的恶劣，凸显了茶树顽强的生命力，并通过与花的对比突出了茶的傲岸和自信，借对茶形态习性的赞美表达了作者耿直的个性和壮志难酬的情怀。王质不仅是一位著名的经学家、文学家，更是一名爱国志士。早年他积极进取，但因性格耿直，屡遭打击，多次被罢官，多次入幕府，始终壮志未酬。后期绝意仕途，"奉祠山居"，从此隐居家乡，从事文学创作和学术研究。

"枯林"指树叶凋残之林。"荒陌"意即荒芜的小路。"枯林荒陌"是作者所言茶树生长的环境。"矮树"指茶树植株的形态。"敷鲜叶"描摹茶叶新芽生长茂盛的样子。生长环境的荒芜凋残与茶树茂盛的生长情况恰形成对比，也与下片中"含光隐耀，尘土埋豪杰"的论调相照应，在诗歌的开头就隐含了英雄被埋没的感叹。

"不见"两句中以"山容"（山的姿容）和"野色"（原野或郊野的景色）来写茶树，没有把茶作为高雅的文士，更不是尊贵的帝王，而是写出了茶十足的山野气息，这十二分的山容野色也带出了茶十二分的傲骨和自信，不同凡俗。这也是词人自己"奉祠山居"的隐居生涯的体现，各种滋味只有真正身处其中者才能体味。《南史·隐逸》云："夫独往之人，皆禀偏介之性，不能摧志屈道，借誉期通。若使夫遇见信之主，逢时来之运，岂其放情江海，取逸丘樊？不得已而然故也。"

"因何嫩茁，舞动小旗枪"两句从山容野色的自得与感慨中宕开一笔，以生动笔墨写茶的鲜活生命力。"舞动"采用拟人手法，"旗枪"用比喻手法。"因何"为疑问词，却只问不答，答案自在作者和读者心中。虽然此茶生长于贫瘠荒芜之地，但是它依旧茂盛。"舞动"一词活化出茶芽在春风中蓬勃生长之态，初春之时旗枪初展，一片春意，满树生机。

上片结尾词人将茶与花进行了比较。首先作者指出了茶叶采摘的时间是早春。但是作者没有直接说明时间，而是以梅花和杏花的花期为参照。冬天梅花傲雪绽放，杏花开时则已经春意浓浓，茶吐新芽刚好在冰雪消融以后，春风送暖之初，仿佛也就既有了傲雪寒梅的铮铮铁骨，又有了杏花春雨的清丽明媚。其次，梅花以香著称，杏花以色知名，茶处两者间而兼具二者之美，色香可与二者媲美，还独得一"味"，即所谓"色味香三绝"。只是茶味如何呢？作者没有说。

下片"含光隐燿，尘土埋豪杰"句恰与开头"枯林荒陌，矮树敷鲜叶"相照应。宝剑隐匿光芒，豪杰埋没尘土，茶树色香味三绝却生于荒陌枯林，作者胸怀壮志几经沉浮而终归山林，如此种种何其相似，让人不得不心生感慨。虽然更兼之风雪的摧残，然而此茶终究不是"已是黄昏独自愁，更著风和雨"（陆游《卜算子·咏梅》）孤芳自赏的梅。此处提及茶芽生长的气候环境，早春时节气候冷热不均，有所反复，"寒云飞雪"的环境一方面体现了环境对茶芽的摧残，一方面也表现了茶芽的顽强生命力，并为结尾处牡丹、芍药之论张本，同时也象征了作者虽壮志消磨，归隐山林，但壮心不已、骨鲠犹存的性格特质。

"世上两名花，芍药相，牡丹王，未尽人间舌。"结尾处再次照应上片，又一次出现了茶与花的比较，比较对象是牡丹与芍药。作者把茶看得比花中之王牡丹、花中之相芍药更名贵，因为名花牡丹、芍药只有色、香，却不能入口舌："未尽人间舌。"联系上片，此处再次提及茶味。这味道是茶独有的，虽然通篇作者没有明说茶味如何，但作者一再强调了茶的傲岸品性、顽强生命力，这恰恰是茶远高出以妩媚富贵著称的芍药、牡丹等娇弱花朵之处。这就是茶的"味外之味"。

本词的作者是一介书生，词中写茶却没有书生的酸腐气息。首先，全篇写及梅花、杏花、牡丹、芍药四种名花作为茶的陪衬。其次，枯林荒陌的环境，舞动小旗枪的芽叶形状，最终归结为"尘土埋豪杰"的山野气息和干云豪气。

【学习任务】

本词采用拟人化手法写茶，说说你对词中"山容野色"这一特征的理解。

2. 解佩令①·茶肆②茶无绝品③至真④

金·王　喆

【作者简介】

　　王喆（1112—1170），原名中字，字允卿；后改名世雄，字德威；入道后，改名喆，字知明，号重阳子；自呼王三（排行第三）或王害风（意为疯子）。金代道士，全真道创始人。陕西咸阳人。传世著作有《重阳全真集》，内收传道诗词千余首，另有《重阳立教十五论》《重阳教化集》《分梨十化集》等，均收入《正统道藏》。

【原文】

　　茶无绝品，至真为上。相邀命、贵宾来往。盏热瓶煎，水沸时、云翻雪浪。轻轻吸、气清神爽。

　　卢仝七碗⑤，吃来豁畅。知滋味、赵州和尚⑥。解佩新词，王害风⑦、新成同唱。月明中、四人分朗⑧。

【注释】

　　①解佩令：调见《小山乐府》。按，《楚辞》"捐予佩兮澧浦"，《韩诗外传》"郑交甫遇汉皋神女解佩"，调名取此。②茶肆：茶馆。③绝品：极品，泛指最宝贵、最珍贵的物品。④至真：至，为最的意思；真，指的是实际、真实的一面。⑤卢仝七碗：卢仝《走笔谢孟谏议寄新茶》又名《七碗茶歌》。⑥赵州和尚：赵州禅师（778—897），法号从谂，为禅宗六祖慧能大师之后的第四代传人，人称"赵州古佛"。佛教崇尚饮茶，赵州和尚的一句"吃茶去"成为佛教界的禅林法语，又称"赵州法语"，正合所谓"茶禅一味"之说。⑦王害风：王喆自呼王三（排行第三）或土害风（意为疯子）。⑧分朗：清楚；分明。

【学习提示】

　　这首词的作者王喆是全真教的创始人，是一位道士。词的题目中有"茶肆"之语，我们可以揣测其写作地点很可能是茶馆，词人与友人或弟子饮茶于茶馆之中，由眼前茶事写起，继而借茶表达自己的感慨与情怀。本词上片对茶馆中烹煮和饮用茶汤的情景进行了描写，下片运用了两个与茶相关的典故表达对茶的理解。

　　"茶无绝品，至真为上"是整首词的领起之句，也出现在题目之中。真：可与客观事实相符合，与"假""伪"相对，也可指本性、本原。至真就是保有最真实的本性，就茶而言，能够保持茶最真实的本性就是好茶，不必区分茶的类别、名贵与否。这一见解可谓振聋发聩，言人所未曾言，发人深省。一方面，茶肆以盈利为目的，能够售卖好茶，而不单纯为了盈利而掺杂假货，是最基本的。另一方面，这也可以作为评价茶和茶人的一项标准。只要能够拥有最真实的本性，无论是茶还是人，都是好的。

　　继之词转入对茶馆中聚会饮茶场景的描绘。茶馆除品茶休闲外，从古到今都是呼朋引伴的聚会场所，即所谓"相邀命"。"盏热瓶煎，水沸时、云翻雪浪"写汤瓶煎水，茶盏点茶，最优美处莫过于点茶时茶沫洁白，随茶匙的击拂翻涌的动人情景。"轻轻吸、气清神爽"写饮茶，茶盏茶香四溢，茶客轻轻啜饮，顿觉神清气爽，心情舒畅。

　　下片从眼前场景的感性描绘转入哲理性的思考，运用了两个与茶相关的典故，分别是卢仝的《七碗茶歌》和从谂偈语"吃茶去"。同唱：犹如同调，音调相同，比喻有相同的志趣或主张。"解佩新词"指的就是本词。此处，作者认为自己和卢仝、从谂禅师是志趣相同的茶人，了解茶的真性情、真滋味。结句"月明中、四人分朗"将卢仝、从谂禅师、作者和空中明月并举，意思与"同唱"一词相类，但意境更为清朗，并借鉴了李白《月下独酌》中"举杯邀明月，对影成三人"的意蕴。

　　所谓茶禅一味，就是要通过茶去领悟禅的意境和定义。佛教崇尚饮茶，从谂的一句"吃茶去"是佛教界的禅林法语，词中用此典称赵州和尚最了解茶中滋味，正合所谓"茶禅一味"之说。作为全真教的创始人，王喆是擅长于融合三教的。这首词在风格上明白晓畅，适于普通人阅读，带有偈语的文体特色，并且作者还特别选择了佛教的茶禅典故，这也是很多普通茶人未曾关注的。应该说，这是一首具有宗教特色的茶文学作品。

【学习任务】

试感受本词宗教典故中包含的茶禅一味的情怀。

茶词扩展阅读篇目

1. 行香子①·茶词

宋·苏　轼

【原文】

绮席②才终。欢意犹浓。酒阑③时、高兴④无穷。共夸君赐⑤，初拆臣封。看分香饼，黄金缕，密云龙⑥。

斗赢一水⑦，功敌千钟⑧。觉凉生、两腋清风。暂留红袖⑨，少却纱笼。放笙歌⑩散，庭馆静，略从容。

【注释】

①行香子，词牌名，又名"爇心香""读书引"。以晁补之《行香子·同前》为正体，双调六十六字。②绮席：盛美的筵席。③酒阑：谓酒筵将尽。④高兴：高雅的兴致。⑤君赐：宋朝皇帝向臣子赐茶形成了一种制度。⑥密云龙：宋蔡绦《铁围山丛谈》卷六载："'密云龙'者，其云纹细密，更精绝于小龙团也。"⑦一水：宋时斗茶评断沏茶优劣的用语。宋蔡襄《茶录·点茶》："眂（shì，古同"视"）其面色鲜白著盏无水痕为绝佳。建安斗试，以水痕先没者为负，耐久者为胜，故较胜负之说，曰相去一水两水。"⑧千钟：千盅，千杯。极言酒多或酒量大。⑨红袖：宋吴处厚《青箱杂记》卷六："世传魏野尝从莱公（寇准）游陕府僧舍，各有留题。后复同游，见莱公之诗，已用碧纱笼护，而野诗独否，尘昏满壁。时有从行官妓，颇慧黠，即以袂就拂之。野徐曰：'若得常将红袖拂，也应胜似碧纱笼。'莱公大笑。"后以"碧纱笼"为所题受人赏识、重视的典故。⑩笙歌：合笙之歌。也可指吹笙唱歌或奏乐唱歌。

2. 品令^①·茶词

宋·黄庭坚

【原文】

凤舞团团饼^②。恨分破^③教孤令^④。金渠体净^⑤，隽轮慢碾，玉尘光莹。汤响松风^⑥，早减了二分酒病。

味浓香永。醉乡路，成佳境。恰如灯下，故人万里，归来对影。口不能言，心下快活自省^⑦。

【注释】

①品令：词牌名，又名"品字令""思越人""海月谣"。此词调以曹组《品令·乍寂寞》为正体，双调五十二字。②凤舞团团饼：指龙凤团茶中的凤饼茶。团饼印有凤舞图案，北苑御焙产。③分破：碾破磨碎。④孤令：孤零。令，同"零"。⑤金渠体净：金渠，指茶碾，金属所制。体净，整个碾具干净。⑥汤响松风：烹茶汤沸所发出的响声如松林风过。⑦省：知觉，觉悟。

3. 杏花天^①

宋·辛弃疾

【原文】

牡丹昨夜方开遍。毕竟是、今年春晚。茶䕷^②付与熏风^③管。燕子忙时莺懒。

多病起、日长人倦。不待得、酒阑歌散。副能得见茶瓯面。却早安排肠断^④。

【注释】

①杏花天：词牌名，又名"于中好""端正好""杏花风"等。以朱敦儒《杏花天·浅春庭院东风晓》为正体，双调五十四字。②荼（tú）蘼（mí）：荼蘼花又名佛见笑、百宜枝等，属蔷薇科，因荼蘼花花期较晚，故荼蘼花开之时已是花季晚景，荼蘼花凋谢之后花季便过去，无花再开放，故又有事已将尽、无可奈何的意味。③熏风：和暖的风。④肠断：形容极度悲痛。

4. 定风波①·暮春漫兴②

宋·辛弃疾

【原文】

少日春怀似酒浓，插花走马③醉千钟④。老去逢春如病酒⑤，唯有：茶瓯香篆⑥小帘栊⑦。

卷尽残花风未定，休恨；花开元自⑧要春风。试问春归谁得见？飞燕，来时相遇夕阳中。

【注释】

①定风波：词牌名，又名"卷春空""定风波令""醉琼枝""定风流"等。以欧阳炯词《定风波·暖日闲窗映碧纱》为正体，双调六十二字。②漫兴：率意为诗，不刻意求工。③走马：骑马疾走，驰逐。④千钟：千盅，千杯。极言酒多或酒量大。⑤病酒：饮酒过量而生病。⑥香篆（zhuàn）：古时的佛堂、书斋、闺阁里，人们常把合香粉末用模具压印成固定的字形或花样，点燃后循序燃尽，这种用香的方式称之为"香篆"。⑦帘栊：亦作"帘笼"，窗帘和窗牖。也泛指门窗的帘子。⑧元自：原本，本来。

5. 摊破浣溪沙①

宋·李清照

【原文】

病起萧萧②两鬓华。卧看残月上窗纱。豆蔻③连梢煎熟水④，莫分茶⑤。

枕上诗书闲处好，门前风景雨来佳。终日向人多酝藉⑥，木犀花⑦。

【注释】

①摊破浣溪沙：词牌名，实为"浣溪沙"之别体，不过上下片各增三字，移其韵于结句而已。又名"添字浣溪沙""山花子""南唐浣溪沙"。双调四十八字，前阕三平韵，后阕两平韵，一韵到底。②萧萧：这里形容鬓发花白稀疏的样子。③豆蔻：植物名，种子有香气，可入药。④熟水：是宋人常用饮料。陈元靓《事林广记》别集卷七之《豆蔻熟水》："夏月凡造熟水，先倾百盏滚汤在瓶器内，然后将所用之物投入。密封瓶口，则香倍矣……白豆蔻壳拣净，投入沸汤瓶中，密封片时用之，极妙。每次用七个足矣。不可多用，多则香浊。"⑤分茶：一种巧妙高雅的茶戏。"莫分茶"即不饮茶，茶性凉，与豆蔻性正相反，故忌之。以豆蔻熟水为饮，即含有以药代茶之意。⑥酝藉：宽和有涵容。《汉书·薛广德传》："广德为人，温雅有酝藉。"⑦木犀花：桂花，花小淡黄，芬芳徐吐，用"酝藉"形容桂花温雅清淡的风度极得神，同时又可指含蓄香气而言。

6. 玉楼春①

宋·陈与义

【作者简介】

陈与义（1090—1139），字去非，号简斋。河南洛阳人。北宋末、南宋初年的杰出诗人，同时也工于填词。著有《简斋集》。

【原文】

山人②本合居岩岭。聊问支郎③分半境。残年④藜杖⑤与纶巾⑥，八尺庭中时弄影。

呼儿汲水添茶鼎。甘胜吴山山下井⑦。一瓯清露一炉云，偏觉平生今日永。

【注释】

①玉楼春：词牌名，又名"归朝欢令""呈纤手""春晓曲""惜春容""归朝欢令"等。以顾敻词《玉楼春·拂水双飞来去燕》为正体，双调五十六字。②山人：本指山野之人或山里之人，后多指隐士或与世无争的高人。③支郎：泛称僧人。④残年：晚年；暮年。⑤藜杖：用藜的老茎做的手杖，质轻而坚实。⑥纶巾：古代的一种冠的名字，用青色丝带做的头巾。后被视作儒将的装束。⑦吴山山下井：位于浙江省杭州市，相传是五代吴越时韶国师所凿。《梦粱录》曾记载："钱塘第一井，山脉融液，泉源所钟，不杂江湖之水，遇大旱不涸。"

7. 摊破浣溪沙

宋·周紫芝

【作者简介】

周紫芝（1082—1155），字少隐，号竹坡居士。南宋文学家。安徽宣城人。有《太仓稊米集》《竹坡诗话》《竹坡词》。

【原文】

苍璧①新敲小凤团。赤泥开印②煮清泉。醉捧纤纤双玉笋③，鹧鸪斑。

雪浪④溅翻金缕袖⑤，松风⑥吹醒玉酡颜⑦。更待微甘回齿颊，且留连。

【注释】

①苍璧：青色的环形美玉，这里指小凤团茶。②开印：犹启封。③玉笋：本意指洁白的笋芽，此处用来比喻女子手指。④雪浪：比喻茶汤表面的茶沫。⑤金缕袖：代指捧茶女子的服饰，比喻荣华富贵。⑥松风：比喻煮水之声。⑦酡颜：饮酒脸红的样子。亦泛指脸红，也称酡红。

第三章　茶　曲

　　散曲是宋金对立时期，北方契丹、女真和蒙古等少数民族的乐曲与汉族北方地区慷慨粗犷的民间歌曲相结合，继诗词而兴起的一种新诗体。其句式多变，语言通俗、散文化，风格明快自然，较多带有俗文学的印记。

　　元代是散曲创作的兴盛期，优秀的茶曲也多为元代作品。诗庄、词媚、曲俗，这主要是就其文体风格而言的。虽说作为开门七件事之一，茶是雅俗共赏的，但相对于茶诗和茶词而言，茶曲的数量相对较少。元代诗人以散曲形式反映茶事，为茶文学领域增添了新的形式，李德载的《阳春曲·赠茶肆》小令十首便是茶曲的代表作。

第七讲　茶曲雅俗之辩

　　茶多有雅趣，曲却以"俗"为文体风格特征。关于曲与诗、词的风格相别，传统认为诗庄、词媚、曲俗。就茶曲而言，其内容与茶诗茶词区别不大，那么茶曲的特别之处就在于语义醒豁、语句流畅，少含蓄而多直观的语言风格。茶曲以通俗化的语言和疏朗的意象安排，呈现曲作者对茶趣、茶境的理解，更具有雅俗共赏的独特韵味。

　　对应篇目：　1.　［正宫］黑漆弩·顾渚紫笋　　　　元·冯子振
　　　　　　　　2.　［双调］水仙子·青衣洞天　　　　　元·张可久
　　　　　　　　3.　［中吕］喜春来·赠茶肆（其二）　　元·李德载

1. ［正宫①］黑漆弩② · 顾渚紫笋③

元 · 冯子振

【作者简介】

冯子振（1253—1348），字海粟，自号瀛洲客、怪怪道人。湖南省攸县人。其人博闻强记而才气横溢，文思敏捷，下笔万言，以文章称雄天下。著有《居庸赋》、《梅花百咏》一卷。今存散曲小令共四十四首。所作散曲小令，或写个人闲适生活；或叹世、美仙；或即景生情，抒怀写志；或登临感兴，吊古伤时；多劲逸而潇爽。贯云石称其词"豪辣灏烂，不断古今"（均见《阳春白雪序》）。曾著有《海粟集》。

【原文】

春风阳羡④微喧⑤住。顾渚问苕叟吴父⑥。一枪旗⑦紫笋灵芽⑧，摘得和烟和雨。

焙香时碾落云飞⑨，纸上凤鸾⑩衔去。玉皇前宝鼎⑪亲尝，味恰到才情写处。

【注释】

①正宫：古代戏曲音乐名词，宫调名。②黑漆弩：曲牌名。一名"鹦鹉曲"，又名"学士吟"。元白贲（bēn）词有"侬家鹦鹉洲边住"句，故名"鹦鹉曲"。《太平乐府》注正宫。双调五十四字，前段四句三仄韵，后段四句两仄韵。冯子振共写了四十二首鹦鹉曲，都是即景抒怀之作。③顾渚紫笋：题目。紫笋茶因其鲜茶芽叶微紫、嫩叶背卷似笋壳而得名，产于浙江湖州长兴县水口乡顾渚山一带。顾渚紫笋茶自唐朝广德年间开始以龙团茶进贡，至明朝洪武八年"罢贡"，并改制条形散茶，前后历时六百余年。④阳羡：紫笋茶产于江苏宜兴，阳羡制茶，源远流长，久负盛名，唐代始做贡茶。⑤喧（xuān）：大声说

话，声音杂乱。⑥苕（tiáo）叟（sǒu）吴父：江浙一带的普通人家。苕，浙江有苕溪。叟，年老的男人。吴，代指江浙一带。⑦一枪旗：紫笋茶在每年清明至谷雨期间采摘，标准为一芽一叶或一芽二叶初展。⑧灵芽：茶叶、瑞草。⑨碾落云飞：指用茶碾碎茶的过程。⑩凤鸾（luán）：本指凤凰之类的神鸟。此处指龙凤团茶茶饼上印有的龙凤形纹饰。⑪鼎：《说文》释义为"三足两耳，和五味之宝器也"。

【学习提示】

　　这首茶曲以顾渚紫笋茶为描写对象，属于咏物题材。紫笋茶因其鲜茶芽叶微紫、嫩叶背卷似笋壳而得名，产于江苏宜兴（古称阳羡）和浙江湖州长兴县顾渚山一带，自唐朝广德年间开始以团茶进贡。

　　上片主要描述紫笋茶的采摘情况，一派春意盎然的山野采茶景象。气候对茶叶的采摘影响极大，"春风"一句正说明了采茶时节的到来。"春风"吹过茶园有"微喧"之声，带着春天的融融暖意和茶树生长的勃勃生机；"住"字有留驻之意，更将春天拟人化。"顾渚问苕叟吴父"一句以"问"字带出作者寻茶的画面感，"苕叟吴父"也体现了产茶之地的偏僻和清净。紫笋茶于每年的清明至谷雨期采摘，摘取一芽一叶或一芽二叶初展的茶芽，"一枪旗紫笋灵芽"即茶芽的舒展之态。末句的"摘得和烟和雨"如果解释为采茶气候环境似有不通，烟雨即蒙蒙细雨，而一般采茶都在晴天，阴雨天不采。如果理解为采摘到的茶芽带有江南春天烟雨蒙蒙的气息，则较为合乎情理。

　　下片描写焙茶、碾茶和品茶，侧重突出紫笋茶的名贵。焙茶是制茶的重要步骤，团茶烹煮前还需以茶碾研磨成粉末。但，这些都不是作者的写作重点，作者想突出茶的名贵，没有单纯用自己的感官去描写茶的色香味，而是由茶的包装图样展开了奇特的联想。接下来作者从团茶的包装展开联想，包装上的凤凰图案能够幻化成飞天的神鸟，将这人间的紫笋茶带到天宫。继而作者将想象拉得更远，玉皇，即玉皇大帝，道教中天界最高主宰之神。玉帝会用天宫的宝鼎烹煮，亲自品尝，并由衷赞叹茶味的恰到好处。

　　曲与诗、词的风格一直有一种传统的说法：诗庄、词媚、曲俗。这首茶曲语义醒豁，语句流畅，少含蓄而多直观。虽然与茶诗、茶词所写内容都是茶，但是语言风格更为流畅通俗。

【学习任务】

　　文士茶讲究雅致，曲却以"俗"为文体风格特征，说说本曲是如何结合雅致内容和通俗风格的。

2. ［双调①］水仙子②·青衣洞天③

元·张可久

【原文】

兔毫④浮雪⑤煮茶香。鹤羽⑥携风采药忙。兽壶⑦敲玉⑧悲歌⑨壮。蓬莱⑩云水乡⑪。

群仙容我疏狂⑫。即景⑬诗千韵，飞空⑭剑一双。月满秋江。

【注释】

①双调：古代戏曲音乐名词，宫调名。②水仙子：曲牌名。源于唐教坊曲，正体四十二字。又称为湘妃怨、冯夷曲、凌波曲、凌波仙等。③青衣洞天：题目。青衣指乐工。洞天意谓山中有洞室通达上天，贯通诸山，代指仙境。④兔毫：兔毫盏，建窑最具代表的产品之一，在黑色釉中透露出均匀细密的筋脉，因形状犹如兔子身上的毫毛一样纤细柔长而得名。⑤浮雪：指茶汤表面的沫饽。⑥鹤羽：鹤的羽毛。此处应代指羽扇。⑦兽壶：雕刻有兽形图案的壶。⑧敲玉：击玉敲金，如金玉被撞击而发出的声音。形容言辞铿锵有力，正确无误。⑨悲歌：悲伤的歌曲，哀声歌唱。此处暗用典故：晋朝时期，大将军王敦每次喝完酒后总是吟咏曹操的诗句："老骥伏枥，志在千里。烈士暮年，壮心不已。"一边吟咏一边用如意敲打唾壶，壶口都给敲破了。⑩蓬莱：传说中的仙山。⑪云水乡：云水弥漫、风景清幽的地方。多指隐者游居之地。⑫疏狂：豪放，不受拘束。⑬即景：就眼前的景物（吟诗、作文或绘画等）。⑭飞空：宝剑飞空而去。典出南朝宋刘敬叔《异苑》：晋惠帝元康五年，武库火，烧汉高祖斩白蛇剑、孔子履、王莽头等三物。中书监张茂先惧难作，列兵陈卫，咸见此剑穿屋飞去，莫知所向。

【学习提示】

这首茶曲主要是描述诗人自己的隐居生活，而茶是隐居生活重要的一部分。上片开篇三句将茶、药、酒并举，认为自己隐居世外而有这三种生活方式，或清雅，或高逸，或酣畅，就仿佛置身仙境。而兔毫盏盛装的茶汤，仙鹤翎毛做成的羽扇，玉制的如意，刻有兽形图案的壶，都带出山居生活的雅致与考究。下片诗人毫无顾忌地展现自己的才情，甚至夸口自己诗才敏捷，即景吟诗可达千韵，身手矫捷，飞空运剑可舞一双。

张可久是元代散曲清丽派的代表作家，这种清丽的风格在这首茶曲中也有体现：首先，这首茶曲的文字是经过锤炼的，如"兔毫浮雪煮茶香"仅一"浮"字就将茶沫漂浮轻盈之态描画了出来。其次，作者用力于意境的营造，如结句在"诗千韵""飞空剑"的疏狂豪放之后，"月满秋江"正好形成反衬，一热一冷，一豪放一静谧，同时一片秋江明月之色的疏朗又与上文的豪放疏狂、茶香悲歌内质相通，以景结情，意境完整而余韵悠长。最后，这首茶曲两次运用了典故，将典故融入诗句之中，增加了诗句的内涵。

与张可久的茶词《百字令·惠山酌泉》相比，内容上，这首散曲写茶只是作为作者隐居生活的一个画面，茶酒药不分轩轾。词中以茶与泉辉映，认为惠山品茶比花间品酒高雅得多。风格上，曲风显豁雅健，词风清丽恬淡。

【学习任务】

比较阅读张可久的茶词《百字令·惠山酌泉》，说说词曲文体风格的异同。

3. ［中吕①］喜春来②·赠茶肆③（其二）

元·李德载

【作者简介】

李德载，生平不详。约元仁宗延祐中（1317前后）在世。元代诗人。工曲，存《赠茶肆》小令十首。

【原文】

黄金碾④畔香尘⑤细，碧玉瓯⑥中白雪⑦飞。扫醒破闷⑧和脾胃⑨，风韵⑩美，唤醒睡希夷⑪。

【注释】

①中吕：古代戏曲音乐名词，宫调名。②喜来春：曲牌名，一名"阳春曲"，单调二十九字，五句两叶韵、三平韵。③茶肆：茶馆。宋元以来，饮茶从文人雅士的专利发展到民间俗饮，使得诗人们也注意起民间的饮茶风尚。此组以茶肆为题的小令共十首，生动、形象地反映了城市茶肆俗饮的情况。④碾：茶碾。⑤香尘：芳香之尘，此处指茶末。⑥瓯：茶碗。⑦白雪：茶汤中的沫饽。⑧破闷：排除烦闷。⑨和脾胃：调和脾胃，促进消化。和，调和。脾胃，胃主消化，旧说脾有助胃消化的功能，故每并称。⑩风韵：风度，韵致。⑪希夷：陈抟，字图南，自号扶摇子，宋太宗赐号希夷先生，唐末、五代隐士。后周时期，陈抟隐居西岳华山，深修睡功之法，被人称为"华山高卧"。《宋史·陈抟传》记述他"常百余日不起"。

【学习提示】

茶肆即茶馆。宋元以来，饮茶从文人雅士的专利发展到民间俗饮，使得诗人们也注意起民间的饮茶风尚。这是李德载所作的一组小令中的第二首。

整组小令共十首，生动、形象地反映了城市茶肆俗饮的情况。

"黄金碾畔香尘细，碧玉瓯中白雪飞"两句描述烹茶场景，包括碾茶和点茶两个环节。文字上明显学习了范仲淹《和章岷从事斗茶歌》的诗句"黄金碾畔绿尘飞，紫玉瓯心雪涛起"。"扫醒破闷和脾胃，风韵美，唤醒睡希夷"三句评述茶的功用：提神、排除烦闷、调和脾胃。"唤醒睡希夷"用"华山高卧"典故，夸张地描述茶提神醒脑的功效。

融化前人成句是我国古典诗歌的常用写作手法，本曲化用范仲淹《斗茶歌》诗句，使得散曲语言更加文雅，但创新性不足，与语境贴合度不高。

【学习任务】

这首茶曲化用了范仲淹《和章岷从事斗茶歌》的名句，化用诗句入词、曲是词曲创作的手法之一，试结合这首茶曲评析这一手法。

第八讲　茶酒兼美之论

　　在茶文的第一讲中我们还将涉及茶酒之争这一话题，但茶曲中以茶酒争胜为主题的作品数量较多，且有其独具的特色：其一，喜用陶谷扫雪煮茶的典故，将陶谷煮茶视为文人雅事。其二，虽赞陶谷茶事，但多调和茶酒之争，从茶与酒的比较之中见出作者对茶、酒和生活的深刻理解。

　　对应篇目：　1.　［中吕］喜春来·赠茶肆（其三）　　元·李德载
　　　　　　　　2.　［中吕］红绣鞋·赏雪偶成　　　　　元·周德清
　　　　　　　　3.　［中吕］小梁州·茶铺　　　　　　　明·陈　铎
　　　　　　　　4.　［中吕］朝天子·扫雪煎茶　　　　　明·王九思

1. ［中吕］喜春来·赠茶肆（其三）

元·李德载

【原文】

蒙山顶上①春光早，扬子江心水②味高，陶家学士③更风骚。应笑倒，金帐，饮羊羔。

【注释】

①蒙山顶上：蒙顶茶产于四川蒙山，唐代元和年间即被列为贡品。蒙山有上清、菱角、毗罗、井泉、甘露等五顶，亦称五峰。相传两千多年前，僧人甘露普慧禅师吴理真，"携灵茗之种，植于五峰之中"。②江心水：唐人张又新撰《煎茶水记》，专论天下宜茶之水，把位于镇江金山寺以西"扬子江心"的中泠泉评为"天下第一泉"。民间以扬子江中泠泉水为佳，以蒙顶茶为上品，明陈绛《辨物小志》："谚云，扬子江中水，蒙山顶上茶。"③陶家学士：陶谷，五代时名士。性好茶事，曾得党太尉（党进）姬，命掬雪水烹茶，并戏之曰："党家应不识此？"姬曰："彼粗人，安知此，但能于销金帐中，浅斟低唱，饮羊羔酒耳。"

【学习提示】

这是李德载所作的一组小令中的第三首。整组茶曲作为茶馆的广告宣传，从茶博士的技艺到所用茶叶、器具、用水、饮茶功效、饮茶感受等各个角度赞扬了茶馆饮茶之妙。其中第一首侧重煮水点茶的现场感，强调茶博士的技法高超；这首侧重茶和水的名贵，以历史典故强调品茶人的风雅。

"蒙山顶上春光早，扬子江心水味高"二句说明了唐代就极为著名的蒙顶茶和中泠泉依旧是元代茶人心目中的好茶和好水。当然此处作为赠茶肆的诗句，可能泛指所有的名茶及煎茶的好水，或者理解为赞扬茶肆中好水烹煮好茶，乃茶中极品。有说法认为著名的茶联"扬子江中水，蒙山顶上茶"就脱胎于这两句诗。据说从前的茶馆多将这对茶联挂在门口做招牌。时至今日，在成都等地的茶馆，都还见得到这样一副茶联："虽无扬子江心水，却有蒙山顶上茶。"

本首茶曲中运用了诸多茶曲常常提到的一个典故：后周翰林学士陶谷与太尉党进事，详见注释③。陶谷是五代至宋初的名士，历仕后晋、后汉、后周和北宋，曾任翰林学士承旨等职。行伍出身的党进（927—977）是北宋初期的一名武将，官至侍卫马步军都指挥使。这一文一武似乎成了茶与酒的代言人，一个雪水烹茶，一个羊羔美酒，茶文学史上（尤其以茶曲作品中最为突出）提及这个典故一般是以学士之茶为雅，以太尉之酒为俗的。

曲中提及古人雪水煎茶的故事。古人说，水"不寒则烦躁，而味必啬"，"啬"就是涩的意思。关于水的冷冽，古人最推崇冰水和雪水，由于古代空气污染较轻，雪水的杂质少，纯净，是可以饮用的。用雪水煎茶，一是取其甘甜，二是取其清冷。雪水煎茶之事由来已久，唐人陆龟蒙在《煮茶》诗中就有"闲来松间坐，看煮松上雪"之句。白居易《晚起》诗有句云："融雪煎香茗。"苏轼在《记梦回文二首并叙》诗前"叙"中也说过："梦文以雪水煮小团茶。"郑板桥《满庭芳》词也有"寒窗里，烹茶为雪，一碗读书灯"的诗句。用"雪水"煎茶，《红楼梦》中也写到两处，一是第二十三回宝玉写春夏秋冬季即事诗，其中《冬夜即事》诗云："却喜侍儿知试茗，扫将新雪及时烹。"第二处是第四十一回，是妙玉论茶道最精彩的一段文字："这是五年前我在玄墓蟠香寺住着，收的梅花上的雪……隔年蠲的雨水那有这样轻浮，如何吃得。"

【学习任务】

作为一组茶曲的一部分，这首茶曲采取了与第一首不同的切入点，试分析并感受组曲的整体构思安排。

2. ［中吕］红绣鞋①·赏雪偶成②

元·周德清

【作者简介】

周德清（1277—1365），字日湛，号挺斋。元代著名的音韵学家、散曲家。高安（今属江西高安市杨圩镇暇塘周家）人。家境贫困，终身不仕。工乐府，善音律，著有音韵学名著《中原音韵》。《全元散曲》录存其小令三十一首，套数三套。

【原文】

共妾围炉③说话，呼童扫雪烹茶④。休说羊羔⑤味偏佳。调情须酒兴⑥。压逆索⑦茶芽。酒和茶都俊⑧煞⑨。

【注释】

①红绣鞋：北曲曲牌名。又名"朱履曲"。小令兼用。入"中吕宫"，亦入"正宫"。首二句对仗，第四、五句多作五字对句。②赏雪偶成：题目。偶成，即偶然写成。③围炉：拥着火炉，围坐炉边。④扫雪烹茶：用五代陶谷的故事，取雪水煮茶。⑤羊羔：酒名，因酿制材料中有羊肉，故名。⑥酒兴（xìng）：喝酒的兴致，亦指酒后精神兴奋。⑦索：讨取，要。⑧俊：味美可口。⑨煞（shà）：极，很。

【学习提示】

这首小令展示了一个温馨欢快的生活场景，尽管描写的是日常生活内容，语言也很朴素，但总体风格显得雅致不俗。题目为"赏雪偶成"，所写围炉夜话和雪水烹茶都是冬日雪后的赏心乐事。作者描绘两事的图景之后，并未将其分出轩轾，而是就茶与酒的不同功用，说道"调情须酒兴""压逆索茶芽"，无论是茶还是酒，只要符合当时的情绪需要，就都是美味可口的。这种兴之所至的随性说法，与斤斤计较茶与酒孰优孰劣的论调相比，透露出诗人享受生活乐趣的轻松心情。

"调情须酒兴。压逆索茶芽"说明了茶与酒的不同功用。调：调动。压：压制。情：正面情绪。逆：负面情绪。饮酒是对生活及时行乐的享受。饮茶能够净化人的心灵，清除尘世的烦恼。茶的兴奋与酒不一样，酒的兴奋由于血液循环加剧、心搏加快、体温上升所导致，表现为意气情感的摇荡勃发；而茶则主要是大脑的兴奋，大脑愈兴奋，情绪愈平静。酒，是热性的兴奋；茶，是冷性的兴奋。

【学习任务】

茶、酒之争由来已久，这首茶曲是如何看待这一问题的？作者对待茶、酒的态度透露出作者怎样的生活情趣？

3. ［中吕］小梁州①·茶铺②

明·陈铎

【作者简介】

陈铎（约1461—约1521），字大声，号秋碧。明散曲家。下邳（今江苏省邳州市）人，家居南京，正德间以世袭官指挥使。能诗词，善画，散曲尤有名，人称"乐王"。著有《秋碧乐府》《梨云寄傲》《滑稽余韵》《陈大声乐府集》等。

【原文】

武夷③和雨采春丛，嫩叶蒙茸，佳名千古重。卢仝曾称颂，七碗自清风④。

陶家学士⑤殊珍重，玉堂⑥中扫雪亲烹。玛瑙铛⑦，玻璃瓮⑧。碧云⑨翻动，浊酒敢争功。

【注释】

①小梁州：曲牌名，小令兼用。亦入"正宫""南调"。有"幺篇"换头，须连用。幺篇，戏曲术语。北曲中连续使用同一曲牌时，后面各曲不再标出曲牌名而写作"幺篇"或"幺"。②茶铺：题目，经营茶业的商号。③武夷：武夷山，地处福建省。武夷山茶叶生产的历史十分悠久。西汉时，武夷茶已初具盛名。到了宋代，武夷茶已称雄国内茶坛，成为贡茶。元明两朝，在九曲溪之第四曲溪畔，创设了皇家焙茶局，称之为"御茶园"，从此，武夷茶大量入贡。④"卢仝"两句：用卢仝《七碗茶歌》的典故。⑤陶家学士：用五代陶谷扫雪烹茶的故事。⑥玉堂：官署名。汉代侍中有玉堂署，宋代以后翰林院亦称玉堂。⑦玛瑙铛（chēng）：玛瑙制作的茶铛，煎茶用的器具。玛瑙，矿物的一种，以其色彩丰富、美丽多姿而被当作宝石或做工艺制品。在东方，它是七宝、七珍之一。⑧玻璃瓮（wèng）：玻璃制作的盛水或酒等的器具。玻璃，至迟在三千一百

多年前的西周时期，我们的祖先就掌握了玻璃制造技术。玛瑙、玻璃是为了说明煎茶用具的珍贵。⑨碧云：喻指茶末。

【学习提示】

这首茶曲题目为"茶铺"。从诗句内容猜测，此铺应为贩卖武夷茶的商铺。上片主要从采摘和历史赞颂武夷茶的珍贵，下片主要从烹煮的精细赞颂武夷茶的珍贵，也类似广告。茶铺其实可以有两种解释，其一为经营茶业的商号，其二为茶馆。

这是一首写武夷茶的优秀作品。古代茶叶，唐人首称阳羡，宋人最重建州，元明贡茶，武夷雨前最胜。武夷山产茶历史悠久。据《崇安县志》记载：唐贞元年间（785—805）武夷山一带已有蒸焙后研碎而塑成团状的"研膏"茶制造。武夷岩茶的入贡，始于宋代，但御茶园的创设，却是在元大德六年（1302）。武夷山御茶园位于福建武夷山九曲溪的第四曲溪畔，是元、明两代官府督制贡茶的地方。

艺术上，"七碗自清风"应该采用了倒装句法。《走笔谢孟谏议寄新茶》原句为："七碗吃不得也，唯觉两腋习习清风生。"此诗句将两句融为一句，意思是饮茶七碗后那种清风生两腋的感觉就来自这武夷山的鲜嫩茶芽。与此句相类似的句子在明代也出现过。明陈霆《两山墨谈》记载："玉堂联句有云：七碗清风自六安（李东阳），每随佳兴入诗坛（萧显）。"说卢仝七碗茶两腋清风之佳兴来自六安茶。

与李德载［中吕］《喜春来·赠茶肆》（其三）相比，两首散曲构思相似，且都使用了卢仝《七碗茶歌》和陶谷雪水烹茶的典故，这首茶曲在语言上更为典雅。

【学习任务】

同为描写茶馆的曲作品，与李德载［中吕］《喜春来·赠茶肆》（其三）相比较，说说这首茶曲的特点。

4. ［中吕］朝天子^①·扫雪煎茶^②

明·王九思

【作者简介】

王九思（1468—1551），字敬夫，号渼陂。明代文学家。陕西鄠县（今陕西省西安市鄠邑区）人。弘治九年（1496）进士。选为庶吉士，后授检讨。其间，李梦阳、何景明、康海等人陆续来北京，相聚讲论，倡导文必秦汉、诗必盛唐，史称"前七子"。正德四年（1509）调为吏部文选主事，年内由员外郎再升郎中。著有诗文集《渼陂集》，杂剧《沽酒游春》、《中山狼》（一折），及散曲集《碧山乐府》等。他的散曲作品风格秀丽雄爽，音律谐协，在当时负有盛名。

【原文】

党家醉倒^③，袁家冻倒^④，两件儿都不妙。凤团^⑤香煮扫琼瑶^⑥，只有个陶家俏。锦帐羊羔，金樽^⑦欢笑，论风流那个高？俺高你豪，少一个人儿道。

【注释】

①朝天子：曲牌名。②扫雪煎茶：题目，全诗用五代陶谷扫雪烹茶故事。③党家醉倒：用陶谷扫雪烹茶故事，党家指党进。④袁家冻倒：用袁安卧雪的典故。《后汉书·袁安传》李贤注引晋周斐《汝南先贤传》："时大雪积地丈余，洛阳令身出案行，见人家皆除雪出，有乞食者。至袁安门，无有行路。谓安已死，令人除雪入户，见安僵卧。问何以不出。安曰：'大雪人皆饿，不宜干人。'令以为贤，举为孝廉。"指高士生活清贫但有操守。⑤凤团：指茶。⑥琼瑶：喻指雪。⑦樽（zūn）：古代的盛酒器具。

【学习提示】

这又是一首涉及茶酒之争的茶曲作品，茶诗、茶词中也有涉及这一主题的作品，但是无论数量还是关注程度都不能与茶曲相抗衡，这也是茶曲写作的一大特点。这首茶曲以爱茶的名士陶谷自喻，评论范围却并不局限于对茶称颂，"俺高你豪"写茶酒各有其特色，兼之将节操高尚的袁安卧雪以"冻倒"相嘲讽，体现出作者独特的价值观和生活理念。

这首散曲题目为"扫雪煎茶"，却没有直接点题，而是从"雪"的相关典故说起。"党家醉倒，袁家冻倒"，即党进雪天锦帐饮酒、袁安雪天高卧的典故。其实作者是通过"两件儿都不妙"来反衬陶谷雪水烹茶，"只有个陶家俏"。"袁安卧雪"见《后汉书·袁安传》。袁安未发迹前，有一年在洛阳遇罕见大雪，"人家皆除雪出，有乞食者"，可袁安却僵卧在家。雪一直下，他的屋舍早已给雪封住，县令掘雪救之，问他何以不出。答曰："大雪人皆饿，不宜干（干扰）人。"后多以"袁安高卧"指身处困穷但仍坚守节操的行为。

"俺高你豪，少一个人儿道。"张潮在《幽梦影》中曾说："因茶想高士，因酒想侠客。"茶与酒代表了两种截然不同却又都为世人所期盼的生活方式。一个清扬平和，一个激越昂扬，同样的一生，不同的方式，但同样令人神往。我们的人生不会只是一种单调的方式，它应该是茶，是酒，是茶与酒的完美结合。激扬处，我们有酒的豪情，可以比侠客更迅捷；优雅时，我们有茶的淡泊，可以比隐士更安然。

继［中吕］《红绣鞋·赏雪偶成》、［中吕］《小梁州·茶铺》后，五代陶谷扫雪烹茶的典故再次被用来评论茶与酒。这首茶曲涉及三个与雪相关的典故，意在用党进雪天锦帐饮酒、袁安雪天高卧的典故来反衬陶谷雪水烹茶的风雅闲适。

【学习任务】

继［中吕］《红绣鞋·赏雪偶成》、［中吕］《小梁州·茶铺》后，五代陶谷扫雪烹茶的典故再次被用来评论茶与酒，说说这首茶曲典故使用方面的特点。

茶曲扩展阅读篇目

1. ［双调］新水令①·题西湖

元·马致远

【作者简介】

马致远（约1250—1321以后），字千里，号东篱（一说名不详，字致远，晚号"东篱"）。元大都（今北京）人，戏曲作家。与关汉卿、郑光祖、白朴并称"元曲四大家"，有"曲状元"之誉。他的戏曲作品今存《汉宫秋》等，散曲有《东篱乐府》。

【原文】

【尾】渔村偏喜多鹅鸭，柴门一任绝车马。竹引山泉，鼎试雷芽②。但得孤山③寻梅处，苫间草夏④，有林和靖⑤是邻家，喝口水西湖上快活煞⑥。

【注释】

①新水令：曲牌名。又北曲属双调，用于剧曲和散曲套数，多作套数首牌。②雷芽：用惊蛰节后萌发的茶芽炒制的茶叶。③孤山：西湖中最大的岛屿，是文物胜迹荟萃之地。冬天是探梅、赏雪胜地。④苫（shān）间草夏：苫草房。苫，指编茅盖屋或用茅草编成的覆盖物。苫草房即草房，是贫寒之家建造的住室，也是渔家、猎户等御寒避风雨的临时居所。⑤林和靖：北宋隐士、诗人林逋，和靖是他的谥号。他隐居孤山，喜植梅养鹤，写出了不少咏梅佳句，尤以《山园小梅》中"疏影横斜水清浅，暗香浮动月黄昏"两句最为著名。⑥快活煞（shà）：意思是非常高兴快乐。煞，副词，极，很。

2. ［双调］拨不断①

元·马致远

【原文】

笑陶家②，雪烹茶③，就鹅毛瑞雪初成腊，见蝶翅④寒梅正有花，怕羊羔⑤美酒新添价，拖得人冷斋里闲话。

【注释】

①拨不断：曲牌名。又名"续断弦"，属双调宫曲调。此调流行于南宋和元代。全曲六句，句句押韵。马致远作了多首《拨不断》无题小令，现存十五首。此曲即为其中之一。②陶家：陶谷，五代时名士。③雪烹茶：用雪水煮茶。此用陶谷用党太尉姬雪水烹茶典故。④蝶翅：蝴蝶。此处指寒梅绽放有蝴蝶的形态之美。⑤羊羔：酒名，因酿制材料中有羊肉，故名。

3. ［越调①］天净沙②·赤松道宫③

元·张可久

【原文】

松边香煮雷芽④，杯中饭糁⑤胡麻⑥，云掩山房⑦几家？弟兄仙话⑧，水流玉洞⑨桃花。

【注释】

①越调：宫调名。②天净沙：曲牌名，又名"塞上秋"，用于剧曲、套数或小令，全曲五句二十八字。③赤松道宫：题目，应指今浙江金华的赤松宫。④雷芽：用惊蛰节后萌发的茶芽炒制的茶叶。此处当为散茶茶芽。⑤糁（sǎn）：以

米和羹。⑥胡麻：芝麻，《博物志》称：张骞出使西域时带回种子，故称胡麻。在新煮熟的饭内和上香油，叫胡麻饭。⑦山房：山中的房舍。⑧仙话：围绕仙人的活动而展开的故事。⑨玉洞：岩洞的美称。亦指仙道或隐者的住所。唐张籍《送吴炼师归王屋》诗中有句云："玉阳峰下学长生，玉洞仙中已有名。"

4. ［中吕］红绣鞋·怀古

元·张可久

【原文】

　　金字淡桥空柳浪，翠微①深门掩苔墙，两袖波光钓斜阳。孤山花已老，双井水犹香，记神仙诗句响②。

【注释】

　　①翠微：青翠的山色。②"孤山"三句：用欧阳修"六一泉"故事。宋代文学家欧阳修曾作有《双井茶》诗："西江水清江石老，石上生茶如凤爪。穷腊不寒春气昌，双井茅生先百草。白毛囊以红碧纱，十斤茶养一两芽。长安富贵五侯家，一啜尤须三日夸。宝云日注非不精，争新弃旧世人情。岂知君子有常德，至宝不随时变易。君不见建溪龙凤团，不改旧时香味色。"欧阳修自号"六一居士"，后人为纪念他，在西湖之滨的孤山凿建一泉，名曰"六一泉"，有泉联曰："湖西孤山，此处有泉可漱也，天一地六，先生自号无说乎。"时至南宋，诗坛巨子杨万里游历西湖时携得江西诗派领袖涪翁（黄庭坚）推崇备至的"双井茶"，遂以"六一泉"水烹之，并赋诗记之，兼述思乡之情。《以六一泉煮双井茶》："鹰爪新茶蟹眼汤，松风鸣雪兔毫霜。细添六一泉中味，故有涪翁句子香。日铸建溪当退舍，落霞秋水梦还乡。何时归上滕王阁，自看风炉自煮尝。"

5. ［双调］水仙子·山斋小集①

元·张可久

【原文】

　　玉笙②吹老碧桃③花，石鼎烹来紫笋④芽。山斋看了黄筌画⑤，荼蘼⑥香满把，自然不尚奢华。醉李白名千载，富陶朱⑦能几家？贫不了诗酒生涯。

【注释】

　　①山斋小集：题目。小集，小宴。②玉笙：饰玉的笙。亦用为笙之美称。③碧桃，属蔷薇科落叶小乔木，是桃的变种，花后一般不结桃，花多重瓣，花色艳丽无比，是观赏桃花中的极品。④紫笋：唐代贡茶，产于浙江省长兴县。⑤黄筌画：黄筌，五代时西蜀画院的宫廷画家，成都人。擅山水、人物、龙水、松石，尤精花鸟草虫。⑥荼蘼：落叶或半常绿蔓生小灌木，初夏开花，夏季盛放，花白色，有芳香。⑦陶朱：范蠡（lǐ），春秋时期楚国宛地三户邑（今河南淅川县）人。越国著名谋臣，与文种一起俱为勾践股肱大臣，后人尊称"商圣"。

6. ［双调］水仙子·瑞安东安寺①夏日清思

元·乔　吉

【作者简介】

　　乔吉（约1280—1345），字梦符，号笙鹤翁，又号惺惺道人。元代杂剧家。太原（今属山西）人。他一生怀才不遇，倾其精力创作散曲、杂剧。他的杂剧作品见于《元曲选》《古名家杂剧》《柳枝集》等集中。散曲作品据《全元散曲》所辑存小令两百余首，套曲十一首。

【原文】

新蝉风断子弦②琴，古鸭烟消午篆③沉，孤鹤梦觉三山④枕。翠濛濛窗户阴，煮茶芽旋撮黄金⑤。俗事天来大，红尘海样深，都不到一片云心⑥。

【注释】

①东安寺：位于浙江省瑞安市，始建于南朝梁天监二年（503），距今一千五百多年，是瑞安古刹。原名报国寺，宋时改名东安寺，谓永报平安之意。②子弦：较细的丝弦，做三弦、琵琶、南胡的外弦用。③午篆：一种盘香。篆，喻指盘香，也指盘香的烟缕。④三山：华夏远古传说之地，或指神话传说中的海上"三神山"。⑤撮（cuō）黄金：撮，取，摘取。黄金，用于比喻茶芽的珍贵和色泽。⑥云心：指云端、高空，也指古代神话中的仙境。此处形容闲散如云的心情。

7. ［中吕］喜春来·赠茶肆

元·李德载

【原文】

其一

茶烟一缕轻飞飏①，搅动兰膏②四座香，烹煎妙手胜维扬③。非是谎，下马试来尝。

【注释】

①飞飏：同"飞扬"。飘扬；飘荡。②兰膏：指茶。③维扬：地名，今属江苏扬州。

【原文】

其四

龙团香满三江①水，石鼎诗成七步才②，襄王③无梦到阳台。归去来，随处是蓬莱④。

【注释】

①三江：《尚书·禹贡》对扬州（九州之一，泛指今长江下游的江苏、浙江、上海的长江三角洲地区）地理的介绍为"三江既入，震泽底定"。这里所指的"三江"，主要是指长江、黄河、淮河。②诗成七步才：用曹植七步之内脱口成诗的典故。③襄王：用战国时期楚襄王梦神女典故。传说楚王游高唐，梦见巫山神女。④蓬莱：道教传说中的仙山。

【原文】

其五

一瓯佳味侵诗梦，七碗①清香胜碧筩②，竹炉汤沸火初红③。两腋风，人在广寒宫④。

【注释】

①七碗：指茶，与后文"两腋风"同用卢仝茶诗典故。②碧筩：碧筩杯，盛夏以荷叶制成的酒器。③竹炉汤沸火初红：化用宋代诗人杜耒《寒夜》诗原句。④广寒宫：月宫。在中国神话传说中，月宫为嫦娥的居所，也称蟾宫。

【原文】

其六

木瓜香带千林杏，金橘寒生万壑①冰，一瓯甘露②更驰名。恰二更，梦断酒初醒。

【注释】

①万壑：壑，山谷。形容地形险峻。②甘露：甘美的露水，喻茶。

【原文】

其七

兔毫盏①内新尝罢，留得余香在齿牙，一瓶雪水最清佳。风韵煞②，到底属陶家③。

【注释】

①兔毫盏：建窑黑釉茶盏。②煞：很，极。③陶家：用五代陶谷扫雪烹茶的故事。

【原文】

其八

龙须喷雪浮瓯面，凤髓和云泛盏弦①，劝君休惜杖头钱②。学玉川③，平地便升仙。

【注释】

①"龙须"两句：龙须、凤髓指龙凤团茶。雪、云比喻洁白的茶沫。②杖头钱：指买酒钱，或人物放荡不羁。《世说新语·任诞》："阮宣子常步行，以百钱挂杖头，至酒店，便独酣畅。"③玉川：指卢仝。"升仙"一句源于卢仝《走笔谢孟谏议寄新茶》名句："蓬莱山，在何处。玉川子，乘此清风欲归去。"

【原文】

其九

金樽满劝羊羔酒，不似灵芽泛玉瓯，声名喧满岳阳楼①。夸妙手，博士②便风流。

【注释】

　　①岳阳楼：位于湖南岳阳西门城头、紧靠洞庭湖畔，始建于三国东吴时期。与湖北武汉黄鹤楼、江西南昌滕王阁并称"江南三大名楼"。②博士：茶博士，旧时茶店伙计的雅号。宋以后城镇茶馆风起，人们称茶馆中的使役为茶博士。

【原文】

　　其十

　　金芽①嫩采枝头露，雪乳香浮塞上酥②，我家奇品世间无。君听闻，声价彻③皇都。

【注释】

　　①金芽：金色的茶芽，比喻茶叶极为珍贵。②酥：酪，一种用牛奶、羊奶制成的酪制品，自然洁白。③彻：通，透。

8. ［越调］天净沙·嘲歌者茶茶

元·周德清

【原文】

　　根窠生长灵芽①，旗枪②搠立③烟花，不许冯魁串瓦④。休抬高价，小舟来贩茶茶⑤。

【注释】

　　①灵芽：指茶叶。②旗枪：茶带顶芽的小叶。因顶芽尖小形如枪，小叶面展如旗，一旗一枪，故得名。③搠（shuò）立：竖立。④冯魁：与鸨母串通，买走苏小卿，拆散双渐、小卿姻缘的茶商。因宋元时双渐、小卿故事深入人心，元剧中常将嫖妓的富商比喻为"冯魁"。串瓦：出入瓦舍。宋、元时称青楼、茶楼、酒肆等场所为"瓦舍"。⑤茶茶：对少女的昵称。

9. ［双调］落梅风①·雪中十事

元·陈德和

【作者简介】

陈德和，字号、籍贯、生卒年及生平均不详。元代作家。工曲，作有【双调】《落梅风·雪中十事》等散曲，存于《乐府群玉》中。

【原文】

陶谷烹茶②

龙团③细，蟹眼④肥，竹炉红小窗清致。试烹来是觉风韵美，比羊羔⑤较争些滋味。

【注释】

①落梅风：曲牌名。又名"寿阳曲"或"落梅引"。北曲属双调，此调可用于剧曲、散曲套数和小令。正体单调二十七字，五句一平韵、三叶韵。②陶谷烹茶：指陶谷得党太尉家姬取雪水烹茶之典。③龙团：龙团茶，此处代指团茶。④蟹眼：螃蟹的眼睛。比喻水初沸时泛起的小气泡。⑤羊羔：酒名，因酿制材料中有羊肉，故名。

第四章 茶文

　　此处的"文"是广义的散文，包括古代的散文、骈文、辞赋和现代文学散文。在我国古代，为区别于韵文、骈文，把凡是不押韵、不重排偶的散体文章，概称散文。包括政论、史论、传记、游记、书信、日记、奏疏、小品、表、序等。在现代，散文是指诗歌、小说、戏剧以外的，具有文学性的散行文章。除以议论抒情为主的散文外，还包括通讯、报告文学、随笔杂文、回忆录、传记等文体。古代散文中传记、书序，古代辞赋中小赋、文赋，现代文学散文中游记、随笔等文体在茶文部分都有涉及，具体的文体特点将在讲授相关作品时加以强调。

　　辞赋和散文具有表现手法灵活、语言优美的特点，在表现茶的品性上，似乎更为合适。茶叶种种特征，在辞赋和散文的铺陈、描述下，显得格外动人。

　　西晋杜育的《荈赋》是现存最早的一篇茶文。赋中所涉及的范围已包括茶叶的自生长至饮用的全部过程。至唐代后诗人顾况也作有《茶赋》一篇，赞茶之功用。宋人吴淑所作《茶赋》规模更大，历数茶之功效、典故和茶中珍品。宋代文学家黄庭坚，也善辞赋，他的《煎茶赋》善用典故，写尽茶叶的功效和煎茶的技艺，并对品茶的格调、佐茶的宜忌做了生动的描述。清代文学家全望祖作有《十二雷茶灶赋》，更是气势非凡，描写浙江四明山区的茶叶盛景，其境界浪漫灿烂，发人遐想。

　　在唐代出现的敦煌"变文"中，有一篇著名的《茶酒论》，全文虚拟茶酒形象，以一问一答的方式展开行文，并且都用韵，也有对仗，读来饶有趣味。后世散文中，宋人苏轼的《叶嘉传》和明人张岱的《闵老子茶》也是不可多得的佳作。现代茶事散文极其繁荣，其数量是以往历代茶文总和的数倍。鲁迅、梁实秋、林语堂、苏雪林、季羡林、钟敬文、冰心、秦牧、邵燕祥、汪曾祺、邓友梅、忆明珠、董桥、李国文、贾平凹、叶文玲均有优秀茶文，个人出版茶事散文专集的，有林清玄的《平常茶非常道》、王旭烽的《瑞草之国》、王琼的《白云流霞》等。

第九讲　茶酒争胜

　　茶与酒孰高孰低，孰优孰劣，如一场无止境的官司，延续了一千多年。茶酒各有千秋，各有韵味，不可替代。茶有茶文化，酒有酒文化，茶酒之争不只是两种饮品的地位之争，其中折射出两种文化的交融与争锋，展现着两种文化的不断丰富与发展；文人雅士们对茶酒争胜主题的关注也折射出他们对不同文化和人生态度的探索与抉择。这一主题之前在茶曲第二讲曾有所涉及，茶文第一讲涉及的两篇古代散文再次聚焦茶酒论争的话题，由于散文文体可叙可议、篇幅较长等因素，这两篇作品对茶酒争胜主题的阐释更为丰富、详尽和深入，对我们认识茶酒论争及茶酒文化大有裨益。

　　对应篇目：　1. 茶酒论　　　　唐·王　敷
　　　　　　　　2.《茶董》小序　　明·陈继儒

1. 茶酒论

唐·王 敷

【作者简介】

王敷，唐代的乡贡进士。

【原文】

序：窃见神农①曾尝百草，五谷从此得分。轩辕②制其衣服，流传教示后人。仓颉③制其文字，孔丘④阐化儒因。不可从头细说，撮⑤其枢要⑥之陈。暂问茶之与酒，两个谁有功勋？阿谁即合卑小，阿谁即合称尊？今日各须立理，强者光饰一门。

【注释】

①神农：炎帝，传说中古代农业和医药的发明者，有"神农尝百草"的传说。②轩辕：黄帝，中国远古时期部落联盟首领，统一了三大部落，创造文字，始制衣冠，为中华民族始祖、人文初祖、五帝之首。③仓颉（jié）：史皇氏，陕西省渭南市白水县人。传说为黄帝的史官，汉字的创造者，被后人尊为中华文字始祖。现代科学的观点认为汉字由仓颉一人创造只是传说，不过他可能是汉字的整理者。④孔丘：孔子，名丘，字仲尼，鲁国陬邑（今山东曲阜）人，春秋末期的思想家和教育家，儒家学派的创始人。⑤撮（cuō）：取，摘取。⑥枢要：关键；纲领。

【原文】

茶乃出来言曰："诸人莫闹，听说些些。百草之首，万木之花。贵之取蕊，重之摘芽。呼之茗草，号之作茶。贡五侯①宅，奉帝王家。时新②献人，一世荣华。自然尊贵，何用论夸！"

酒乃出来："可笑词说！自古至今，茶贱酒贵。单③醪④投河，三军告醉。君王饮之，叫呼万岁，群臣饮之，赐卿无畏。和死定生，神明歆⑤气。酒食向人，终无恶意。有酒有令⑥，仁义礼智。自合称尊，何劳比类！"

【注释】

①五侯：公侯伯子男五等诸侯，此指贵族。②时新：应时而鲜美的东西。③单：通"箪"。④醪：本指汁滓混合的酒。后亦作为酒的泛称。⑤歆（xīn）：飨，祭祀时神灵享用祭品、香火。⑥酒令是中国人在饮酒时助兴的一种方式。酒令由来已久，开始时可能是为了维持酒席上的秩序而设立"监"，后来发展成为筵宴上助兴取乐的饮酒游戏。

【原文】

茶谓酒曰："阿你不闻道：浮梁歙州①，万国来求。蜀川蒙顶②，骑山蓦岭③。舒城太湖④，买婢买奴。越郡余杭⑤，金帛⑥为囊。素紫天子，人间亦少。商客来求，舡车塞绍。据此踪由，阿谁合少？"

【注释】

①浮梁：位于江西省北部。歙（shè）州：徽州，位于安徽省南部，新安江上游。②蜀川：指蜀地。蒙顶：在今四川雅安。浮梁、歙州、蜀川均为当时著名的产茶地。③骑山蓦岭：形容长途跋涉，路途辛苦。蓦，超越。④舒城太湖：舒城，今安徽潜山。太湖，今安徽太湖。两地亦为古代名茶产地。《茶经》有载。⑤越郡余杭：越郡，今浙江绍兴。余杭，今浙江杭州。两地均为名茶产地。⑥金帛（bó）：黄金和丝绸。

【原文】

酒谓茶曰："阿你不闻道，剂酒乾和①，博锦博罗。蒲桃九酝②，于身有润。玉酒琼浆，仙人杯觞③。菊花竹叶，君王交接。中山赵母，甘甜美苦。一醉三年④，流传今古。礼让乡闾⑤，调和军府⑥。阿你头恼⑦，不须干努。"

【注释】

①剂：通"齐"。齐酒：祭祀时供神的酒。乾和：唐代杏花村美酒，因其酿造技术新奇，故定名为"乾和"。②蒲桃、九酝（yùn）、玉酒、琼浆、菊花、竹叶、中山、赵母皆酒名，蒲桃即葡萄。③杯觞（shāng）：酒杯；饮酒。觞，古代酒器。④一醉三年：张华《博物志·杂说下》："昔刘元石于中山酒家酤酒，酒家与千日酒，忘言其节度。归至家当醉，而家人不知，以为死也，权葬之。酒家计千日满，乃忆元石前来酤酒，醉向醒耳，往视之。云元石亡来三年，已葬。于是开棺，醉始醒。"苦，酸味酒称为苦酒。⑤乡闾（lú）：家乡，故里。乡亲，同乡。⑥军府：军用储藏库，亦用以囚禁战俘。⑦恼：通"脑"。

【原文】

茶谓酒曰："我之茗草，万木之心。或白如玉，或似黄金。名僧大德①，幽隐禅林。饮之语话，能去昏沉。供养弥勒，奉献观音。千劫②万劫，诸佛相钦。酒能破家散宅，广作邪淫。打却三盏已③后，令人只是罪深。"

酒谓茶曰："三文一瓨④，何年得富？酒通贵人，公卿所慕。曾道⑤赵主弹琴，秦王击缶。不可把茶请歌，不可为茶教舞。茶吃只是腰疼，多吃令人患肚。一日打却十杯，腹胀又同衙鼓。若也服之三年，养虾蟆⑥得水病报。"

【注释】

①大德：佛家对年长德高僧人或佛、菩萨的敬称。②劫：佛教名词。"劫波"（或"劫簸"）的略称。意为极久远的时节。古印度传说世界经历若干万年毁灭一次，重新再开始，这样一个周期叫作一"劫"。后人借指天灾人祸。③已：通"以"。下同。④瓨（xiáng）：长颈的瓮坛类容器。⑤道：通"遭"。⑥虾蟆：虎纹蛙，又叫水鸡，它的个头长得魁梧壮实，鸣声似犬，有"亚洲之蛙"之称。

【原文】

茶谓酒曰："我三十成名，束带巾栉①。蓦海其②江，来朝今③室。将到市廛^④，安排未毕。人来买之，钱财盈溢。言下便得富饶，不在明朝后日。阿你酒能昏乱^⑤，吃了多饶啾唧^⑥。街中罗织^⑦平人，脊上少须十七。"

酒谓茶曰："岂不见古人才子，吟诗尽道：渴来一盏，能生养命。又道：酒是消愁药。又道：酒能养贤。古人糟粕，今乃流传。茶贱三文五碗，酒贱盅^⑧半七文。致酒谢坐，礼让周旋。国家音乐，本为酒泉。终朝吃你茶水，敢动些些管弦！"

【注释】

①巾栉（zhì）：巾和梳篦。泛指盥洗用具。引申指盥洗。②其：通"骑"。③今：通"金"。④市廛（chán）：市中店铺。⑤昏乱：头脑迷糊，神志不清。⑥啾（jiū）唧（jī）：众声，细碎杂乱声。⑦罗织：无中生有地编造、构陷。⑧盅（zhōng）：饮酒或喝茶用的没有把儿的杯子。

【原文】

茶谓酒曰："阿你不见道：男儿十四五，莫与酒家亲。君不见狌狌^①鸟，为酒丧其身。阿你即道：茶吃发病，酒吃养贤。即见道有酒黄酒病，不见道有茶疯茶癫。阿阇世^②王为酒杀父害母，刘伶为酒一死三年。吃了张眉竖眼，怒斗宣拳。状上只言粗豪酒醉，不曾有茶醉相言。不免求^③首杖子，本典索钱。大枷^④榼项^⑤，背上抛椽。便即烧香断酒，念佛求天，终生不吃，望免迍邅^⑥。"

两个政争人我，不知水在旁边。

【注释】

①狌（xīng）：同"猩"。②阿阇（shé）世：人名，佛陀时代中印度摩揭陀国的太子。阇，梵文音译字，佛家语。略称阇王，又称阇世。阿阇世曾受唆使幽闭父王在七重室内至死，夺得了王位。③求：通"囚"。④大枷：一种特制的重而大的枷具。⑤榼（kē）项：以枷套颈。⑥迍（zhūn）邅（zhān）：处境不利，困顿。

【原文】

水谓茶、酒曰："阿你两个，何用念念？阿谁许你，各拟论功！言词相毁，道西说东。人生四大，地水火风。茶不得水，作何相貌？酒不得水，作甚形容？米曲干吃，损人肠胃。茶片干吃，只砺破喉咙。万物须水，五谷之宗。上应乾象①，下顺吉凶。江河淮济，有我即通。亦能漂荡天地，亦能涸煞鱼龙。尧时九年灾迹，只缘我在其中。感得天下钦奉，万姓依从。由②自不说能圣，两个何用争功？从今已后，切须和同。酒店发富，茶坊不穷。长为兄弟，须得始终。若人读之一本，永世不害酒癫茶疯。"

【注释】

①乾象：天象。旧以为天象变化与人事有关。②由：通"犹"。

【学习提示】

这是一篇收录在《敦煌变文集》中的对话体变文，创作于北宋开宝三年（970）。变文最基本的体制特点是韵散相间、讲唱结合、逐段铺叙，表现出奇特的想象和夸张，初步塑造出有个性的人物形象，是介于诗赋和戏曲之间的一种文体。茶酒之争的文字，汗牛充栋，但还是王敷写得最好。这篇奇文以对话的方式、拟人手法，广征博引，以茶酒之口各述己长、攻击彼短，意在抬高自己、贬低对方。茶和酒各执一词，激烈争辩，最后水出来劝解，说不管茶酒，都少不了水的作用，因此劝两人休战，相互合作。

全文虚拟茶酒两个人物进行了五个回合的论辩，茶与酒的争论针锋相对难分胜负，使读者清楚地明白了两者的长与短。第一轮辩论：比地位的尊贵。茶以自己的出身和进贡呈献五侯帝王且荣享荣华来说明自己的尊贵，酒则依次从两者价格的贵贱、君臣饮用之乐、饮酒文化活动等方面来说明自己的地位。第二轮辩论：比名茶名酒，比社会需求。茶以自己的社会需求（争求购买各种名茶）作为论据。酒以同样语调指出茶的知识缺乏，对于酒的社会功效根本不了解。随着论辩的展开，茶和酒为争高低，各使出浑身解数，或攀龙附凤，或旁征博引，夸耀自己的尊贵与优越。夸耀不足以见高下，便相互攻讦，贬人扬己。第三轮辩论：比功效（德行），茶有茶德，酒有酒礼。听了酒的理论之后，茶改变了论证方法，先说自己之美及于人之利，说明了茶在宗教中的重要作用，强调茶对道德修养的益处；紧接着话锋一转，揭露酒于人之害在于败坏道德。酒则从对财富的追求上加以比较，酒与茶相比致富要快，举例说明酒能参与到外交、祭祀等重大事件当中，是国家典礼的一部分，另外也指出了茶的副作用。第四轮辩论：比功效（风度）。茶强调自己的经济效益以及酒之害，以文士风范自居，刻画出酒徒的昏乱。酒则强调自己的社会功效，并再次上升到酒与国家礼乐之关系，认为茶与礼乐无关。第五轮辩论，茶引经据典指斥酒为害之烈之甚。酒未及发言，水却站出来调和二人了，然其手段亦是先夸耀自己，然后再调和矛盾。酒与茶作为饮品，是液体质的物品，正因如此，水与茶酒就有着密切的关系，水是茶酒的媒介，无水则不成酒，无水亦难品茶。因此自古至今，美酒佳茗莫不得助于美泉佳溪。美酒与气候、土质、水都有关系，但以水的作用最大。古人说："名酒产地，必有佳泉。"茶也与水关系密切。古人对此深有见地。《茶经》上说："山水为上，江水为中，井水下"。

《茶酒论》具有极高的茶学文献价值。文中列出诸名茶产地，充分表明了唐代茶叶产销和茶文化的空前繁荣景象。

《茶酒论》展现茶酒优劣功过之争的情景也经常出现在后世的文学创作中，形成了一个小小的"母题"，并进而扩展成一种创作模式。明冯梦龙《广笑府》以此为母题改编出《茶酒争功》，西藏民间也有《茶酒夸功》（《茶酒仙女》）的故事，贵州布依族人民中也有类似传说。

【学习任务】

比较其他表现茶酒之争的文学作品，说说本文在表达方式上的独特之处。

2.《茶董》小序

明·陈继儒

【作者简介】

陈继儒（1558—1639），字仲醇，号眉公、麋公。明代文学家、书画家。华亭（今上海松江）人。诸生，年二十九，隐居小昆山，后居东畲山，杜门著述，工诗善文，书法苏、米，兼能绘事，屡奉诏征用，皆以疾辞。擅墨梅、山水，画梅多册页小幅，自然随意，意态萧疏。论画倡导文人画，持南北宗论，重视画家的修养，赞同书画同源。有《梅花册》《云山卷》等传世。著有《妮古录》《陈眉公全集》等。

【原文】

范希文云：万象森罗中，安知无茶星①。余以茶星名馆，每与客茗战②，自谓独饮得茶神，两三人得茶趣，七八人乃施茶耳。新泉活火，老坡窥见此中三昧③，然云出磨，则屑饼作团矣。

【注释】

①"范希文"句：范仲淹，字希文。文中所引诗句为范仲淹的著名茶诗《和章岷从事斗茶歌》，原文为："森然万象中，焉知无茶星。"②茗战：斗茶，我国古代以竞赛方式评定茶叶质量优劣、沏茶技艺高下的一种方法。③"新泉活火"两句：老坡指苏轼，号东坡居士。"新泉活火"之语出自苏轼茶诗《试院煎茶》："君不见昔时李生好客手自煎，贵从活火发新泉。"

【原文】

黄鲁直去芎用盐，去橘用姜①，转于点茶全无交涉。今旗枪标格天然，色香映发，岕②为冠，他山辅之。恨苏黄不及见，若陆季疵③复生，忍作毁茶论乎？

【注释】

①"黄鲁直"两句：黄鲁直指黄庭坚，字鲁直。"去芎（xiōng）用盐，去橘用姜"之语出自黄庭坚《煎茶赋》。②岕（jiè）：岕茶，明清时的贡茶。宜兴产的茶在唐宋称为阳羡茶，到了明清称为岕茶。③陆季疵：陆羽。据《新唐书·陆羽传》记载："陆羽，字鸿渐，一名疾，字季疵，复州竟陵（湖北天门）人。……有常伯熊者，因羽论复广著茶之功。御史大夫李季卿宣慰江南，次临淮，知伯熊善煮茶，召之，伯熊执器前，季卿为再举杯。至江南，又有荐羽者，召之，羽衣野服，挈具而入，季卿不为礼，羽愧之，更著《毁茶论》。"

【原文】

江阴夏茂卿①叙酒，其言甚豪，予笑曰，觞政不纲，曲爵分愬②，诋呵③监史，倒置章程，击斗覆觚④，几于腐胁⑤。

【注释】

①夏茂卿：夏树芳，字茂卿，号冰莲道人，江阴人，明万历乙酉（1585）举人。隐居数十年，卒于八十岁。著有《茶董》《酒颠》等书。②觞（shāng）政不纲，曲（qū）爵分愬（sù）：觞，古代酒器。纲，维持正常秩序必不可少的行为规范。曲，"麯"的简化字，酿酒或制酱时引起发酵的物质。愬，同"诉"，控告。③诋呵：亦作"诋诃"，诋毁，呵责，指责。④击斗（dǒu）覆觚（gū）：斗为容器和古代计量单位，觚为古代酒器。覆意为翻，倾倒。本句描述的是酒醉后酒器倾覆的情景。⑤腐胁（xié）：沉湎于酒而使胸部溃烂。

【原文】

何如隐囊纱帽①，翛然②林涧之间，摘露芽，煮云腴③，一洗百年尘土胃耶？醉乡④网禁疏阔，豪士升堂⑤，酒肉伧父⑥，亦往往拥盾排闼而入⑦。茶则反是⑧。

【注释】

①隐囊：一种软性靠垫。《通鉴注》："隐囊者，为囊实以细软，置诸坐侧，坐倦则侧身曲肱以隐之。"纱帽：古时一种透气的凉帽。②翛（xiāo）然：形容词，形容无拘无束、自由自在的样子。③露芽、云腴（yú）：指茶。④醉乡：饮酒沉醉之后，似乎进入了另一番乡境，飘飘然别有滋味。⑤豪士：常指豪杰侠士、仁人志士。升堂：登上厅堂。⑥酒肉伧（cāng）父（fù）：只知饮酒吃肉的粗野人。伧父，泛指粗俗、鄙贱之人，犹言村夫。⑦拥盾排闼（tà）而入：用秦末鸿门宴时樊哙（kuài）闯帐典故，鸿门宴的危急关头，刘邦部下樊哙带剑拥盾闯入军门，"哙即带剑拥盾入军门。交戟（jǐ）之卫士欲止不内，樊哙侧其盾以撞，卫士仆地，哙遂入"（《史记》）。排闼，推门，撞开门。⑧反是：与此相反。

【原文】

周有《酒诰》①，汉三人聚饮，罚金有律②，五代东都有曲禁③，犯者族④，而于茶，独无后言。

【注释】

①《酒诰》：《尚书》中的篇章，是中国最早的禁酒令，由西周统治者在推翻商代的统治之后发布。②汉三人聚饮，罚金有律：为了城市秩序的稳定，汉代禁止群聚饮酒。汉初的相国萧何制定的律令便规定"三人以上无故群饮酒，罚金四两"（《汉书·文帝纪》）。③五代东都有曲禁：《旧五代史·明宗纪五》载，天成三年秋"诏弛曲禁，许民间自造，于秋苗上纳征曲价，亩出五钱。时孔循以曲法杀一家于洛阳，或献此议，以为爱其人，便于国，故行之"。曲法即麹法，征酒税的法律。④族：灭族。把罪犯的家族成员全部处死。

【原文】

吾朝①九大塞著为令，铢两茶不得出关，正恐滥觞于胡虏耳，盖茶有不辱之节如此。热肠②如沸，茶不胜酒，幽韵如云，酒不胜茶，酒类侠，茶类隐，酒固道广，茶亦德素③。茂卿，茶之董狐④也。试以我言平章⑤之孰胜，茂卿曰，诺。于是退而作《茶董》。

【注释】

①"吾朝"句：明代对于茶之贸易，虽不行专制，但禁止私茶出境，犯者斩，并立茶马司，以便与西番交茶易马。②热肠：热心肠。乐于助人的心性。③德素：德性、德行。素，有本来的，质朴、不加修饰的，向来、素常的意思。④董狐：春秋晋国太史，是一位秉笔直书、尊重史实、不阿权贵的正直史家，开我国史学直笔传统的先河。⑤平章：评处、商酌、品评。

【学习提示】

本文是作者为《茶董》一书所撰的序文。《茶董》是明人夏树芳编著的茶书，"杂录南北朝至宋金茶事，不及采造煎试之法，但摭（zhí，摘取）诗句故实"。夏树芳，字茂卿，明代隐士。撰有《茶董》《酒颠》等。陈继儒一生爱茶，精通茶艺。他为夏树芳《茶董》作序，并对该书进行了增补，于万历四十年（1612）撰成《茶董补》两卷。

本文开篇总述了明人饮茶的现状。首先，以作者对茶的看法为出发点，讲述了作者以范仲淹诗句命名斋馆及个人对饮茶趣味与饮茶人数关系的独特见解，体现了作者对茶的喜爱，也强调品茶人数宜少，可独饮，可两三好友会饮，多则破坏饮茶的清雅氛围。其次，引述苏轼、黄庭坚诗文对茶的描写，对比明代饮茶的品类、手法，对明代冲泡芽茶的清饮方式给予肯定。他肯定明代冲泡法饮芽茶的原因是保留茶叶的天然原味。另外作者还提出了"芥为冠，他山辅之"，对芥茶极为推崇。

明清之际是文人茶事走向精美与精致的重要时期，明代茶人讲究饮茶环境的雅致，陈继儒"独饮得茶神，两三人得茶趣，七八人乃施茶耳"的观点广为当时士大夫所接受和推崇。这是作者对饮茶趣味与饮茶人数关系的独特见解，体现了作者对饮茶的清雅氛围的极致追求，也体现了明代茶人讲究雅致饮茶环境的风尚。明人张源在《茶录》中也说："饮茶以客少为贵，众则喧，喧则雅趣乏矣。独啜曰幽，二客曰胜，三四曰趣，五六曰泛，七八曰施。"

文中言及"以茶星名馆"和"与客茗战"，则很可能此茶星馆即是作者专门和朋友品茗的场所。许次纾《茶疏》载："士人登山临水，必命壶觞。"士大夫出游时必携茶具，在山川旷野间畅饮清茗。"小斋之外，别置茶寮。高燥明爽，勿令闭塞。"居家则专门设置煮茶品茗之屋。这亦是明代饮茶风尚之一。

被盛誉为"吴中所贵"的罗岕茶曾为明代名茶，而今却鲜为人知。许次纾《茶疏》载："江南之茶，唐人首称阳羡，宋人最重建州，于今贡茶两地独多。阳羡仅有其名，建茶亦非最上，惟有武夷雨前最胜。近日所尚者，为长兴之罗岕，疑即古人顾渚紫笋也。"岕茶采摘时节和制作方法都很特别，"立夏开园，先蒸后焙""不炒，甑中蒸熟，然后烘焙"。作者本人极其喜爱岕茶，作有《书岕茶别论后》评价岕茶说："昔日咏梅花云：'香中别有韵，清极不知寒。'此唯岕茶足当之。若闽中之清源、武夷，吴之天池、虎丘，武林之龙井，新安之松罗，匡庐之云雾，其名虽大噪，不能与岕梅抗也。"

第二部分，作者转入为夏树芳《茶董》作序的正题，却宕开一笔，先写茶酒之异，盛赞茶的雅致与气节。"何如隐囊纱帽，悠然林涧之间，摘露芽，煮云腴，一洗百年尘土胃耶？"句中使用了"露芽"来形容带着露水的鲜嫩茶芽，并用了"云腴"来比喻茶芽。"云腴"一词出自黄庭坚《双井茶送子瞻》："我家江南摘云腴，落硙霏霏雪不如。"茶叶是一种健康饮品，茶叶中蕴含着大自然的清新气息和天地日月精华，最能有益人体身心健康。上品茶叶茶汤澄澈明净，香气幽雅深长，滋味醇和爽口。品饮这样的茶汤，不仅能益生气，育和气，增活气，也能清洗世人的"土胃热肠"，对养生大有裨益。"茶有不辱之节"一句将茶拟人化，"不辱"有两重意思，其一，不辱没。《论语·子路》："使于四方，不辱君命。"其二，不耻辱。《老子》："知足不辱，知止不殆。"知道满足，就不会受到羞辱；适可而止，就不会遇到危险。从本句的上下文来理解，则茶的"不辱之节"首先就来自茶的理性和节制，饮茶能平复情绪、静心凝神，与酒醉后的豪情万丈、张狂放纵完全不同。其次，所谓茶之出关，所谓滥觞于胡奴，应指少数民族饮茶添加奶、盐等的调饮方式与中原地区的清饮方式相区别。

这部分再次提到茶酒论争的旧话题，作者比较了饮茶与饮酒不同的风度，对茶给予了高度的评价。首先作者以形象化的语言描述了酒后易坏礼仪的乱象和饮茶悠然山林之前的高雅脱俗。其次，作者两次列举饮酒的缺点及酒禁律法，并强调"茶则反是""而于茶，独无后言"。还借禁止茶叶出关之事肯定茶具有不屈之气节。最后，作者调和之前对茶酒一褒一贬的言论，提出了茶酒各有其长的观点。本段文字所论内容，就茶酒论争的相关话题而言，并无新意，然其"热肠如沸，茶不胜酒，幽韵如云，酒不胜茶，酒类侠，茶类隐，酒固道广，茶亦德素"一段却广为传诵，只在于其概括了茶的宁静、淡泊与悠远，酒的热烈、豪放与辛辣，在不同的人那里茶与酒体现出不同的品格性情和不同的价值追求。文末作者才将笔墨落在夏树芳《茶董》的创作上，寥寥数笔简洁收束全文。

本文行文结构独具匠心。首先开篇十分简要地回顾了茶的历史发展，并认为品茶的风尚到明代已有了重大的改革，无论哪方面都达到了相当高的水平。他为苏东坡、黄山谷辈没有能见到这种盛况而有所遗憾。对于品种繁多的茶，他特别推崇宜兴的罗岕，看来他是做了审慎的比较而后下的论断。其次，因为夏茂卿另有《酒颠》之作，所以文中以大段篇幅对茶和酒作了一番比较："热肠如沸，茶不胜酒，幽韵如云，酒不胜茶，酒类侠，茶类隐，酒固道广，茶亦德素。"此乃唐宋以来唯一能截然判别酒与茶之不同风格的精辟论断。最终，结尾点题，回复到《茶董》序文的正题，夸赞了夏茂卿的写作才能，引出了《茶董》一书。

【学习任务】

谈谈对陈继儒"独饮得茶神，两三人得茶趣，七八人乃施茶耳"这一观点的理解。

第十讲 茶赋典识

咏茶赋是中国茶文化中的一朵奇葩，其铺陈夸张、引经据典的文体特征使得其文采斐然，典故知识丰富，同时具有史料和文学价值，与咏茶诗词曲等一样具有自身独特的思想内涵和艺术风格。

历代茶赋名篇俯拾即是，《荈赋》是最早专门歌吟茶事的诗词曲赋类作品。至唐代后诗人顾况也作有《茶赋》一首，赞茶之功用。吴淑的《茶赋》写于文赋尚未形成的北宋初期，通篇以骈语为主，辞藻典丽，带有重学识的文学特色。

学者刘培曾在著作《北宋辞赋研究》中言："宋代文赋是以散体语势为行文风格，以议论治乱、心性修养和抒发人生感悟为内容的一种赋体，它的语言浅显平易，追求理趣韵致。"宋代现存的三篇咏茶文赋就很好地诠释了这一概念。

梅尧臣的《南有佳茗赋》可以说是宋代最早的咏茶文赋，该赋通篇以散文笔法写就，且在句式上借鉴了骚体和《诗经》的写作技巧。黄庭坚的《煎茶赋》作于文赋完全成熟的宋中叶，该赋语言上散中带骈、平实易懂，结构上主客问答、铺陈排列，风格上叙事、描写、抒情纵横交错，并以理作结。俞德邻的《荎茗赋》采用寓言的形式，在荎和茶的褒贬对比中赞颂了茶之美、荎之恶。

清代文学家全望祖的《十二雷茶灶赋》写浙江四明山区的茶叶盛景，纪昀的《荷露烹茶赋》描绘采集清冷荷露活火烹茶的场景，也都是茶赋中的佳作。

这一讲我们将通过三篇茶赋的学习，感受赋作的独特魅力。

对应篇目： 1. 荈　赋　　晋·杜　育

2. 茶　赋　　宋·吴　淑

3. 煎茶赋　　宋·黄庭坚

1. 荈^①　赋

晋·杜　育

【作者简介】

杜育（？—311），字方叔。西晋文学家。襄城邓陵（今河南襄城县）人。官至右将军，曾任国子祭酒。在晋八王之乱司马伦失败后，洛阳将要陷落之时，杜育出兵营救，战败后被敌兵活捉，后交刑部处死，时年约三十岁。著有《易义》《杜育文集》两卷，收入《隋书》和《唐书·经籍志》而传于世。《全晋书》收录杜育《荈赋》等五篇作品。

【原文】

灵山惟岳，奇产所钟。厥生荈草，弥谷被岗^②。承丰壤之滋润，受甘霖之霄降。月惟初秋，农功少休，结偶同旅，是采是求。水则岷方之注，挹彼清流^③；器择陶简，出自东隅^④；酌之以匏，取式公刘^⑤。惟兹初成，沫沈华浮，焕如积雪，晔若春敷^⑥。

【注释】

①荈（chuǎn）：指采摘时间较晚的茶。晋郭璞："早采者为荼（即茶），晚取者为茗，一名荈。"②弥（mí）谷被（pī）岗：漫山遍野。弥，意为满、遍。被，古同"披"，覆盖。③水则岷方之注，挹（yì）彼清流：煮茶用水要汲取岷江上游所流下的清水。④器择陶简，出自东隅：茶器选择陶瓷器，这些瓷器主要来自东边的瓯窑，隅，通"瓯"。东瓯在今浙江省绍兴市一带，这里指的是越州窑的青瓷。⑤酌之以匏（páo），取式公刘：其意是杜育从事茶汤艺术，如先贤公刘那样，饮茶用具是用葫芦剖开做的。此引自《诗经·大雅·公刘》章节的"酌之用匏"。⑥惟兹初成，沫沈华浮，焕如积雪，晔（yè）若春敷：茶刚煮好的时候，沫是往下沉的，而细轻的汤花则浮上来，光亮鲜明好像耀眼的积雪，华

丽灿烂又如欣欣向荣的春花一样。沈，通"沉"。

【补充说明】

　　本书根据《中国历代茶叶资料选辑》辑录《荈赋》原文，部分网络版本第二句后添加"瞻彼卷阿，实曰夕阳"二句，描述茶叶的生长环境。结尾尚有六句："若乃淳染真辰，色绩青霜，□□□□，白黄若虚。调神和内，倦解慵除。""青霜""白黄"写茶汤色泽。尾二句写饮茶功效：调节情绪，解除疲倦。卷（quán）阿（ē）：曲折的丘陵。《郑笺》："大陵曰阿，有大陵卷然而曲。"实曰夕阳：被夕阳照耀的西山坡。淳：古同"醇"，酒味厚、纯。真辰：指真意元神。青霜：青白色的霜，秋霜。□□□□：此四字为缺文。若虚：虚，无。

【学习提示】

　　《荈赋》是现在能见到的最早专门歌吟茶事的诗词曲赋类作品，也是中国茶叶史上第一篇完整地记载了茶叶从种植到品饮全过程的作品。文章从茶的种植、生长环境讲到采摘时节，又从劳动场景讲到烹茶、选水以及茶具的选择和饮茶的效用等。

　　首四句写茶叶的生长环境、态势及条件。产茶的地方是高耸灵秀、珍奇物产汇聚的山岳。从天上降下甘美的雨露滋润肥沃的大地。接续的四句描写了在初秋季节，茶农不辞辛劳地结伴采茶的情景。在唐代无论是作为药的茶还是作为饮料的茶，都强调在春季采摘。从现存文献上看，魏晋时期的秋茶在茶叶生产中占据着重要的地位。杜育特别以秋茶为题材，又包含着重视农业生产的良苦用心。"水则岷方之注，挹彼清流；器择陶简，出自东隅；酌之以匏，取式公刘"六句写烹茶所选之水及茶具。烹茶所用之水当为"清流"，所用茶具，无论精粗，都采用"东隅"（东南地带）所产的陶瓷。有研究认为，本文不仅是中国早期茶文化的文学基础，还是"廉简、育德"的中国茶道思想的先声，其依据就是"器择陶简"。"惟兹初成，沫沈华浮。焕如积雪，晔若春敷。"这段话是对茶汤的描绘。烹出的茶汤有"焕如积雪，晔若春敷"的艺术美感，其品相与唐人煎茶的景象基本一致。

《荈赋》是中国茶叶史上第一篇完整地记载了茶叶从种植到品饮全过程的作品。它第一次写到"弥谷被岗"的植茶规模，第一次写到秋茶的采掇，第一次写到陶瓷的宜茶，第一次写到"沫沉华浮"的茶汤特点。这四个"第一"，足以使《荈赋》在中国茶文化发展史上的地位令人刮目相看。陆羽《茶经》由十部分组成："源""具""造""器""煮""饮""事""出""略""图"。杜育《荈赋》比陆羽《茶经》要简短得多。但是从《茶经》十个部分的类目与《荈赋》的内容进行比较，《荈赋》已经具备茶道的基本内容。可以说《茶经》所反映的茶文化体系的雏形在晋代已经初步形成。

【学习任务】

作为茶文学史上第一篇专咏茶的文学作品，分析其开创之功。

2. 茶　赋

宋·吴　淑

【作者简介】

吴淑（947—1002），字正仪。润州丹阳人。幼纯静俊爽，属文敏速，为韩熙载、潘佑所器重。仕南唐，以校书郎直内史。入宋，试学士院，授大理评事，预修《太平御览》《太平广记》《文苑英华》等书。历官太府寺丞、著作佐郎、秘阁校理。文章典雅，长于笔札。善书，尤工篆籀。

【原文】

夫其涤烦疗渴，换骨轻身。茶荈①之利，其功若神。则有渠江薄片，西山白露②。云垂绿脚，香浮碧乳③。挹④此霜华，却兹烦暑。清文既传于杜育⑤，精思亦闻于陆羽⑥。若夫撷此皋卢，烹兹苦荼⑦。品之紫绿，第其卷舒⑧。

【注释】

①荈（chuǎn）：采摘时间较晚的茶。②渠江薄片：茶名，产自湖南。源于秦，兴于唐，盛于宋，明清两朝贡茶，至今已享誉千年。西山白露：唐代名茶，产于洪州，现江西南昌西山。③绿脚、碧乳：形容碧绿莹润的茶汤。④挹（yì）：舀，酌。把液体盛出来。⑤杜育：西晋时人，其《荈赋》是中国最早的茶诗赋作品。⑥陆羽：唐朝著名学者，以著世界第一部茶叶专著《茶经》闻名于世，被尊为"茶圣"，祀为"茶神"。⑦皋卢、苦荼：茶的别名。《广州记》曰：皋卢，茗之别名。叶大而涩，南人以为饮。《尔雅》曰：槚，苦荼。⑧品之紫绿，第其卷舒：品评茶叶。陆羽《茶经》："紫者上，绿者次。笋者上，牙者次。叶卷者上，叶舒者次。"

【原文】

桐君之录①尤重，仙人之掌②难逾。豫章之嘉甘露③，王肃之贪酪奴④。待枪旗而采摘，对鼎𩰲⑤以吹嘘。

【注释】

①桐君之录：《桐君采药录》，简称《桐君录》，较早的制药学专著。其中有关于茶的记载：巴东有真香茗，煎饮令人不眠。又白茶，状如栀子，其色稍白。②仙人之掌：青溪山仙人掌茶，李白有《答族侄僧中孚赠玉泉仙人掌茶》诗。③豫章之嘉甘露：《宋录》载，南朝宋新安王刘子鸾、豫章王刘子尚到八公山拜访昙济道人，昙济道人设茶茗，刘子尚品茶评论道："此甘露也，何言茶茗。"④王肃之贪酪奴：《伽蓝记》曰：王肃好鱼，彭城王勰尝戏谓肃曰：卿不重齐鲁大邦，而爱邾莒小国。肃对曰：乡曲所美，不得不好。勰复谓曰：卿明日顾我，为卿设邾莒之食，亦有酪奴。因此复号茗饮为酪奴。《魏录》曰：琅琊王肃昔在南朝，好茗饮莼羹，及过北，又好羊肉酪浆。尝云：羊，陆产之宗；鱼，水族之长。羊比鲁齐之大邦，鱼比邾莒之小国，唯茗饮不中与酪浆作奴。⑤鼎𩰲：用左思《娇女诗》典故："止为茶荈据，吹嘘对鼎𩰲。"

【原文】

则有疗彼斛瘕①，困兹水厄②。擢彼阴林，得于烂石③。先火④而造，乘雷以摘。吴主之忧韦曜⑤，初沐殊恩。陆纳之待谢安⑥，诚彰俭德。

【注释】

①斛（hú）瘕（jiǎ）：斛茗瘕，小说《续搜神记》描写的一种寄生于人体，嗜好茶叶的怪物。②水厄：《世说新语》载："晋王濛好饮茶，人至辄命饮之。士大夫皆患之，每欲往候，必云今日有水厄。"③得于烂石：《茶经》记载说，茶叶"上者生烂石，中者生砾壤，下者生黄土"。④火：指寒食节，在夏历冬至后一百零五日，清明节前一二日。是日初为节时，禁烟火，只吃冷食。古时有所谓火前茶，指寒食节禁火以前采制的新茶。⑤吴主之忧韦曜：三国时吴国君主

孙皓因爱臣韦曜不善喝酒而暗中以茶汤取代酒。《吴志》载："孙皓每宴席饮后必服著，每以七升为限，虽不悉入口，浇灌取尽。韦曜饮酒不过二升，初见礼异。密赐茶茗以当酒。至于宠衰，更见逼强，辄以为罪。"⑥陆纳之待谢安：晋人陆纳，曾任吴兴太守，累迁尚书令，是一个以俭德著称的人。《晋书》载：陆纳为吴兴太守时，谢安欲诣纳。纳兄子俶（chù）怪纳无所备，不敢请，乃私为具宴。既至，纳所设惟茶果而已。俶遂陈盛馔，珍羞毕具。安去，纳杖假四十。云："汝既不能光益叔父，奈何秽吾素业！"

【原文】

别有产于玉垒，造彼金沙①。三等为号，五出成花。早春之来宾化，横纹之出阳坡②。复闻灉湖含膏③之作，龙安骑火④之名。

【注释】

①玉垒、金沙：名茶产地。玉垒指玉垒关位于四川省都江堰城西，《茶谱》载：玉垒关外宝唐山有茶树，产于悬崖，笋长三寸五寸方有一叶两叶。金沙指金沙泉位于浙江省湖州市长兴县城西北。据清《长兴县志》："顾渚贡茶院侧，有碧泉涌沙，灿如金星。"故而得名金沙泉。唐代进贡阳羡紫笋茶，同时进贡金沙泉水。②宾化、阳坡：五代毛文锡《茶谱》："涪州出三般茶，宾化最上，制于早春；其次白马，最下涪陵。""宣城县有丫山小方饼……其山东为朝日所烛，号为阳坡，其茶最胜者也。"③灉湖含膏：灉湖含膏为唐代名茶，灉湖即今湖南岳阳市南湖，灉湖贡茶为岳阳黄茶北港毛尖的前身。④骑火：茶名。清明前后采制。清沈涛《交翠轩笔记》卷三："龙安有骑火茶最上，不在火前，不在火后故也。清明改火，故曰骑火茶。"

【原文】

柏岩兮鹤岭，鸠坑兮凤亭①。嘉雀舌之纤嫩，玩蝉翼之轻盈。冬芽早秀，麦颗先成②。或重西园之价，或侔团月之形。

【注释】

①柏岩兮鹤岭、鸠坑兮凤亭：茶叶产地。柏岩鹤岭：福州的柏岩茶又称"鼓山茶""伯岩茶"，就是著名的福州鼓山"半岩茶"。据《闽侯县志》记载，鼓山半岩茶"色香风味当为闽中第一，不让虎丘、龙井"，这和建州的北苑先春、龙焙是可以媲美的。鸠坑凤亭：浙江省淳安县鸠坑乡自古产茶。唐陆羽《茶经》中已提到鸠坑产茶。据《雉山邑志》及《严陵志》记载："淳安茶旧产鸠坑者佳，唐时称贡物，宋朝罢贡。"②雀舌、冬芽、麦颗：指以嫩芽焙制的上等茶。宋沈括《梦溪笔谈·杂志一》："茶芽，古人谓之'雀舌''麦颗'，言其至嫩也。"冬芽：毛文锡《茶谱》："冬牙，言隆冬甲坼（chè）也。"隆冬即严冬，冬天最冷的一段时期。甲坼谓草木发芽时种子外皮裂开。

【原文】

并明目而益思，岂瘠气而侵精①。又有蜀冈牛岭，洪雅乌程。碧涧纪号，紫笋为称②。陟仙崖而花坠，服丹丘而翼生③。至于飞自狱中④，煎于竹里⑤。效在不眠，功存悦志。

【注释】

①明目益思、瘠气侵精：都是对饮茶功效的描述。瘠气，损削元气。《本草拾遗》曰："皋卢苦平，止渴除痰，不睡，利水道，明目。"华佗《食论》曰："苦茶久食益思。"《唐新语》曰："右补阙毋煚（jiǒng）博学，有著述才，性不饮茶，著《茶饮序》曰：释滞消壅，一日之利暂佳；瘠气侵精，终身之累斯大。"②蜀冈、牛岭、洪雅、乌程皆茶叶产地。碧涧、紫笋都是唐代名茶。③陟（zhì）仙崖（yá）而花坠，服丹丘而翼生：陟，登高。仙崖、丹丘，传说中神仙所居之地，此处指产茶之地。④飞自狱中：《广陵耆老传》曰："晋元帝时，有老姥，每旦擎一器茗，往市鬻之。市人竞买，自旦至暮，其器不减。所得钱与道旁孤贫乞人。或执而系之于狱，夜擎所卖茗器飞出狱去。"⑤煎于竹里：《茶谱》曰："唐肃宗尝赐高士张志和奴婢各一人，志和配为夫妻，名之曰渔童、樵青。人问其故，答曰：渔童使捧钓收纶，芦中鼓枻（yì）；樵青使苏兰薪

桂，竹里煎茶。"

【原文】

或言诗为报①，或以钱见遗②。复云叶如栀子，花若蔷薇。轻飙浮云之美，霜筍竹箨之差③。唯芳茗之为用，盖饮食之所资。

【注释】

①言诗为报：《茶谱》曰："胡生以钉铰为业，居近白蘋洲，旁有古坟。每因茶饮，必奠酹之。忽梦一人谓之曰：'但率子意言之，当有致矣。'生后遂攻诗焉。时人谓之胡钉铰诗。"②以钱见遗：《异苑》曰："剡县陈务妻少寡，与二子同居，好饮茶。家有古冢，每饮辄先祠之。二子欲掘之，母止之。夜梦人致感云：'吾虽潜朽壤，岂忘翳桑之报。'及晓，于庭中获钱十万，似久埋者，惟贯新耳。"③轻飙浮云之美，霜筍（sì）竹箨（tuò）之差：《茶经》曰："茶有千万状……浮云出山者，轮囷然；轻飙拂水者，涵澹然……有如竹箨者，枝干坚实，艰于蒸捣，故其形籭簁然；有如霜荷者，茎叶凋沮，易其状貌，故厥状委悴然，此皆茶之瘠老者也。"

【学习提示】

《茶赋》历数了茶之功效、典故和茶中珍品，典型地呈现出赋体文辞华美、典实丰富的文体特征。

这篇赋作内容上极为丰富，涉及茶的功效（"涤烦疗渴，换骨轻身""却兹烦暑""并明目而益思，岂瘠气而侵精。""陟仙厓而花坠，服丹丘而翼生""效在不眠，功存悦志。"）、茶树的种植（"擢彼阴林，得于烂石"）、茶叶采摘与制作（"先火而造，乘雷以摘。嘉雀舌之纤嫩，玩蝉翼之轻盈。冬芽早秀，麦颗先成。侔团月之形。"）、茶之别名（"皋卢""苦茶"）、茶叶品评（"品之紫绿，第其卷舒""三等为号"）、茶汤品鉴（"云垂绿脚，香浮碧乳"）等多个方面，还列举了诸多名茶，如"渠江薄片，西山白露"、玉垒、金沙、宾化、阳坡、潍湖含膏、龙安骑火、柏岩鹤岭、鸠坑凤亭、五花茶等。

另外，这篇赋作使用了大量典故，其中包括与茶相关的文学典故：杜育的《荈赋》、李白的《答族侄僧中孚赠玉泉仙人掌茶》诗、左思的《娇女诗》、小说如《续搜神记》《世说新语》《洛阳伽蓝记》等。还包括数量更为巨大的茶学典故，如讲述茶的别名时引用了《广州记》和《尔雅》，说到了茶汤的色泽香气时引用了《茶谱》，其他各类史传杂录茶书中的相关典故也是信手拈来，如《旧唐书》《杂录》《桐君采药录》《宋录》《魏录》《江氏家传》《茶谱》《天台记》《博物志》等。对这些典故的使用有的隐括其事，有的择其语句，手法也是较为丰富多样的。其中引用最多的还要数陆羽《茶经》，如"品之紫绿，第其卷舒"用《茶经》语："紫者上，绿者次。笋者上，牙者次。叶卷者上，叶舒者次。""轻飙浮云之美，霜筍竹篓之差"用《茶经》语："茶有千万状……浮云出山者，轮囷然；轻飙拂水者，涵澹然……有如竹籜者，枝干坚实，艰于蒸捣，故其形籭簁然；有如霜荷者，茎叶凋沮，易其状貌，故厥状委悴然，此皆茶之瘠老者也。""复云叶如栀子，花若蔷薇"用《茶经》语"其树如瓜芦，叶如栀子，花如白蔷薇"。

这篇赋作写于文赋尚未形成的北宋初期，通篇以骈语为主，句式注重对偶，辞藻崇尚典丽。该赋又展现了北宋重学识、长议论的文学特色。

首先，该赋深受北宋"以才学为诗"风气的影响，几乎每一句中都包含一个茶事典故，如"清文既传于杜育，精思亦闻于陆羽"一句，就包含了"杜育的《荈赋》、陆羽的《茶经》"；"吴主之爱韦曜，先沐殊恩；陆纳之待谢安，诚彰俭德"一句，又包含了"孙权密赐韦曜茶以代酒、陆纳因茶杖责陆俶"的典故。如此种种，通篇三百多字竟用了十六则典故，几乎每一字均有来历。本文的茶典涉及茶的饮用、历史故事、茶文学篇章等多项内容，一方面扩展增加了赋作的社会内容和范围，一方面强化了行文的典丽风格。

除了铺陈典故，赋中还列举了当时流行的三十五种名茶（或茶名）：渠江薄片、西山白露、仙人掌茶、火前茶、枪旗、顾渚紫笋、仙崖石花等，既为后人提供了可贵的文献资料，又反映出茶事在北宋初期的兴盛状况。

此外，该赋在堆砌典故、罗列茶名之外还渲染了茶的功效，如赋的开篇即言茶有"涤烦疗渴，换骨轻身"之效，篇中又言茶可"明目而益思""效在不眠，功存悦志"，且为"饮食之所资"。从文学欣赏的角度来看，一定程度上缓解了用典而造成的理解困难。

【学习任务】

作为宋初的赋作，本赋文辞华美，典实丰富，试理解典故在行文达意中的作用。

3. 煎茶赋

宋·黄庭坚

【原文】

　　汹汹乎如涧松之发清吹①，皓皓乎如春空之行白云。宾主欲眠而同味，水茗相投而不浑。苦口利病，解□②涤昏，未尝一日不放箸③。而策茗椀之勋者也④。余尝为嗣真瀹茗⑤，因录其涤烦破睡之功，为之甲乙。建溪⑥如割，双井⑦如挞，日铸⑧如劂⑨，其余苦则辛螫，甘则底滞⑩。呕酸寒胃，令人失睡，亦未足与议。

【注释】

　　①清吹：又作"青吹"，如风吹林木声。借指清风。②□：此字为缺文。有写作"胶"者，亦有作"醪"者。③箸（zhù）：筷子。④策茗椀之勋（xūn）：记功勋于策书之上。椀（wǎn），同"碗"。⑤瀹（yuè）茗：煮茶。⑥建溪：系建瓯市内最大的河流，建溪流域盛产茶叶，称之为建茶。其中最著名的是以北苑龙焙为中心制作的北苑贡茶。⑦双井：双井茶，又名洪州双井、黄隆双井、双井白芽等，产于分宁（现江西修水）、洪州（现江西南昌），属芽茶（散茶）。宋代名茶，也是贡茶之一。⑧日铸：日铸茶，又名"日注茶""日铸雪芽"，产于绍兴东南五十里的会稽山日铸岭，为我国历史名茶之一。自宋朝以来列为贡品，据《归田录》北宋欧阳修记载："草茶盛于两浙，两浙之品，日铸第一。"⑨劂（jué）：《广韵》：劂，断物也。意为刀剑断物。⑩辛螫（shì）：毒虫刺螫人。比喻茶毒，虐害。底滞：滞留，迟钝。

【原文】

　　或曰无甚高论，敢问①其次。涪翁②曰：味江之罗山，严道之蒙顶，黔阳之都濡高株，泸川之纳溪梅岭，夷陵之压砖，临邛之火井③。不得已而去于三，则六者亦可酌兔褐之瓯^④，瀹鱼眼之鼎^⑤者也。或者又曰：寒中瘠气^⑥，莫甚于茶。或济之盐，勾贼破家，滑窍走水，又况鸡苏之与胡麻。

【注释】

①敢问：一种谦辞，表示向对方提出问题的同时，附带自谦和尊敬的姿态。②涪翁：黄庭坚（1045—1105），字鲁直，自号山谷道人，晚号涪翁，又称黄豫章，洪州分宁（今江西修水）人。黄庭坚对家乡的双井茶十分推崇，曾特作《双井茶》诗赞美、推崇它。③味江之罗山，严道之蒙顶，黔阳之都濡高株，泸川之纳溪梅岭，夷陵之压砖，临邛之火井：以上均为唐宋时期名茶，其中味江茶产于今四川都江堰一带，蒙顶茶产于四川蒙山，都濡高株茶产于今重庆彭水、黔江，纳溪梅岭茶产于今四川泸州梅岭山脉，压砖茶产于今湖北宜昌，火井茶产于今四川邛崃。④兔褐之瓯：指点茶的兔毫盏。⑤鱼眼之鼎：指煮水的茶具。⑥寒中瘠气：病症名。寒中，阳气素虚，风邪外袭，邪从寒化之证。瘠气，损削元气。

【原文】

涪翁于是酌岐雷之醪醴^①，参伊圣之汤液。斮附子如博投^②，以熬葛仙之垩^③。去菽^④而用盐，去橘而用姜。不夺茗味，而佐以草石之良，所以固太仓^⑤而坚作强。于是有胡桃、松实、庵摩、鸭脚、勃贺、靡芜、水苏、甘菊^⑥。既加臭味，亦厚宾客。前四后四，各用其一。少则美，多则恶，发挥其精神，又益于咀嚼。

【注释】

①醪（láo）醴（lǐ）：醪，浊酒。醴，甜酒。甘浊的酒，亦泛指酒类，古代用以治病。古代用五谷熬煮成的清液作为五脏的滋养剂，即为汤液；用五谷熬煮，再经发酵酿造，作为五脏病的治疗剂，即为醪醴。②斮（zhuó）：斫的异体字，击、打、斩断。附子：中药名。博投：指博戏中掷骰子。③葛仙：葛洪，东晋道教理论家、医药学家、炼丹术家，字稚川，自号抱朴子，丹阳句容（今属江苏）人。垩（è）：白土，此处当指丹药，暗喻白色的茶汤。④菽（yì）：食茱

荑，果实味辛，可作调料。⑤太仓：脾胃。⑥胡桃、松实、庵摩、鸭脚、勃贺、靡芜、水苏、甘菊：胡桃即核桃，去壳用其仁；松实即松子，去壳去皮，有清香气；庵摩即罗汉果，清人又称为香奈，以为是果中极品，今南方人用以煮茶，称作罗汉茶；鸭脚即银杏，果可食；勃贺即薄荷，多年生草本，茎叶可提取薄荷脑；靡芜即蘼芜，香草名；水苏即苏桂；甘菊，单叶菊，味甘可入药。这八种东西，皆植物的果、叶、子、蕊，或清凉辛辣，或甘甜馨香，择一二种适量用之，既能增加茶的嗅味，也能让宾客在饮茶之时得到不同的补益和趣味。

【原文】

盖大匠无可弃之材，太平非一士之略。厥初贪味隽永，速化汤饼①。乃至中夜不眠，耿耿既作，温齐殊可屡歃②。如六经③，济三尺法④，虽有除治，与人安乐。宾至则煎，去则就榻，不游轩后之华胥，则化庄周之蝴蝶⑤。

【注释】

①厥初：当初。厥，其，那。汤饼：指团茶。②耿耿（gěng）：烦躁不安，心事重重。歃（shà）：用嘴吸取。③六经：《易》《书》《诗》《礼》《乐》《春秋》，指儒家经典。④三尺法：国家的法律制度。⑤不游轩后之华胥，则化庄周之蝴蝶：此处用典，皆指梦境。华胥一梦典出《列子·黄帝》："黄帝即位十五年，'昼寝而梦，游于华胥之国'。"庄周梦蝶典出《庄子·齐物论》，庄子通过对梦中变化为蝴蝶和梦醒后蝴蝶复化为己的事件的描述与探讨，提出了人不可能确切地区分真实与虚幻和生死物化的观点。

【学习提示】

与前一篇吴淑的《茶赋》相比，黄庭坚的这篇《煎茶赋》作于文赋完全成熟的宋中叶。从艺术上来说，该赋完美地体现了宋代文赋的基本特征：语言上散中带骈、平实易懂，结构上主客问答、铺陈排列，风格上叙事、描写、抒情纵横交错，并以理作结。

全赋的开篇，以优美的文字引出赋作的写作对象，生动描绘了爽朗清澄却又气势如虹的饮茶境界。首先，作者以比喻句描述了煮水煎茶的情景，为全赋营造了一种空阔娴雅的意境。煮水之声犹如深涧松间的清风，汹汹形容波涛、风等声音大而纷乱；茶沫漂浮碗中犹如白云穿行于春日晴空，皓皓解作洁白光明的样子。其次，作者用形象的语言评述了茶在当时社会的流行程度，宾主相欢时必然不可缺少茶的参与，即使是日常生活也是一日不可或缺，甚至作者特意为茶策勋表功。最后，作者还提及了茶的功效，对茶的流行作了养生方面的解释："苦口利病，解□（有写作"胶"者，亦有作"醪"者）涤昏。"

第二部分作者主要是把当时的九种名茶，按其"涤烦破睡之功"，分为甲、乙两等。建溪、双井、日铸为甲等，"味江之罗山""严道之蒙顶""黔阳之都濡高株""泸川之纳溪梅岭"为乙等。福建建溪、江西双井、浙江日铸三种茶破除烦睡的功效最为神奇，饮建溪茶如以刀割物，饮双井茶如鞭杖挞阀，饮日铸茶如刀剑断物。三者之外的茶，另有六种"亦可以酌兔褐之瓯，瀹鱼眼之鼎"。除评论名茶之外，作者还提到了当时重要的茶具"兔褐之瓯"，即兔毫盏。"鱼眼之鼎"是用来形容煮水的茶鼎，"鱼眼"形容水沸的样态。

接着第三部分作者便就茶艺侃侃而谈，尽现宋代茶艺的美妙之处，这也是该赋的价值所在。两宋时期，饮茶方法从唐之煎茶法变为点茶法。就该赋而言，黄庭坚所描绘的茶艺应该是唐代的煎煮之法，只是在其基础上增加了新的内容。他用名汤良材煎茶，"涪翁于是酌岐雷之醪醴……既加臭味，亦厚宾客。前四后四，各用其一。少则美，多则恶"，既形象地说明了在茶中适当地加入他物会增加茶的美味，又展现了宋代茶人在茶艺方面的积极探索及独特造诣，并为后人留下了宝贵的茶艺资料。

第四部分赋中兼论茶道，篇末由茶事生发议论：其一，"盖大匠无可弃之材，太平非一士之略""不游轩后之华胥，则化庄周之蝴蝶"，回归到宋赋以说理为宗的常规主旨。黄庭坚从自己的煎茶实践得出的结论是："盖大匠无可弃之材，太平非一士之略。"对于大匠名师高手来说，什么材料都各有其用，煎茶可以使用多种材料来增加美味和厚待宾客，同样，太平盛世也不是依靠一个人的才能就可以治理达到的。其二，"如六经，济三尺法"。作者以外儒内法相互补充的统治方法来比喻在茶中添加中药材相互补益的煎茶法。

中国的茶艺自陆羽开始就以清饮为贵，但是混杂其他材料饮用的方式始终存在，本文就是以添加姜盐和其他佐料的混饮为美的。唐代尚无完全意义上的清饮，连陆羽也不反对茶中加盐花和生姜，薛能诗云"盐损添常诫，姜宜著更夸"，竟认为盐姜必不可少。晚唐樊绰《蛮书》记："茶出银生成界诸山，散收，无采早法。蒙舍蛮以椒、姜、桂和烹而饮之。"宋代点茶已经不再添加姜和盐，但宋代茶俗又有点汤一说。据宋袁文《瓮牖闲评》云："古人客来点茶，茶罢点汤，此常礼也。"宋朱彧《萍洲可谈》："今世俗客至则啜茶，去则啜汤。汤取药材甘香者屑之，或温或凉，未有不用甘草者，此俗遍天下。"汤之品不一。柏叶、紫苏、白豆蔻、罂粟实、金樱子、余甘子等。或研或捣，或窨或蒸，稍入沉、麝，复调以蜜，便皆可用作点汤。此风自宋已然，诗中词中均曾咏及。吴文英《杏花天·咏汤》有句云："蛮姜豆蔻相思味，算却在、春风舌底。"当代流行的各类茶饮料也属此类。

【学习任务】

与吴淑《茶赋》比较，本文较多带有宋代文赋的文体特征，试简要说明。

第十一讲　茶馆与茶的地域特征

茶馆即是专门饮茶的地方，是社会上饮茶相当发展的情况下才产生的一种文化现象。叫法也是五花八门的：茶馆、茶楼、茶社、茶坊、茶室、茶肆、茶棚等。很多茶馆还带有其他功能，如打牌、听戏、吃零食等。

关于茶馆的最早文字记述是唐人封演的《封氏闻见记》："自邹、齐、沧、棣，渐至京邑城市，多开店铺，煎茶卖之，不问道俗，投钱取饮。"

唐朝时茶馆开始流行，到宋朝时已十分繁荣，明朝时则进一步发展，对用茶、择水、选器、沏泡、火候等都有一定要求。与此同时，京城卖大碗茶的行业兴起，并将此列入三百六十行中的正式行业。清代茶馆业更加兴旺，茶馆成了上至达官贵人、下至贩夫走卒的重要生活场所。现代，在我国东南西北，无论是城市还是乡镇，几乎都有大小不等的茶馆或茶摊。

中国地大物博，风俗各异，各地的茶馆也都带有鲜明的地域特征。四川茶馆社会功能突出，浙江茶馆的文化气氛浓厚，广东称茶馆为茶楼，吃早点叫吃早茶，广东茶楼是茶中有饭、饭中有茶。老北京的茶馆遍及京城内外，各种茶馆如清茶馆、书茶馆、野茶馆又有不同的形式与功能。进入 21 世纪后，各地茶馆的风格、形式、经营项目更加多元，但其地域特征依旧鲜明。

这一讲的两篇散文一古一今，可从中管窥茶馆的历史与强烈的地域特征。

对应篇目：　1. 茶　肆　　宋·吴自牧
　　　　　　 2. 茶　馆　　黄　裳

1. 茶　肆①

宋·吴自牧

【作者简介】

吴自牧，生卒年不详，字不详。钱塘人。约宋度宗咸淳年间（1270年前后）在世，生平亦无考。宋亡后尝追记钱塘盛况，作《梦粱录》二十卷。

【原文】

汴京②熟食店，张挂名画，所以勾引观者，留连食客。今杭城茶肆亦如之，插四时花，挂名人画，装点店面。四时卖奇茶异汤，冬月添卖七宝擂茶③、馓子④、葱茶，或卖盐豉汤⑤，暑天添卖雪泡梅花酒，或缩脾饮暑药之属。

【注释】

①茶肆：茶馆。②汴京：河南开封，古称东京（亦有汴梁），简称汴。③擂茶：一种特制饮料，其制作与风味别具特色。"擂"茶的用具是擂持和擂钵。擂茶的基本原料是茶叶、米、芝麻、黄豆、花生、盐及橘皮，有时也加些青草药。原料备好，同置钵中。一般是坐姿操作，左手协助或仅用双腿夹住擂钵，右手或双手紧握擂持，以其圆端沿擂钵内壁成圆周频频擂转，直到原料擂成酱状茶泥，冲入滚水，撒些碎葱，便成为日常的饮料。④馓（sǎn）子：汉族油炸面食。古称"寒具"，是寒食节的食品。⑤盐豉（chǐ）汤：用豆豉做的汤。豉，一种用熟的黄豆或黑豆经发酵后制成的食品。有咸、淡二种，供调味用。

【原文】

向绍兴年间，卖梅花酒之肆，以鼓乐吹《梅花引》曲破卖之，用银盂杓盏子①，亦如酒肆论一角二角。今之茶肆，列花架，安顿奇松异桧②等物于其上，装饰店面，敲打响盏歌卖，止用瓷盏漆托供卖，则无银盂物也。夜市于大街有车担设浮铺③，点茶④汤以便游观之人。

【注释】

①银盂（yú）杓（sháo）盏子：盂，一种盛液体的器皿。杓，同勺。②桧（guì）：常绿乔木，木材桃红色，有香气，可作建筑材料。亦称刺柏。③浮铺：售卖茶水的流动摊位。④点茶：宋代盛行的一种煮茶方法。

【原文】

大凡茶楼多有富室子弟、诸司下直①等人会聚，习学乐器、上教曲赚之类，谓之"挂牌儿"。人情茶肆，本非以点茶汤为业，但将此为由，多觅茶金耳。又有茶肆专是五奴②打聚处，亦有诸行借工卖伎人会聚行老，谓之"市头"。大街有三五家开茶肆，楼上专安着妓女，名曰"花茶坊"，如市西坊南潘节干、俞七郎茶坊，保佑坊北朱骷髅茶坊，太平坊郭四郎茶坊，太平坊北首张七相干茶坊，盖此五处多有炒闹，非君子驻足之地也。

【注释】

①下直：在宫中当直结束，下班。②五奴：唐苏五奴妻张少娘，善歌舞，有邀迎者，五奴辄随之前，人欲得其速醉，多劝以酒。五奴曰："但多与我钱……不烦酒也。"后因称鬻妻者为"五奴"。见唐崔令钦《教坊记》。宋元时又用以称龟奴。五，为乌龟之"乌"的借音。

【原文】

更有张卖面店隔壁黄尖嘴蹴球茶坊，又中瓦内王妈妈家茶肆名一窟鬼茶坊，大街车儿茶肆、蒋检阅茶肆，皆士大夫期朋约友会聚之处。巷陌街坊，自有提茶瓶沿门点茶，或朔望日①，如遇吉凶二事，点送邻里茶水，倩②其往来传语。又有一等街司衙兵百司人，以茶水点送门面铺席，乞觅钱物，谓之"齪茶"③。僧道头陀欲行题注④，先以茶水沿门点送，以为进身之阶。

【注释】

①朔望日：朔，农历的每月初一叫朔日。望，农历的每月十五日（有时是十六日或十七日）。②倩（qìng）：请人做某事。③齪（chuò）茶：宋代习俗。官府兵丁差役向街肆店铺点送茶水，借以乞求钱物。④题注：指僧道之进见。

【学习提示】

本段文字节选自《梦粱录》卷十六，标题为原文所设的小标题。同卷尚有酒肆、分茶酒店（卖下酒食品）、面食店、荤素从食店（诸色点心）、米铺、肉铺、鲞铺（出售鲞鱼和腌腊食品的店铺）。其中"鲞铺"一条载："杭州城内外，户口浩繁，州府广阔，遇坊巷桥门及隐僻去处，俱有铺席买卖。盖人家每日不可阙者，柴米油盐酱醋茶。或稍丰厚者，下饭羹汤，尤不可无。虽贫下之人，亦不可免。"这是后世广为流传的开门七件事的最早说法，肯定了茶在日常生活中不可或缺的作用。

本文涉及宋代茶馆经营的多方面内容，包括茶肆店面装饰、多样化服务、售卖场景、茶馆类型和功能的多样化等，还涉及了宋代的民间茶俗。

茶馆和饭店、酒肆，同是我国城镇商业和饮食文化的重要组成部分。所以，茶馆的发展，受饭店酒铺的影响也较大。《梦粱录》的相关记载表明茶肆在店面装饰"插四时花，挂名人画"和售卖方式"敲打响盏歌卖"上分别借鉴了汴京熟食店和梅花酒肆的经营方式。

宋代茶馆已经达到了较高的发展水平，这与宋代民众的饮茶习惯相关。宋代社会饮茶的情况，正如有些古书所说："上而王公贵人之所尚，下而小夫贱隶之所不可阙"；由这一社会饮茶实际决定，除一般的茶馆之外，还出现了晨开晓歇和专供夜游的特殊茶馆。南宋临安茶馆还开始呈现出类型和功能多样化的趋势。为适应各不同阶层和职业者的不同社会需要，出现了适合各个阶层的多种茶馆，不同阶层的人可以选择不同的茶坊聚会饮茶。城市中的各色人等都是茶坊的服务对象，三教九流皆可在茶坊中觅其身影。茶馆除了供应顾客茶水之外，还提供其他商品的消费，满足消费者的各种需求。故茶坊经营形式并非单一，而是花样较多，有的兼卖酒食，也有不卖酒点的素茶坊，有的兼营澡堂，有的与旅店结成一体，也有娼妓活动的花茶坊。

宋代民间茶俗多种多样，信仰佛教的善男信女有茶汤会。男婚女嫁中，茶叶作为彩礼，也是男女两家关系的一种体现。每年三月季春，有"经僚斗新茶"之风，加强人们之间的相互了解。宋代特有的茶俗文化至今影响着近现代人的生活，比如"三茶六礼"婚庆习俗的最终定型，就是在南宋时期。

另外本文还特别记述了在宋代都城的特别茶俗：支茶——七家茶。北宋东京市民大多侠肝义胆，邻里街坊之间互帮互助，经常以茶为纽带。凡是外地人被欺凌，必挺身而出加以救护，有新街坊乔迁新居，左邻右舍前来送茶汤，嘘寒问暖，极为感人。

大宋南迁之后，大批中原人逃到杭州一带，互帮互助的风尚得到了传承和发扬，"支茶"风俗演化成"七家茶"风俗。据《西湖游览志余》记载："立夏之日，人家各烹新茶，配以诸色细果，馈送亲戚比邻，谓之'七家茶'。"这种分馈邻家茶汤的习俗蕴含了古代淳朴的睦邻之义，据说这种习俗至今仍在苏杭一带民间流行。《梦粱录》载临安民俗："或有新搬移来居止之人，则邻人争借动事，遗献茶汤，指引买卖之类，则见睦邻之义，又率钱物，安排酒食以为之贺，谓之暖房。朔望茶水往来，至于吉凶等事，不特庆吊之礼不废，甚至出力与之扶持，亦睦邻之道，不可不知。"

茶肆之盛，是饮茶之风民间盛行的见证。无论是对茶叶消费还是茶叶商品化而言，茶肆的出现均具有重大意义。据史籍记载，唐代即已出现茶肆。宋代的茶肆又称茶坊，与唐代相比有了很大发展。这首先表现在茶肆的数量比过去增加了，且在商业繁荣的城镇尤为突出。北宋东京便是一个典型代表，南宋临安的茶坊数量亦不少。其次，茶坊的服务对象十分广泛，上至王公贵族、富商大贾，下至平民百姓、贩夫走卒，不同阶级、不同阶层的人们可以根据自己的经济力量选择适合自己消费水准的茶肆。

宋茶文化有别于唐之处，就在于其浓郁的市井特色。唐茶文化主要在贵族文人之类的上层社会打转，是高雅的，而宋茶文化则包含了底层市民的方方面面。借助饮茶，人们之间加强了相互之间的联系和往来，社会的封闭性日益被开放性所取代。宋代茶馆的兴盛强化了宋代茶文化的市井特色，宋代茶文化融入了普通人的日常生活，适应了人们不同身份地位、季节时间的需求，至今我们仍能感受到它的影响。

【学习任务】

与当代茶馆相比较，感受文中的宋代茶俗风情。

2. 茶馆（原文略）

黄　裳

【作者简介】

黄裳（1919—2012），原名容鼎昌，笔名勉仲等。满族。山东益都人。肄业于交通大学机械专业。1945年参加革命工作，历任《文汇报》记者、编辑、编委，上海电影剧本创作所编剧，中国作协理事，上海文联委员。中国作协全委会名誉委员。

【学习提示】

《茶馆》一文是黄裳游记散文中优秀的一篇。1943年至1946年间，黄裳先后就读校园、出任美军翻译，奔波于成都、重庆、昆明、印度等地。本文即是此时蜀中游历所作，行文学识丰富，文笔朴素平实而富有真情。

本文开篇先概述四川茶馆给作者的独特感受：不平凡。首先体现这"不平凡"的是通过与上海、苏州、北京的茶馆进行比较，得出了"然而这些如果与四川的茶馆相比，总不免有小巫之感。而且茶客的流品也很有区别"的结论。其他各处的茶客多为有闲阶级，而"四川则不然。在茶馆里可以找到社会上各色的人物"。

接续的几段文字描述了入蜀到广元、成都的茶馆，内容涉及了以成都为巅峰的四川茶馆的规模：无论郊外还是城市都有茶馆，成都则每条街都有两三家茶馆；大茶馆可容纳几百人，而且人都是满满的。文中还涉及了成都茶馆环境的优雅情调。老式茶馆的空间格局为"当街铺""巷中寺""河畔棚""树间地"。成都可容纳几百人的大茶馆当然属于"当街铺"，其余几处或在路边，或临河岸，或在竹下、林下，或在亭台之上，应该都是"河畔棚""树间地"一类的开放式茶座。作者没有描述大茶楼的环境，但对开放式茶座的环境极为重视，只是寥寥几笔就勾勒出茶座周围的远山、翠竹、古柏，并带出饮茶者身处其中的怡然情趣：或与远山相望的悠然远韵，或于参天翠竹、森森古柏下品茗畅谈的清静闲适，与大茶馆的热闹相区别。作者还颇有闲情地论及"少城公园的一家茶座，以用薛涛井水作号召"的茶事，议论茶馆世情、名人效应和煮茶用水。

第三部分，作者以剑阁古茶楼"讲格言"为例，介绍了四川茶馆的娱乐项目和教化作用。其中古茶楼内听"讲格言"的场面描写，文笔简练而生动，让人印象深刻。与古茶楼的古雅趣味相区别，第四部分写到了四川的新式茶馆。离开成都，从剑阁到重庆，作者提及两家茶馆，其一为途中的小茶馆，老板娘试图借茶出售车用酒精；其二为重庆的凤凰楼，茶馆本身兼营药房，"也很可以代表四川茶馆的另一种形式"。之前作者在提及成都武侯祠等景点的茶座时也曾提及："这些地方还兼营饭菜，品茗之余，又可小酌。实在也是值得流连的地方。"

本文以茶馆为描写对象，文中提及从乡村到城市，从传统到新式的不同茶楼，但并未具体描述茶馆的装潢设计、茶具桌椅，茶叶只在结尾说到了"菊花"，甚至连煎茶用水也是就薛涛井水顺便展开的议论。提及四川茶文化一定会说的盖碗、竹椅、花茶、江水均未提及。可以说作者没有把这些大家熟知的川茶文化作为重点，他的侧重点放在了另一方面，不是茶文化的物质载体，而是茶文化的精神内涵。四川茶馆的包罗万象、闲适悠远在行文的字里行间渗透出来，仿佛在告诉我们，在四川也许喝什么茶、用什么喝茶并不重要，重要的是喝茶时优雅而带着古意的氛围与闲适而飘然尘外的心情。

【学习任务】

本文以游记的方式讲述四川茶馆与茶情，试着讲讲让你印象深刻的茶馆，体会不同地区、不同风格的茶馆风情。

第十二讲 茶人群像其一：忠君爱国之情

　　在《茶经》第二章"茶人负以采茶"句中，陆羽首次提出了"茶人"的概念。古往今来，茶人形形色色，可以是采茶、制茶的茶农，可以是负责茶叶贩运流通的茶商，可以是茶馆里的茶博士，也可以就是爱茶之人，茶的世界无贵无贱。茶人的情感借茶生发，或爱国忠君、忧国忧民借茶自白，或恬静淡泊、俭以养德借茶自守，或因茶交友、借茶怀人，或品茶论世，借茶悠游人生，茶的世界和平包容。

　　如此多的茶人，你爱哪一款呢？茶人群像主题我们分三讲，借五篇古今茶文来感受不同类型的茶人情怀。其中有人物传记类的《叶嘉传》，有叙事类的《闵老子茶》，也有偏重议论的《茶和交友》《喝茶》，风格各异，手法不同，但相同处在于其中都蕴含着茶人的胸襟与情怀。

　　茶有高人隐逸之姿，但它绝不是遗世独立的仙草，而是济世爱人的灵叶。"茶圣"陆羽、"亚圣"卢仝都是隐士山人，但陆羽撰《茶经》、卢仝作《走笔谢孟谏议寄新茶》都表达了忠君爱国的儒家忧患情怀。作为传统士人的苏轼，他笔下的叶嘉是和陆羽、卢仝一样的茶人，有茶之超脱，不贪恋权位，更有茶之仁爱情怀，不忘经邦济世的责任。

　　对应篇目： 叶嘉传 宋·苏 轼

叶嘉传

宋·苏轼

【原文】

叶嘉①，闽人也，其先处上谷②。曾祖茂先，养高不仕③，好游名山。至武夷，悦之，遂家焉。尝曰："吾植功种德，不为时采，然遗香后世，吾子孙必盛于中土，当饮其惠矣"。茂先葬郝源④，子孙遂为郝源民。至嘉，少植节操。或劝之业武，曰："吾当为天下英武之精。一枪一旗⑤，岂吾事哉！"因而游见陆先生，先生奇之，为著其行录传于时⑥。

【注释】

①叶嘉：嘉叶，隐喻茶。陆羽《茶经》开篇便道："茶者，南方之嘉木也。"②上谷：上谷郡，位于今河北省。③养高不仕：隐于山林，远离朝市。④郝源：壑源，今建瓯市东峰镇。壑源邻近北苑，其茶仅次于北苑，在宋代享有盛名。⑤一枪一旗：宋熊蕃《宣和北苑贡茶录》记："凡茶芽数品，最上曰小芽，如雀舌鹰爪，以其劲直纤锐，故号茶芽。次曰拣芽，乃一芽带一叶者，号一枪一旗。次曰紫芽，乃一芽带两叶者，号一枪两旗，其带三叶四叶，皆渐老矣。"建安茶贵"英武之精"的斗品、芽茶，故谓"一枪一旗，岂吾事哉"。⑥陆先生：指"茶圣"陆羽。行录：原指人的传记，这里指陆羽著《茶经》。

【原文】

方汉帝嗜阅经史，时建安人为谒者侍上，上读其行录而善之，曰："吾独不得与此人同时哉！"曰："臣邑人叶嘉，风味恬淡，清白可爱，颇负其名，有济世之才，虽羽知犹未详也①。"上惊，敕建安太守召嘉，给传遣诣京师②。郡守始令采访嘉所在，命赍书③示之。嘉未就，遣使臣督促。郡守曰："叶先生方闭门制作④，研味经史，志图挺立，必不屑进⑤，未可促之。"亲至山中，为之劝驾，始行登车。遇相者，揖之曰："先生容质异常，矫然有龙凤之姿，后当大贵⑥。"

【注释】

①虽羽知犹未详也：如历代茶书所说，《茶经》未著建茶有一定的原因，都是因为当时陆羽不甚了解建茶。②敕建安太守召嘉，给传遣诣京师：敕，命令。给传，供给车马。传，驿站的车马。隐喻建茶被列为贡茶，上贡朝廷。建茶入贡始于南唐，盛于两宋。③赍（jī）书：送信、携带信函。赍，携带。书，信。④叶先生方闭门制作：意指茶的加工制作。宋代建安贡茶制造，经采、洗、蒸、榨、研、造、焙等工序。采下的茶芽务必清洗洁净，然后方入甑而蒸。既熟谓茶黄，又须用冷水淋洗，使茶黄冷却。⑤"研味"指研茶。茶黄先入小榨去水，后入大榨去膏（茶汁）。去膏的茶黄加水研磨，研磨过的茶黄谓之黄细。黄细入圈制銙，或方或团，谓之造茶。因入圈模制成团饼茶上贡朝廷，不是以碎茶（屑）上贡，所以称"必不屑进"。⑥矫然有龙凤之姿，后当大贵：喻指建安制成龙团凤饼上贡朝廷，名震天下之事。

【原文】

嘉以皂囊上封事①。天子见之，曰："吾久饫②卿名，但未知其实尔，我其试哉！"因顾谓侍臣曰："视嘉容貌如铁，资质刚劲③，难以遽用，必槌提顿挫④之乃可。"遂以言恐嘉曰："砧斧在前，鼎镬在后，将以烹子⑤，子视之如何？"嘉勃然吐气，曰："臣山薮猥士⑥，幸惟陛下采择至此，可以利生，虽粉身碎骨，臣不辞也。"上笑，命以名曹处之，又加枢要之务焉⑦，因诚小黄门监之。有顷，报曰："嘉之所为，犹若粗疏然。"上曰："吾知其才，第以独学未经师耳⑧。嘉为之，屑屑就师，顷刻就事，已精熟矣。"

【注释】

①皂囊上封事：是说用黑色的囊封好奏呈。龙凤贡茶多层密裹装匣，且加盖朱印。②饫（yù）：饱食，此处引申为听闻。③容貌如铁、资质刚劲：赵佶《大

观茶论》记："即日成者,其色则青紫;越宿制造者,其色则惨黑。"建安团饼茶佳者呈青紫色,所以有"容貌如铁"之称。好的龙团凤饼茶,"质缜绎而不浮,举之则凝然,碾之则铿然"(《大观茶论》),所以说其"资质刚劲"。④槌提顿挫:此处指捶打研磨。龙凤贡茶的饮用法是用流行于宋代的点茶法,除备器、择水、取火、候汤外,主要有炙茶、碾茶、磨茶、罗茶、点茶(调膏、击拂)等。团饼茶不能直接烹饮,必先用砧椎捣碎,经碾、磨、罗而成茶粉,入瓯(盏)以沸水冲点,所以说:"难以遽用,必槌提顿挫之乃可。"⑤鼎镬:指烧水的风炉和汤瓶。烹子:点茶。⑥山薮(sǒu)猥(wěi)士:喻茶生于山野。⑦以名曹处之:比喻入碾碾茶。枢要之务:指用茶罗筛茶。捣成小碎块的团饼茶要入碾碾细,碾碎的茶,进一步用茶罗筛之。"罗欲细而面紧"(《大观茶论》),细而紧则筛眼小而密,引申为枢密、机要,《茶具图赞》名茶罗为"罗枢密"。⑧未经师耳:指茶虽碾过还未用茶罗筛之。

【原文】

上乃敕御史欧阳高、金紫光禄大夫郑当时、甘泉侯陈平三人①与之同事。欧阳疾嘉初进有宠,曰:"吾属且为之下矣。"计欲倾之。会天子御延英,促召四人。欧但热中而已,当时以足击嘉。而平亦以口侵陵之。嘉虽见侮,为之起立,颜色不变。欧阳悔曰:"陛下以叶嘉见托,吾辈亦不可忽之也。"因同见帝,阳称嘉美而阴以轻浮訾②之。嘉亦诉于上。上为责欧阳,怜嘉,视其颜色,久之,曰:"叶嘉真清白之士也。其气飘然,若浮云矣。"遂引而宴之。

【注释】

①欧阳高、郑当时、陈平:皆系虚拟名,实取人名的谐音。欧者,瓯也,指茶瓯。宋代往往配高脚盏托以承茶盏。时者,匙也,茶匙。"茶匙要重,击拂有力。黄金为上,人间以银、铁为上。"(蔡襄《茶录》)平者,瓶也,"陈平"喻汤瓶。汤瓶用来烧水候汤,点茶用水以泉水为上,故以"甘泉侯"命之。茶瓯、茶匙、汤瓶三者是点茶不可缺少的茶器,故曰:"三人与之同事。"

②訾（zǐ）：诽谤。

【原文】

少选间，上鼓舌欣然①，曰："始吾见嘉未甚好也，久味其言，令人爱之，朕之精魄，不觉洒然而醒。《书》曰：'启乃心，沃朕心。'嘉之谓也。"于是封嘉钜合侯，位尚书，曰："尚书，朕喉舌之任也。"由是宠爱日加。朝廷宾客遇会宴享，未始不推于嘉。上日引对②，至于再三。

后因侍宴苑中，上饮逾度，嘉辄苦谏。上不悦，曰："卿司朕喉舌，而以苦辞③逆我，我岂堪哉！"遂唾之。命左右仆于地。嘉正色曰："陛下必欲甘辞利口然后爱耶！臣虽言苦，久则有效。陛下亦尝试之，岂不知乎！"上顾左右曰："始吾言嘉刚劲难用，今果见矣。"因含容之，然亦以是疏嘉。

【注释】

①鼓舌欣然：指高兴地品啜茶汤的滋味。②引对：召见臣下对话。即饮茶。③苦辞：喻指茶的苦味。

【原文】

嘉既不得志，退去闽中。既而曰："吾未如之何也，已矣。"上以不见嘉月余，劳于万机，神薾①思困，颇思嘉。因命召至，喜甚，以手抚嘉曰："吾渴见卿久矣。"遂恩遇如故。上方欲南诛两越，东击朝鲜，北逐匈奴，西伐大宛，以兵革为事。而大司农奏计国用不足，上深患之，以问嘉。嘉为进三策。其一曰：榷天下之利，山海之资，一切籍于县官。行之一年，财用丰赡。上大悦。兵兴有功而还。上利其财，故榷法②不罢，管山海之利，自嘉始也。

【注释】

①薾（nǐ）：疲困的样子。②榷法：榷务，指税茶法与茶叶专卖法。在宋代，茶、盐、蚕丝都曾实行"榷务"政策。榷是国家统制下的专卖制度，在流通

过程中以"榷"代税。

【原文】

居一年，嘉告老，上曰："钜合侯，其忠可谓尽矣。"遂得爵其子。又令郡守择其宗支之良者，每岁贡焉。嘉子二人，长曰抟，有父风，故以袭爵。次子挺，抱黄白之术，比于抟，其志尤淡泊也。①尝散其资，拯乡闾之困，人皆德之。故乡人以春伐鼓，大会山中，求之以为常。

【注释】

①"嘉子"二句：抟者，团也，谐音，指龙团茶。挺者，铤也，谐音，指京铤茶。实指建茶的两大品系，也有人以为系指官茶与民茶二者。黄白之术，为道教的"炼丹术"，喻其潜心修道，虚静恬淡，不事王侯，高尚其志。

【原文】

赞曰：今叶氏散居天下，皆不喜城邑，惟乐山居。氏于闽中者，盖嘉之苗裔也。天下叶氏虽夥①，然风味德馨为世所贵，皆不及闽。闽之居者又多，而郝源之族为甲。嘉以布衣遇天子，爵彻侯，位八座，可谓荣矣。然其正色苦谏，竭力许国，不为身计，盖有以取之。夫先王用于国有节，取于民有制，至于山林川泽之利，一切与民。嘉为策以榷之，虽救一时之急，非先王之举也，君子讥之。或云：管山海之利，始于盐铁丞孔仅、桑弘羊②之谋也，嘉之策未行于时，至唐赵赞③，始举而用之。

【注释】

①夥（huǒ）：多。②孔仅、桑弘羊：均为西汉管理农工物产的官员，桑弘羊主张盐铁由国家统制专卖。③赵赞：唐代人。高承《事物纪原》卷一"榷茶"条："榷茶起于唐建中贞元之间，赵赞、张傍建议税其什一。"

【学习提示】

　　《叶嘉传》是苏轼杰出的文学才华和丰富的茶文化知识相结合的产物，是古今茶文中的一篇奇文杰作。全文通过将茶拟人化的写法，采用传记的体裁，为茶立传，通过"叶嘉"这一虚拟人物的行藏经历来反映茶的性质特征。通篇没有一个"茶"字，但细读之下，茶却又无处不在，其中的茶文化内涵丰厚。全文对茶史、茶的采摘和制造、茶的品质、茶的功效、茶法，特别是对宋代福建建安龙团凤饼贡茶的历史和采摘、制造，宋代典型的饮茶法——点茶法有着具体、生动、形象的描写。

　　第一段文字讲述了叶嘉先祖叶茂先定居郝源的经过，并通过对叶茂先品行性格的描述为叶嘉的"少植节操"渲染了一种浓厚的家学氛围，同时暗喻了闽茶的初兴，强调了闽茶的主要产地。

　　叶嘉，是双关语。从表面上看，叶嘉即嘉叶。陆羽《茶经》开篇便道："茶者，南方之嘉木也。"故叶嘉即嘉木所生品行美好的茶叶；另一方面以叶嘉谐音叶家，宋代建安确有不少以茶为业的叶姓之家，叶家茶闻名于宋代。因当时闽茶甲于天下，故以闽为叶嘉居地，"闽人"喻指"闽茶"。"叶嘉，闽人"，反映出当时闽茶兴盛，甲于天下的实际。叶嘉先祖叶茂先"养高不仕"，喻茶隐于山林，远离朝市。山区适宜茶树生长，名山产名茶，故谓"好游名山"。武夷此处当指广义的武夷山脉。故谓："至武夷，悦之，遂家焉。"郝源是壑源的谐音，壑源邻近北苑，其茶仅次于北苑，在宋代享有盛名。宋子安《东溪试茶录》"序"称："四方以建茶为目，皆曰北苑。建人以近山所得，故谓之壑源。"赵佶《大观茶论》"序"亦称："本朝之兴，岁修建溪之贡，龙团凤饼，名冠天下，壑源之品，亦自此盛。"

　　第二段文字通过叶嘉少年的言谈及青年时期被传召入京的经历体现了叶嘉志存高远、淡泊名利，重视自我修养的性格特点。同时叶嘉入京的过程也暗喻了闽茶成为贡茶的过程，以及北苑团茶的采摘和制作。

　　关于叶嘉入京为官的过程，作者有意借鉴了司马相如事，增加文脉的曲折和趣味性。"陆先生"，指陆羽。"行录"原指人的传记，这里指陆羽著

《茶经》。陆羽《茶经》"八之出"记："岭南生福州、建州、韶州、象州。其恩、费、夷、鄂、袁、吉、福、建、韶、象十一州未详……"对于福州、建州之茶，陆羽《茶经》称"未详"，故谓："臣邑人叶嘉……虽羽知犹未详。""敕建安太守召嘉，给传遣诣京师"，指建安茶被列为贡茶，上贡朝廷。建安茶入贡始于南唐，盛于两宋。采造贡茶，地方官须亲自督办。此外，朝廷还遣使臣督造，如丁谓、蔡襄先后作为福建路转运使督造大、小龙团茶。故称"郡守始令采访嘉所在""遣使臣督促"。

继而描述叶嘉的品行、学问，暗喻建茶的采择和制作。"一枪一旗，岂吾事哉"在豪言壮语中透露出了叶嘉的"济世之才"、安邦之志。同时《大观茶论》"采择"记："凡芽如雀舌谷粒者为斗品，一枪一旗为拣芽，一枪二旗为次之，余斯为下。"一枪一旗的拣芽虽贵重，可谓奇茶，但比之供万乘天子以尝的斗品、芽茶，又为下矣。建安茶贵"英武之精"的斗品、芽茶，故谓："一枪一旗，岂吾事哉！""叶先生方闭门制作"，意指茶的加工制作。宋代建安贡茶制造，经采、洗、蒸、榨、研、造、焙等工序。"经史"即"经洗"，运用谐音。新茶采后立即投入装有新泉的罐中清洗。赵佶《大观茶论》记："故茶工多以新汲水自随，得芽则投诸水""涤芽惟洁"。采下的茶芽务必清洗洁净，然后方入甑而蒸。既熟谓茶黄，又须用冷水淋洗，使茶黄冷却。"洗"是建安北苑贡茶加工的必要工序。"研味"指研茶。茶黄先入小榨去水，后入大榨去膏（茶汁）。去膏的茶黄加水研磨，研磨过的茶黄谓之黄细。黄细入圈制銙，或方或团，谓之造茶。因入圈模制成团饼茶上贡朝廷，不是以碎茶（屑）上贡，所以称"必不屑进"。

贡茶由使臣和地方官督造，派专人押送京城，故称"亲至山中，为之劝驾，始行登车"。建安龙凤团茶的表面饰以龙凤图案，称龙团、凤饼，专供御用，始于宋太宗太平兴国初年。"矫然有龙凤之姿，后当大贵"喻指建安制成龙团凤饼上贡朝廷，名震天下之事。龙凤贡茶多层密裹装匣，且加盖朱印。宋周密《乾淳岁时记》："福建漕司进第一纲茶，名北苑试新，方寸小夸，护以黄罗（黄色罗纱）软盝（lù，古同"簏"，竹箱或小匣），籍以青箬，裹以黄罗夹複，臣封朱印，外用朱漆小匣，镀金锁，又以细竹丝笈贮之，凡数重。"是谓"嘉以皂囊上封事"。

第三段文字描写了叶嘉初入京师，初次面见皇帝的经过，也是叶嘉初露锋芒的一段经历。在皇帝面前叶嘉以"粉身碎骨，臣不辞也"表白了自己的忠诚与刚毅，并在皇帝安排的具体职务工作的考验中表现优异："顷刻就事，已精熟矣。"同时暗喻点茶法第一阶段对团茶的处理，即碾茶、磨茶、罗茶等几项程序。另外，还论及了北苑茶入贡的包装规格，当时优质北苑团茶的色泽及条索质地。

叶嘉初次面圣的经过既展现了叶嘉的风格气度，又暗喻了建茶的外在特征和点茶法前期对团饼茶的处理过程。赵佶《大观茶论》亦记："即日成者，其色则青紫；越宿制造者，其色则惨黑。"建安团饼茶佳者呈青紫色，所以有"容貌如铁"之称。好的龙凤饼茶，"质缜绎而不浮，举之则凝然，碾之则铿然"（《大观茶论》），所以说其"资质刚劲"。龙凤贡茶的饮用法是用流行于宋代的点茶法，除备器、择水、取火、候汤外，主要有炙茶、碾茶、磨茶、罗茶、熁盏、点茶（调膏、击拂）等。团茶煮饮前需先用斧斤将团饼茶剁成小块，用砧椎捣碎，入碾碾成细末。所以说："难以遽用，必槌提顿挫乃可。"然后将茶粉置茶盏内，待汤瓶水沸提瓶点茶。"鼎镬"借指烧水的风炉和汤瓶，"烹子"即指点茶。故谓："砧斧在前，鼎镬在后，将以烹子。"捣成小碎块的团饼茶要入碾碾细，"以名槽处之"，即指入碾碾茶。碾碎的茶，进一步用茶罗筛之。"又加枢要之务"，指用茶罗筛茶。"黄门"是皇帝近侍，《晋四王起事》："惠帝蒙尘还洛阳，黄门以瓦盂盛茶上至尊。""因诚小黄门监之"，是指黄门负责茶事。

"山薮猥士"，喻茶生于山野。"幸陛下采择至此"，喻茶作为贡品进入宫廷。茶能养生祛病，延年益寿，所以说"可以利生"。团饼茶的冲点饮用，需经斫、捣、碾、磨、罗以成粉末，故谓"虽粉身碎骨，臣不辞也"。"嘉之所为，犹若粗疏然"，指茶虽碾过，但仍有大颗粒，较粗疏。师者，筛也，师与筛音近形近，借指筛。"未经师耳"指茶虽碾过还未用茶罗筛之。"嘉为之屑屑就师"，指碾过的碎细茶入罗筛之。"顷刻就事，已精熟矣。"指不大会儿工夫，茶便筛好了。

第四段文字讲述了叶嘉在朝为官的始受同僚倾轧、后为皇帝重用、终被皇帝疏远的过程，表现了叶嘉洁身自好的高洁品性和逆颜直谏的赤胆忠心。同时暗喻了北苑团茶烹点的全过程，论及茶具、茶的品质及功效。

叶嘉在朝中遭遇同僚倾轧的经历暗喻点茶法的三个核心环节：熁盏、击拂、注汤，并涉及了三种重要茶具：茶瓯、茶匙、汤瓶。欧阳高，本汉代学者；郑当时，本汉武帝时大臣；陈平，本汉高帝刘邦的谋士。苏轼这里是用"小说家言"，将不同时期的三人汇聚此处实取人名的谐音。欧者，瓯也，指茶瓯。茶瓯在点茶之前要进行清洗，即预先洗涤，故取预洗的谐音为"御史"；宋代往往配高脚盏托以承茶盏。"欧阳高"即指带盏托的茶瓯。时者，匙也，茶匙。"茶匙要重，击拂有力。黄金为上，人间以银、铁为上。"（蔡襄《茶录》）黄金茶匙，故称"金紫光禄大夫郑当时"；平者，瓶也，"陈平"喻汤瓶。汤瓶用来烧水候汤，点茶用水以泉水为上，故以"甘泉侯"命之。茶瓯、茶匙、汤瓶三者是点茶不可缺少的茶器，故曰："三人与之同事。"在茶、瓯、匙、瓶四者当中，当以茶为贵，故最受宠，瓯、匙、瓶则次要一些，所以茶瓯不平地说："吾属且为之下矣。""倾之"本义是陷害，喻指倾汤点茶。"瓯但热中"，瓯热，即热瓯，指点茶法中的熁盏。"凡欲点茶，先须熁盏令热，冷则茶不浮。"（蔡襄《茶录》）"当时以足击嘉"，即以匙击茶，属点茶中的击拂，即以茶匙回旋搅拌茶汤。击拂是伴着汤瓶向盏中注汤而同时进行的，故谓"平亦以口侵凌之"。"嘉虽见侮"，指经熁盏、击拂、注汤的点茶程序。"为之起立"，即指"茶面根本立"。点茶以茶盏面色鲜明、白乳涌现，耐久不褪色为佳，是谓"颜色不变"。点好的茶，盏面"乳雾汹涌""轻清浮合"，所以欧阳高"以轻浮訾之"。宋代点茶以沫饽纯白丰富、咬盏持续时间长为佳，可见此次点茶过程是极为成功的。

接下来皇帝对叶嘉的赞赏与重用再次证实了茶汤甘美源于茶叶品质的优秀。点茶以盏上面色鲜明、耐久者为佳，故能"视其颜色，久之"。"点茶之色，以纯白为上，青白为次，灰白次之，黄白又次之。"（《大观茶论》）故谓"叶嘉真清白之士也"。点好的茶，"乳雾汹涌，溢盏而起"，故称"其气飘然，若浮云矣"。"引而宴之"，引叶嘉同赴宴席，喻指在宴席上饮茶，即"宴而饮之"。"鼓舌欣然"指高兴地品啜茶汤的滋味。茶汤初入口滋味清淡，甚至有些苦涩味，但慢慢细品之后，回味爽口、甘泽润喉，故谓"始吾见嘉未甚好也，久味其言，令人爱之"。饮茶不仅能健身益思，更有精神净化之功，故谓"精魄不觉洒然而醒"。之后叶嘉官封钜合侯、位尚书，参与朝廷宴享，说明了建茶饮用感受与功效得到人们的喜爱。钜者，巨也，钜合即大盒。名贵的龙凤贡茶以精制的小盒盛装，苏轼反其意而用之，以"钜合侯"名以精制的小盒盛装的贡茶。"位尚书"喻指茶受皇帝宠幸，不离左右。"喉舌之任"，即"滋润喉舌"。朝廷宴享，必设茶，故谓"遇会宴享，未始不推于嘉"。"引对"，引嘉而对，即饮茶。皇上每日饮茶，一日数次。

但饮茶也要浓淡适宜，饮量适度。太浓则苦涩重，过量则伤身体。所以当皇帝饮茶过度时就出现了叶嘉的"苦谏"。"苦辞"喻指茶的苦味。又因为茶的苦涩，引起"上不悦"。然而"忠言逆耳，良药苦口"，茶的修养身心在于持久饮用，故谓"臣虽言苦，久则有效"。皇上虽能容忍，但亦因此不饮茶，是谓"因含容之，然亦以是疏嘉"。

第五段文字写到了叶嘉重被召回中央，献策榷茶，告老还乡的经历，以及叶嘉后代的情况。首先，文中对叶嘉的尽忠职守加以赞扬，虽然一度退居乡野，但一朝启用，他依然一如既往地为皇帝献言献策。所以皇帝最后赞扬叶嘉说"钜合侯其忠可谓尽矣"。其次文中还描述了叶嘉长子、次子一人承袭爵位、入贡朝廷，一人留存山野、惠及乡民的不同经历，一人有"父风"、一人"志尤淡泊"的不同品性，侧面赞扬了叶嘉的优秀品格。同时暗喻建茶的入贡及贡茶制度的形成，并涉及茶税和茶叶专卖法的施行。

此段借叶嘉重回朝廷为国献策之举涉及了茶税及茶叶专卖法的施行。"嘉为之进三策，其一曰：'榷天下之利，山海之资，一切籍于县官。'"指税茶法与茶叶专卖法。《旧唐书·德宗本纪》："贞元九年春正月……癸卯，初税茶，岁则钱四十万贯。从盐铁使张滂所奏。茶之有税，自此始也。"《旧唐书·郑注传》："郑注，绛州翼城人……初浴堂召对，上访以富人之术，乃以榷茶为对。其法欲以江湖百姓茶园，官自造作，量给直，分命使者主之。帝惑其言，乃命王涯兼榷茶使。"赵赞于唐德宗建中三年建议收茶税，贞元九年从张滂所奏开始实行。茶叶专卖法由郑注建议，唐文宗太和九年以王涯兼任榷茶使而正式实行。茶叶税法、专卖法始于唐，非始于汉，苏轼这里是使用"小说家言"。

叶嘉告老还乡后子孙传承的记述暗喻了宋代的贡茶制度。"爵其子""嘉子二人，长曰抟，有父风，袭爵"，喻建茶继续入贡。贡茶不限于建安，凡附近品质良佳之茶均得每年上贡，故谓"又令郡守择其宗支之良者，每岁贡焉"，贡茶形成制度。抟者，团也，谐音，指龙团茶，为北宋官茶、贡茶。挺者，铤也，谐音，指京铤茶，始制于南唐。入宋以后，以龙凤团茶最贵，赐执政、亲王、皇族、学士、将帅，京铤茶次之，赐舍人、近臣。故曰"长曰抟""次子挺"。

次子叶挺性喜"黄白术"，为道教的"炼丹术"，喻其潜心修道，虚静恬淡，不事王侯，高尚其志。乡间山民资茶而生活，故谓"尝散其资，拯乡间之困，人皆德之"。每当新春采茶时节，建安太守率众僚齐集山中，山民擂鼓助威，喊山采茶，是谓"故乡人以春伐鼓，大会山中，求之以为常"。

最后一段是人物论赞，这是史传文的常用结尾，用以评价人物。

苏轼在《叶嘉传》中塑造了一个淡泊名利、胸怀大志、洁身自好、威武不屈、敢于直谏、忠心报国的叶嘉形象。叶嘉，"少植节操""容貌如铁，资质刚劲""研味经史，志图挺立""风味恬淡，清白可爱""有济世之才""竭力许国，不为身计"，可谓德才兼备。叶嘉其实是苏轼自身的人格写照，更是茶人精神的象征。《叶嘉传》写茶的妙处在于它善于捕捉、把握人与物之间的相似点，在形与神上造成"既像又不像"的独特韵味。叶嘉身上同时又反映出道家自由的精神。叶嘉表现出亲近自然、崇尚自由、清白恬淡的精神追求。首先，从家族影响说，叶嘉先祖茂先即养高不仕。其次，从叶嘉人生经历说，入仕前于山中"闭门制作，研味经史"，初入仕途时"所为，犹若粗疏然"表明他不谙熟朝廷规矩，苦谏皇帝失宠后主动退归闽中，回归无拘无束的山民生活。最终叶嘉二子分别传承了他性格的两个方面，长子"有父风，袭爵"志在兼济天下，次子"抱黄白之术""志尤淡泊"，有道家自由无为的风范。

苏轼的《叶嘉传》是一篇游戏性质的美文，但其影响却不小。自此以后出现的"传"，如元代杨维桢的《清苦先生传》、明代徐岩泉的《茶居士传》、支中夫的《味苦居士传》等，均可见到苏轼《叶嘉传》的写作手法。

【学习任务】

本文采用传记文体，却为茶杜撰了一生的行藏经历，这是否是作者的一时游戏之作？

第十三讲 茶人群像其二：高山流水之情

古今茶诗文中多有谢友人赠茶或品茶忆友人的作品，茶是文人们表达友情的重要载体。下面两篇散文可谓其中的代表作品。《闵老子茶》讲述茶艺师闵老子与茶痴张岱因茶定交的故事。故事简单，只有两个人物与茶，却被张岱讲述得曲折回环，趣味横生，全因其中充溢着对茶的渴盼与尊重。《茶和交友》没有故事，如听作者与你对谈。作者笔调幽默轻松，将其对茶的理解娓娓道来，其中重要观点就是：饮茶已成为社交生活中不可缺少的一种媒介，茶是为交友、增进友谊而存在的。

对应篇目： 1. 闵老子茶　　明·张　岱
　　　　　　2. 茶和交友　　林语堂

1. 闵老子茶

明·张 岱

【作者简介】

　　张岱（1597—1679），又名维城，字宗子，又字石公，号陶庵、天孙，别号蝶庵居士，晚号六休居士。山阴（今浙江绍兴）人。寓居杭州。出生仕宦世家，少为富贵公子，精于茶艺鉴赏，明亡后不仕，入山著书以终。张岱为明末清初文学家、史学家，其最擅长散文，著有《琅嬛文集》《陶庵梦忆》《西湖梦寻》《三不朽图赞》《夜航船》等绝代文学名著。

【原文】

　　周墨农向余道闵汶水①茶不置②口。戊寅九月③至留都④，抵岸，即访闵汶水于桃叶渡⑤。日晡⑥，汶水他出，迟其归，乃婆娑⑦一老。方叙话，遽⑧起曰："杖忘某所。"又去。余曰："今日岂可空去？"迟之又久，汶水返，更定⑨矣。睨余："客尚在耶？客在奚为者？"余曰："慕汶老久，今日不畅饮汶老茶，决不去。"

【注释】

　　①闵汶水：明万历年间徽州休宁海阳镇人，茶艺精湛，十数年在金陵桃叶渡边摆摊卖茶。清乾隆年间刘銮《五石瓠》："休宁闵茶，万历末，闵汶水所制。其子闵子长、闵际行继之。既以为名，亦售而获利，市以南京桃叶渡边，凡数十年。"②置：搁置，放下，放在一边，这里引申为"停止"。"不置"就是不能把杯子放下，停不了口。③戊寅九月：明崇祯十一年（1638）九月。戊寅就是农历十天干和十二地支六十个不同组合中的一个，中国古代用天干地支纪年，这是中国本土的天文历法。④留都：古代王朝迁都以后，旧都仍置官留守，故称留都。如明太祖建都南京，明成祖迁都北京，以南京为"留都"。⑤桃叶渡：

桃叶渡是南京城南秦淮河上的一个古渡口，位于秦淮河与古青溪水道合流处附近，南起贡院街东，北至建康路淮清桥西，又名南浦渡。⑥日晡（bū）：同"日晡（bǔ）"。日交申时而食。指申时，即下午三点至五点。⑦婆娑（suō）：衰微貌；衰老貌。⑧遽（jù）：遂，就；急，仓促。⑨更定：指初更以后，晚上八点左右。更，古代夜间计时单位。

【原文】

　　汶水喜，自起当炉。茶旋煮，速如风雨。导至一室，明窗净几，荆溪壶①、成宣窑磁瓯②十余种，皆精绝③。灯下视茶色，与磁瓯无别，而香气逼人，余叫绝。余问汶水曰："此茶何产？"汶水曰："阆苑④茶也。"余再啜之，曰："莫绐余！是阆苑制法，而味不似。"汶水匿笑曰："客知是何产？"余再啜之，曰："何其似罗岕⑤甚也？"汶水吐舌曰："奇，奇！"余问："水何水？"曰："惠泉。"余又曰："莫绐⑥余！惠泉走千里，水劳而圭角⑦不动，何也？"汶水曰："不复敢隐。其取惠水，必淘井，静夜候新泉至，旋汲之。山石磊磊藉⑧瓮底，舟非风则勿行，故水之生磊。即寻常惠水犹逊一头地⑨，况他水耶！"又吐舌曰："奇，奇！"言未毕，汶水去。少顷，持一壶满斟余曰："客啜此。"余曰："香扑烈，味甚浑厚，此春茶耶？向瀹者的⑩是秋采。"汶水大笑曰："予年七十，精赏鉴者，无客比。"遂定交。

【注释】

　　①荆溪壶：荆溪，旧县名。治所与宜兴县同城。1912年并入宜兴。江苏宜兴所产的陶制茶壶。相传始于明万历年间，以制作精美著称，其中紫砂陶最为名贵。②成宣窑磁瓯：成化窑和宣德窑出产的瓷制茶具。成化窑是明宪宗成化（1465—1487）时的景德镇官窑。宣德窑是明宣宗宣德（1426—1435）时景德镇官窑。二窑都以烧制青花瓷器著称，在中国陶瓷发展史上占有很重要的地位。③精绝：精妙绝伦。④阆（làng）苑：本是传说中的神仙（西王母）居住处，在诗词中常用来泛指神仙居住的地方，有时也代指帝王宫苑。

⑤岕：音"jiè"。太湖流域地区读作"kǎ"，通"嶰（jiè）"，地名，意为介于两山峰之间的空旷地。岕茶，先为"吴中所贵"，后成为明清二朝时贡茶，被誉为茶中极品。主要特征是色白、味香。⑥绐（dài）：古同"诒（dài）"，欺骗，欺诈。⑦圭（guī）角（jiǎo）：圭指古代帝王或诸侯在举行典礼时拿的一种玉器，上圆（或剑头形）下方。圭角，圭的棱角，喻锋芒。⑧磊磊：众多委积貌。藉（jiè）：衬垫，垫在下面。⑨逊一头地：比较起来，略逊一筹。一头地，犹言一着，一步。⑩的（dí）：确实，实在。

【学习提示】

　　闵老子即闵汶水，明万历年间徽州休宁海阳镇人，原籍安徽歙县，落籍福建，后居南京，极擅瀹茶，因其年事已高，人称"闵老子"。十数年在金陵桃叶渡边摆摊卖茶。清乾隆年间刘銮《五石瓠》载："休宁闵茶，万历末，闵汶水所制。其子闵子长、闵际行继之。既以为名，亦售而获利，市以南京桃叶渡边，凡数十年。"《闵老子茶》详尽记录了张岱与闵汶水品茶辨泉的经过。

　　开篇写张岱慕名拜访闵汶水，从拜访的过程可以看出：一方面，闵汶水茶已从私人雅兴变成特出的专业能力，无论茶艺或茶具都特别讲究。这种专业性使茶艺性质的茶馆有发展的空间；另一方面，闵汶水对待客人的方式仍保有相当的私人性：张岱初访时闵汶水故作倨傲之态，待张岱坚持饮茶之诚意时，汶水始乐为之当炉煮茶。这个饮茶过程如此曲折，固然与汶水的个性与声望有关，不过也显示茶艺馆潜存的小众性质。闵汶水的茶馆设有单独品茗的茶室，室内洁净明亮，陈设精致，茶具名贵。这些陈设可见闵汶水在饮茶环境、品茶用具方面的高标准，同时也透露出闵汶水精益求精的高超茶艺。

　　茶为明人最看重的罗岕，水为千里秘法运输之惠山泉，两者已精绝，再加上名贵的茶具，此次品茶可谓难得。然而，最为难得的是泡茶与品茶的两位茶人。张岱有句口头禅："人无癖不可与交，以其无深情也；人无疵不可与交，以其无真气也。"（《陶庵梦忆》）张岱的癖好极多，但嗜茶尤甚，闵汶水恰在爱茶这一点上与其志同道合，两人在品茶辨水的过程中互相欣赏，进而成为好友。

在历代品茶故事中，这个故事最为奇绝，两位茶道高手见面，互逞机锋，各展才艺，真令人连声叫绝。张岱、闵汶水之间高手相逢，几个回合，识茶断水，汶水老人由冷淡而笑，而吐舌，而说实话，而又吐舌，最后说自己活了七十岁，精于鉴赏方面，没有人比得上张岱。两人从此成了好友。好茶遇上雅人，雅人遇上知音，也可算是千载难逢的一大乐事。张岱在闵汶水这场无言的考验中应对自如，显露出自身在茶道中的修行、道心以及对茶纯真的雅兴抑或痴迷，从而赢得了闵汶水的赞扬和尊重。这一对素昧平生之人转瞬间即成莫逆之交、忘年之交，全是因为茶。这看似平淡的茶友相交，其实是蕴含了令人心醉的茶道风范与情趣。

从张岱的这则故事可以看出，明代瀹茶之艺实为茶的一种鉴赏艺术，它讲究品茶环境的幽雅洁净，所用茶具古朴典雅，追求名茶名水，更重要的是茶人要有涵养，谙熟品饮之道，注重鉴赏功夫。如果说，宋代斗茶偏重游艺，其艺术性是外在的话，那么明代瀹茶的艺术性则偏重于内在。另外，瀹茶还有这样的风俗，如果客人品出了味道，点出了蕴藉，则主人以更好的茶相待。

【学习任务】

本文生动地展现了明代茶人的瀹茶技艺和水平，请结合文章谈谈你的理解。

2. 茶和交友（原文略）

林语堂

【作者简介】

　　林语堂（1895—1976），原名和乐，后改玉堂，又改语堂。笔名毛驴、宰予、岂青等。中国当代著名学者、文学家、语言学家。福建龙溪（今福建省漳州市平和县坂仔镇）人。早年留学国外，回国后在北京大学等著名大学任教，1966年定居台湾，一生著述颇丰。曾为《语丝》主要撰稿人，主编《论语》半月刊，创办《人间世》《宇宙风》，提倡"以自我为中心，以闲适为格调"的小品文。1935年后，在美国用英文写《吾国与吾民》《风声鹤唳》《老子的智慧》《生活的艺术》，在法国写《京华烟云》等文化著作和长篇小说。林语堂是第一位以英文书写扬名海外的中国作家，也是集语言学家、哲学家、文学家于一身的著名学者。

【学习提示】

　　本文主要阐释喝茶的文化含义，包括喝茶的意义和特点、喝茶的条件和环境、喝茶的方式和艺术，并介绍了喝茶的具体技巧。行文中引用中外与茶相关的观点及典故极多，一方面体现了作者学识的丰富，另一方面呈现了行文随意自由的特点。

　　本文以漫谈之态娓娓道来，行文自由随意，接下来我们主要就其中的三个方面进行赏析。

　　首先，开篇作者就强调了茶的社交作用。林语堂以为茶和烟、酒应该是同属于一个文化氛围的，它们都有三个共同点：一是有助于我们的社交；二是不至于一吃就饱，可以随时吸饮，在吸饮同时聊天谈心；三是可以借嗅觉去享受。它们对文化的影响极大……而茶更是至少在中国和英国已成为社交生活中不可或缺的制度。将饮茶评为"制度"，形象地概括了中英社交生活中茶事盛行的特点。接着，作者进一步阐述了茶与交友的关系。饮茶需要有合适的同伴，需要情调。茶和社交紧密联系在一起，茶是为交友、增进友谊而存在的。不论古今中外，以茶待客、以茶会友，茶确实在人际交往中扮演了重要的角色。这一点其他作家也有论及，观点相近者如当代作家萧乾在散文《茶在英国》中写道："作为一种社交方式，我觉得茶会不但比宴会节约，也实惠并且文雅多了。首先是那气氛。……赴茶会的没有埋头大吃点心或捧杯牛饮的，谈话成为活动的中心。"

其次，文中精妙的比喻数不胜数，最为人们津津乐道的是"三泡"之说。其审美趣味是承着苏东坡"从来佳茗似佳人"一句的思路，将茶佳人细分出年龄段来，并主张"茶在第二泡时为最妙"。此论并非新创，前有明许次纾《茶疏》中所言："一壶之茶，只堪再巡，初巡鲜美，再则甘醇，三巡意欲尽矣。"除此之外，作者还喜好用很浅近甚至市井的比喻来评议茶道。作者是将烹茶与品味当作不可或缺的过程来看的，他这样写道："实在说起来，烹茶之乐和饮茶之乐各居其半，正如吃西瓜子，用牙齿咬瓜子壳之乐和吃瓜子肉之乐实各居其半。"说到饮茶的氛围时，他说："饮茶之时有儿童在旁哭闹，或粗蠢妇人在旁大声说话，或自命通人者在旁高谈国是，即十分败兴，正如在雨天或阴天去采茶一般糟糕。"

再次，虽然本文资料庞杂，但作者是以亲自烹茶为一种殊乐的，他对茶的喜爱不是源于理论层次的知识说教，而是源于烹茶饮茶的真实乐趣。从下文对烹茶场景的描述来看，生动得有如多次亲历一般："茶炉大都置在窗前，用硬炭生火。主人很郑重地扇着炉火，注视着水壶中的热气。他用一个茶盘，很整齐地装着一个小泥茶壶和四个比咖啡杯小一些的茶杯。再将贮茶叶的锡罐安放在茶盘的旁边，随口和来客谈着天，但并不忘了手中所应做的事。他时时顾着炉火，等到水壶中渐发沸声后，他就立在炉前不再离开，更加用力地扇火，还不时要揭开壶盖望一望。那时壶底已有小泡，名为'鱼眼'或'蟹沫'，这就是'初滚'。他重新盖上壶盖，再扇上几遍，壶中的沸声渐大，水面也渐起泡，这名为'二滚'。这时已有热气从壶口喷出来，主人也就格外地注意。到将届'三滚'，壶水已经沸透之时，他就提起水壶，将小泥壶里外一浇，赶紧将茶叶加入泥壶，泡出茶来。这种茶如福建人所饮的'铁观音'，大都泡得很浓。小泥壶中只可容水四小杯，茶叶占去其三分之一的容隙。因为茶叶加得很多，所以一泡之后即可倒出来喝了。这一道茶已将壶水用尽，于是再灌入凉水，放到炉上去煮，以供第二泡之用。"这些细致生动的描写一方面可见作者确实注重烹茶之乐，注重茶事活动的过程；另一方面，这对于潮汕工夫茶的细致描摹也带出本文浓厚的故土情结。

林语堂的小品文以闲适从容的文风著称。如本文在漫谈茶之采制、品饮、用具、环境的行文中所表现出的闲淡平和的心境、高雅脱俗的情趣，使他所叙写的这些日常饮茶的小事都点染上他的个人风格，从而在纷纭琐细、平淡无奇的生活场景中酝酿出一种超然物外的情趣和意境。

【学习任务】

很多茶文都带有故土情结，对照本文对潮汕工夫茶的描写，谈谈茶的地域性特征与社交功能。

第十四讲　茶人群像其三：乱世奋起

　　作为动荡年代的文人、茶人，对茶的态度能够透露出其人生追求。在乱世中是坚强执着地奋起斗争，还是退隐书斋恬淡自由地独善其身呢？鲁迅对喝茶与人生有着自己独特的理解：他的茶不是恬淡隐逸的，不是琴棋书画诗酒茶的茶，而是遵从茶的质朴本性，是柴米油盐酱醋茶的茶。他不仅懂茶，还善于借喝茶来剖析社会和人生中的弊病。本章选录的《喝茶》一文，原载于1933年10月2日的《申报·自由谈》，后收入《准风月谈》，文笔从容，潜气内转，是鲁迅后期散文创作的优秀作品。

　　对应篇目：　喝　茶　　鲁　迅

喝 茶①

鲁 迅

【作者简介】

鲁迅，原名周树人，字豫才。现代伟大的文学家、思想家、革命家，中国现代文学的奠基人之一。浙江绍兴人。1918年5月，首次用"鲁迅"的笔名发表中国现代文学史上第一篇白话小说《狂人日记》。后参加《新青年》杂志工作，成为新文化运动的主将。1918年到1926年间，陆续创作出版了小说集《呐喊》《彷徨》、散文集《朝花夕拾》、杂文集《华盖集》等专集。其中，1921年12月发表的中篇小说《阿Q正传》，是中国现代文学史上的不朽杰作。1930年参加左翼作家联盟。从1927年到1936年，创作了历史小说集《故事新编》中的大部分作品和大量的杂文，收辑在《而已集》等专集中。一生写作计约六百万字，其中著作约五百万字，辑校和书信约一百万字。作品包括杂文、短篇小说、诗歌、评论、散文、翻译作品。对五四运动以后的中国文学产生了深刻而广泛的影响。

【原文】

某公司又在廉价了，去买了二两好茶叶，每两洋二角。开首泡了一壶，怕它冷得快，用棉袄包起来，却不料郑重其事的来喝的时候，味道竟和我一向喝着的粗茶②差不多，颜色也很重浊。

我知道这是自己错误了，喝好茶，是要用盖碗的，于是用盖碗。果然，泡了之后，色清而味甘，微香而小苦，确是好茶叶。但这是须在静坐无为的时候的，当我正写着《吃教》③的中途，拉来一喝，那好味道竟又不知不觉的滑过去，像喝着粗茶一样了。

【注释】

①本文最初发表于1933年10月2日《申报·自由谈》，后收入《准风月

谈》。②粗茶：指较粗老的茶叶。夏季来临，茶树在强阳光照射下迅速生长，树叶中大量积累多酚类物质与丹宁，茶叶也变得肥厚起来。此时采摘的茶叶味道较苦，即我们常叫的"粗茶"。③《吃教》最初发表于1933年9月29日《申报·自由谈》，"吃教"是以信教为名而谋生或图利的讽刺说法，旨在批评中国人虚假的实用主义。后收入杂文集《准风月谈》。

【原文】

　　有好茶喝，会喝好茶，是一种"清福"①。不过要享这"清福"，首先就须有工夫，其次是练习出来的特别的感觉。由这一极琐屑的经验，我想，假使是一个使用筋力的工人，在喉干欲裂的时候，那么，即使给他龙井芽茶②，珠兰窨片③，恐怕他喝起来也未必觉得和热水有什么大区别罢。所谓"秋思"④，其实也是这样的，骚人墨客，会觉得什么"悲哉秋之为气也"，风雨阴晴，都给他一种刺戟⑤，一方面也就是一种"清福"，但在老农，却只知道每年的此际，就要割稻而已。

【注释】

　　①清福：指清闲安逸的生活。②龙井芽茶：龙井茶是中国著名绿茶。产于浙江杭州西湖一带，已有一千二百余年历史。龙井茶色泽翠绿，香气浓郁，甘醇爽口，形如雀舌，具有"色绿、香郁、味甘、形美"四绝的特点。芽茶，指以纤嫩新芽制成的茶叶。③珠兰窨（xūn）片：中国主要花茶品种之一。珠兰花茶是以烘青绿茶和珠兰或米兰鲜花为原料窨制而成的，因其香气芬芳幽雅、持久耐贮而深受消费者青睐。主要产地在安徽歙县，其次在福建漳州、广东广州，以及浙江、江苏、四川等地。窨，同"熏"，用于"窨制茶叶"。④秋思：因季节、景物的变化而引起悲伤的情绪。后文的"秋心"与此意相似。战国时楚国诗人宋玉写作的长篇抒情诗《九辩》借助对秋天景物的描写表达了"贫士失职而志不平"的感慨，开创了中国文学影响深远的悲秋主题，被称为秋思之祖。后文出现的"悲哉秋之为气也"就出自《九辩》。⑧刺戟：刺激。

【原文】

于是有人以为这种细腻锐敏的感觉，当然不属于粗人，这是上等人的牌号。然而我恐怕也正是这牌号就要倒闭的先声。我们有痛觉，一方面是使我们受苦的，而一方面也使我们能够自卫。假如没有，则即使背上被人刺了一尖刀，也将茫无知觉，直到血尽倒地，自己还不明白为什么倒地。但这痛觉如果细腻锐敏起来呢，则不但衣服上有一根小刺就觉得，连衣服上的接缝，线结，布毛都要觉得，倘不穿"无缝天衣"，他便要终日如芒刺在身①，活不下去了。但假装锐敏的，自然不在此例。

感觉的细腻和锐敏，较之麻木，那当然算是进步的，然而以有助于生命的进化为限。如果不相干，甚而至于有碍，那就是进化中的病态，不久就要收梢②。我们试将享清福，抱秋心的雅人，和破衣粗食的粗人一比较，就明白究竟是谁活得下去。喝过茶，望着秋天，我于是想：不识好茶，没有秋思，倒也罢了。

【注释】

①芒刺在身：芒刺，谷类壳上的细刺。好像有芒刺扎在身上。形容内心惶恐，坐立不安。②收梢：收场，结尾。

【学习提示】

鲁迅对喝茶与人生有着独特的理解，并且善于借喝茶来剖析社会和人生中的弊病。鲁迅先生在其文中，从自己买茶和喝茶生发开去，对"喝茶"一事进行了漫议。然后，笔锋一转，便开始通过人们"茶感"的差异揭示不同阶层的人生活态度和情趣的根本区别。

鲁迅是懂茶的。他谈到要品出好茶的滋味需满足三要素：好茶、会泡、无为。"喝好茶，是要用盖碗的，于是用盖碗。果然，泡了之后，色清而味甘，微香而小苦，确是好茶叶。但这是须在静坐无为的时候的。"文中还说到"有好茶喝，会喝好茶，是一种'清福'。不过要享这'清福'，首先就须有工夫，其次是练习出来的特别感觉"。有人根据这一句认为鲁迅说的练习出来的感觉就是饮茶学问、饮茶艺术，是一种很高的，也是饮茶者所极力追求的境界。其实，这种说法是完全脱离了写作背景的臆断之辞。享受喝好茶的清福"须有工夫"。这是喝好茶必备的前提，即"要用盖碗""须在静坐无为的时候"。所谓工夫无非是要有选水、择器、冲泡之类的技巧，但更重要的是喝茶人要有闲心。在此，享受喝好茶带来的清福似乎成了有闲阶层的专利。从鲁迅先后的文章中可见"清福"并非人人可以享受，同时，鲁迅先生还认为"清福"并非时时可以享受，它也有许多弊端，享受"清福"要有个度，过分的"清福"有不如无。所以，接下来鲁迅把这种品茶的"工夫"和"特别感觉"喻为一种文人墨客的娇气和精神的脆弱，加以辛辣的嘲讽。

本文实际上带有很强的民族主义情绪，具有革命的色彩，是一篇绵里藏针、锋芒暗露的战斗檄文，与其自五四运动之后一以贯之的思想启蒙主张一脉相承，只不过启蒙的对象不再是封建愚昧、麻木不仁的普通民众，而变成了饱读诗书、深谙大道却毫无担当以至行尸走肉的所谓"上等人"。这些文字犹如一把解剖刀，剖析着那些无病呻吟的文人。题为《喝茶》，而其茶却别有一番滋味。鲁迅心目中的茶，是一种追求真实自然的"粗茶淡饭"，而不是斤斤于百般细腻的所谓"工夫"。而这种"茶味"，恰恰是茶饮在最高层次的体验：崇尚自然和质朴。

【学习任务】

文有句云："有好茶喝，会喝好茶，是一种'清福'。不过要享这'清福'，首先就须有工夫，其次是练习出来的特别感觉。"对于这两句话，你如何理解？

第十五讲　茶的民族文化价值

　　茶是世界三大饮料之一，世界上许多饮茶国家都与茶文化有着千丝万缕的联系。全球性的文化交流，使茶文化传播世界，同各国人民的生活方式、风土人情，以至宗教意识相融合，呈现出五彩缤纷的世界各民族饮茶习俗。

　　自从唐代茶人陆羽著《茶经》以来，他主张清饮，使得茶成为一种单纯的饮品。在汉文化为主的地区，经过上千年的发展，茶道已经发展到登峰造极的地步。少数民族茶文化却完全呈现出另一番景象。时至今日，混饮依然大行其道，茶饮保留着诸多原始方式，呈现出民族化、多样化、地区化的特点，具有浓厚的生活气息。茶在少数民族的生活里，不仅是解渴提神的饮料，而且是日常佐餐的一道菜，也是解除身体不适的一味药，甚至被认为是自己祖先的来源而顶礼膜拜。

　　凡此种种，皆因各国各种族各民族生活的地域、气候不同，形成了种种不同的饮茶方式。两千年来，茶叶与人类的生活水乳交融、息息相关。这一讲希望通过两篇当代散文品味不同种族、民族发展的悠长时光中那不可或缺的茶香，感受其中蕴含的丰富文化力量。

　　对应篇目：　1. 喝　茶　　杨　绛
　　　　　　　　2. 粗饮茶　　张承志

1.　喝茶（原文略）

杨　绛

【作者简介】

杨绛（1911—2016），本名杨季康。著名作家、翻译家、外国文学研究家。1932年毕业于苏州东吴大学。1935—1938年留学英法，回国后曾在上海震旦女子文理学院、清华大学任教。1949年后，在中国社会科学院文学研究所、外国文学研究所工作。主要文学作品有《洗澡》《干校六记》，另有《堂吉诃德》等译著，2003年出版回忆一家三口数十年生活的《我们仨》，2007年出版《走到人生边上》。

【学习提示】

介绍中西茶文化的作品颇多，其中不乏名篇。杨绛的《喝茶》一文在其中能占一席之地，因其切入点及品论方式别具一格。文中以西方初期对茶叶的接受过程导入，逐步展开中西茶文化的对比分析。通过中西茶文化的品饮方式、功效价值的比较，旨在突出其异中之同，肯定在中西文学中茶的作用与价值，同时涉及西方茶文化发展简史，融学理、趣味于一体。

作者比较中西茶文化的目的不在分其轩轾，而在于比较中见其对茶共同的喜爱，内容包括品饮方式、功效价值的比较。首先，中西方在茶叶接受过程中是有差异和共同点的。最初西方茶叶的食用方式是接受初期对茶品饮方式不了解导致的错误做法。中国茶最初也有茶粥食用及茶叶药用的阶段，是对茶使用方式的探索。西方在推广饮茶的过程中，以茶的药用价值为卖点，借此以健康饮品的形象与酒相抗衡。中国在推广茶饮的过程中，也涉及茶除睡之功，但其重点在于茶性、茶德。也出现过茶酒论争，但并非与酒完全对立，而是更多调和之论。其次，中西方关于茶的功效价值观点也是有区别的。相同之处是中西双方都对茶的提神功效大加赞赏。不同之处是尽管中西双方都认为饮茶有助于文学创作，只不过西方作家认为茶性不适合诗歌、戏剧等文学类型，"只能产生散文"；而在中国各类文体的创作中都有茶的身影，诗中茶味尤重，茶诗名篇尤多。由作者文中所引用的茶诗文资料便可见一斑。第三，中西方在品茶方式上的差异较为明显。西方品茶多以浓茶掺入牛奶和糖，亦有调入其他者如酒。所饮者量多。中国品茶古法有煎茶、点茶之别。煎茶法有调入姜、盐等物之说。今人多以冲泡法饮清茶。所饮者以量少细品为主。

作者在文末特意引用了伏尔泰和东都僧的典故："伏尔泰的医生曾劝他戒咖啡，因为'咖啡含有毒素，只是那毒性发作得很慢'。伏尔泰笑说：'对啊，所以我喝了七十年，还没毒死。'唐宣宗时，东都进一僧，年百三十岁，宣宗问服何药，对曰，'臣少也贱，素不知药，惟嗜茶'。因赐名茶五十斤。看来茶的毒素，比咖啡的毒素发作得更要慢些。爱喝茶的，不妨多多喝吧。"其用意有三：其一，针对上文所引"美国留学生"的观点而提出，并有进一步强调主旨之意。其二，用伏尔泰的故事类比，以幽默的语言委婉否定饮品有毒的荒谬说法。现今咖啡与茶、可可并称"世界三大饮品"，此项类比合情合理，并强化了本文轻松、风趣的语言风格。其三，用东都僧的故事为证据，套用伏尔泰的语言否定认为茶有毒素的说法，号召大家多饮茶。

文中广征博引了大量中外古今的茶学典故，比较了中西饮茶风俗及茶文学的异同，如东印度公司的茶叶广告和胡峤《饮茶诗》同证东西方对饮茶功效的认可。据说英国作家约翰生嗜茶成癖，每天要喝四十杯，认为这是"思考和谈话的润滑剂"。南宋诗人徐玑《赠徐照》也说："身健却缘餐饭少，诗清都为饮茶多。"另外，作者论中国茶味尤为精警："只是茶味的'余甘'，不是喝牛奶红茶者所能领略的。"

【学习任务】
结合本文引用的中外典故，试分析中外在茶的接受及饮茶文化上的差异。

2. 粗饮茶（原文略）

张承志

【作者简介】

张承志（1948—），原籍山东省济南市。曾供职于中国历史博物馆、中国社会科学院民族研究所、海军创作室、日本爱知大学等处。现为自由职业作家。早年的文风如铁，慷慨硬朗，充满了大漠荒原的气息。曾获第一届全国优秀短篇小说奖，第二届、第三届全国优秀中篇小说奖及全国少数民族文学创作奖。代表作有长篇小说《心灵史》《金牧场》，中篇小说《北方的河》《黑骏马》，短篇小说《雪路》《北望长城外》等，散文有《清洁的精神》等。

【学习提示】

《粗饮茶》整体上由三个部分组成，分别介绍了蒙古奶茶，哈萨克奶茶，黄土高原的春尖茶、罐罐茶，开篇结尾则以粗茶、细茶对比，突出粗茶的主题。粗茶的黑硬浓酽代表着饮茶者的淳朴、坚韧，粗茶苦苦的甜味代表着他们乐观顽强的生命力。作者对粗茶的热爱与赞美，其实是对饮粗茶生活中所体现的坚韧、乐观的民族品格的赞美。

文中用生动的语言，满怀深情地描述了内蒙古草原、新疆天山、西海固黄土高原三地的饮茶方式与风俗。三地都饮用粗茶。茶虽粗，待客必有茶品奉上，且奉茶次序井然分明，礼数周全。所不同者在饮用方式上，虽蒙古奶茶、哈萨克奶茶、黄土高原罐罐茶都需要熬煮，皆以滚烫痛饮为要，但茶具和茶食不同。黄土高原的春尖茶采用冲泡法。以生动的描写为基础，我们窥见了以粗茶为核心的少数民族茶文化。他们以粗茶为核心的茶生活中有物质的清贫、生存环境的险恶，但人们凭借一碗滚烫的粗茶汤结成了亲密无间的人际关系，养成了坚韧不屈、乐观无畏的性格，拥有了无比富足的精神生活来对抗恶劣的生存环境，体现了顽强的生命力。

作者介绍内蒙古、新疆、黄土高原三个地区的粗茶，都以自己的经历及饮茶的切身感受出之，这种第一人称的表达尤具独特魅力。文中的描写、叙述性语句能够生动地再现三地不同的饮茶方式和风俗。由于是作者的亲身经历，所以这些饮茶场景是通过视觉、触觉、嗅觉等多重感官再现出来的，自然真实生动，有如身临其境。

如写隆冬清晨饮蒙古奶茶的一段："蒙古奶茶的最妙处，要在寒冷的隆冬体会。……其时疾风哀号，摧摇骨墙，天窗戛然几裂，冻毡闷声折断。被头呵气结冰，靴里马鬃铁硬，火烤前胸，风吹后背。嫂子早用黄油煮熟小米，锅里刚刚熬成奶茶。……茶不停添，口连连啜。半个时辰后，肚里羊肉、黄油饭、滚茶样样热烫，活力才泛到头脚腰背。这时抖擞精神，跳起穿衣，垫靴马鬃已经烤干。系上帽带，抓起马嚼，猛一推门，冲进扑天盖地狂吼怒号的风雪之中，大吼一声：好大的雪啊！随即大步踏进风雪找马。"蒙古草原汉子的豪迈跃然纸上。

再如写黄土高原上夜半时分饮罐罐茶："在西海固的三百大山里，条条沟里的村庄都睡了。……半夜三更，趴在炕上盖着被，手里端着一碗滚烫的罐罐茶。小口喝着，心里不仅热乎而且觉得神奇。茶不显得多么浓，只是有一丝微涩的甜味留在舌尖。我们有时压低声音，好像怕隔墙的妇人女子的耳朵听了去。有时禁不住嗓高声大，一抖擞，掀翻了被子。旋即又自己不好意思，赶紧侧着卧下。人啊人，生在世上行走一遭，如此的情义和亲密，究竟能得着几分呢？想着，仰脖咽下一大口，苦苦的甜味一直沁穿了肚肠。"

文中还有很多抒情、议论性语句，体现了第一人称叙述的主观性，情感流露自然而丰富，真实地表现了作者对粗饮茶生活的热爱与赞美。比如临近结尾处作者感叹"历史真的就要合上最后的一页，悄然而生硬"。"历史最后一页"的闭合应指以粗茶为特征的茶生活的改变。粗茶生活中拥有亲密无间的人际关系，饮粗茶的少数民族拥有坚韧不屈、乐观无畏的性格和顽强的生命力。当粗茶变细，茶器与饮茶生活日益考究后，物质的富足是可喜之处，精神生活却似乎贫瘠起来，是其可悲之处。

《粗饮茶》深情地叙述了西北地区蒙古族、哈萨克族、回族等少数民族的茶俗，赞美以粗茶为核心的茶生活，赞美粗茶生活中亲密无间的人际关系，饮粗茶的少数民族坚韧不屈、乐观无畏的性格和顽强的生命力。其实这也是中华茶文化的一部分，是中华民族民族性格的一种体现。

【学习任务】

通过本文感受少数民族茶俗，并试理解"历史真的就要合上最后的一页，悄然而生硬"一句的含义。

茶文扩展阅读篇目

1. 斗茶记

宋·唐　庚

【作者简介】

唐庚（1070—1120），字子西。北宋诗人。眉州丹棱（今属四川）人。其诗简练精悍，工于属对，巧于用事，且多新意，不沿袭前人。为诗重推敲锤炼，近于苦吟，诗中佳句颇多。南宋诗人刘克庄说："子西诗文皆高，不独诗也。其出稍晚，使及坡门，当不在秦（观）、晁（补之）之下。"（《后村诗话》）

【原文】

政和二年①三月壬戌，二三君子相与斗茶于寄傲斋。予为取龙塘水②烹之，而第其品。以某为上，某次之，某闽人，其所赍③宜尤高，而又次之。然大较皆精绝。盖尝以为天下之物，有宜得而不得，不宜得而得之者。富贵有力之人，或有所不能致；而贫贱穷厄流离④迁徙之中，或偶然获焉。所谓尺有所短，寸有所长，良⑤不虚也。唐相李卫公⑥，好饮惠山泉，置驿传送，不远数千里，而近世欧阳少师⑦作《龙茶录序》，称嘉祐七年，亲享明堂，致斋之夕，始以小团分赐二府，人给一饼，不敢碾试，至今藏之。时熙宁元年也。吾闻茶不问团銙⑧，要之贵新；水不问江井，要之贵活。千里致水，真伪固不可知，就令识真，已非活水。自嘉祐七年壬寅，至熙宁元年戊申，首尾七年，更阅三朝，而赐茶犹在，此岂复有茶也哉。今吾提瓶支龙塘，无数十步，此水宜茶，昔人以为不减清远峡⑨。而海道趋建安，不数日可至，故每岁新茶，不过三月至矣。罪戾⑩之余，上宽不诛，得与诸公从容谈笑于此，汲泉煮茗，取一时之适，虽在田野，孰与烹数千里之泉，浇七年之赐茗也哉？此非吾君之力欤？夫耕凿食息⑪，终日蒙福而不知为之者，直愚民耳，岂吾辈谓耶？是宜有所记述，以无忘在上者之泽云。

【注释】

①政和二年：公元1112年，政和是宋徽宗赵佶的年号。壬戌为干支之一，顺序为第五十九个，此处指以干支记日。②龙塘水：寄傲斋和龙塘，故址在今惠州子西岭。《惠州西湖志》："在郡城南，面龙塘，为宋李思纯别墅。高下数十亩，草木华实，无所不有。唐庚寓园中，筑庐居焉。临江有潜珍阁，苏轼为之铭。"显然唐庚取水斗茶的龙塘就在园前。③赍（jī）：怀抱着，带着。④穷厄：陷于困境。穷，失意。厄，困窘。流离：流转离散。⑤良：诚然，的确。⑥李卫公：李德裕，唐武宗朝宰相，善鉴水别泉。李德裕嗜饮惠山泉水，曾责令地方官派人通过"递铺"（类似驿站的专门运输机构），把泉水送到三千里之遥的长安，供他煎茶。⑦欧阳少师：欧阳修，北宋文学家，曾任太子少师。欧阳修在为蔡襄所撰《茶录》写的《后序》中叙说了当时中书省和枢密院的八位大臣才分赏到一饼小龙团茶，但在嘉祐七年（1062），这种茶的产量已有所增加，所以两府中这年获得赏赐的八人才得以每人一饼，而欧阳修恰巧成为这八人中的一员。神宗熙宁元年，即公元1068年，从1062年初到1068年尾，所谓首尾七年。⑧銙（kuǎ）：古代附于腰带上的装饰品，也指形似带銙的一种茶，称"銙茶"。⑨清远峡：位于广东省清远县和三水县之间，北江流经这里向南出海。⑩罪戾（lì）：罪过，过失。⑪耕凿食息：耕凿，凿饮耕食。汉王充《论衡·感虚》："尧时五十之民击壤于涂，观者曰：'大哉尧之德也！'击壤者曰：'吾日出而作，日入而息，凿井而饮，耕田而食，尧何等力！'"食息，吃饭休息。亦泛指休息。

2. 煮茶梦记

元·杨维桢

【作者简介】

　　杨维桢（1296—1370），字廉夫，号铁崖、铁龙道人等。元末明初著名诗人、文学家、书画家和戏曲家。会稽（今浙江诸暨）枫桥全堂人。杨维桢在诗、文、戏曲方面均有建树，因"诗名擅一时，号铁崖体"，其诗文清秀隽逸，别具一格，在元代文坛独领风骚四十余年。

【原文】

　　铁龙道人卧石林，移二更，月微明及纸帐①，梅影亦及半窗，鹤孤立不鸣。命小芸童汲白莲泉，燃槁湘竹②，授以凌霄芽为饮供。道人乃游心太虚③，雍雍凉凉④，若鸿蒙⑤，若皇芒。会天地之未生，适阴阳之若亡。恍兮不知入梦，遂坐清真银晖之堂。堂上香云帘拂地，中着紫桂榻、绿璃几⑥，看太初⑦易一集，集内悉星斗文，焕煜煴熠⑧，金流⑨玉错，莫别爻画⑩。若烟云日月交丽乎中天。欯玉露凉，月冷如冰，入齿者易刻。因作《太虚⑪吟》，吟曰："道无形兮兆无声，妙无心兮一以贞，百象斯融兮太虚以清。"歌已，光飙⑫起林末，激华氛，郁郁霏霏⑬，绚烂淫艳。乃有扈⑭绿衣若仙子者，从容来谒⑮云："名淡香，小字绿花。"乃捧太元杯，酌太清神明之醴⑯以寿。予侑⑰以词曰："心不行，神不行，无而为，万化清。"寿毕，纾徐⑱而退。复令小玉环侍笔牍⑲，遂书歌遗之。曰："道可受兮不可传，天无形兮四时以言，妙乎天兮天天之先，天天之先复何仙。"移间，白云微消，绿衣化烟，月反明予内间，予亦悟矣。遂冥神合元，月光尚隐隐于梅花间。小芸呼曰："凌霄芽⑳熟矣。"

【注释】

①纸帐：一种用藤皮茧纸缝制成的帐子，以稀布为顶，取其透气。帐上常绘有梅花，情致清雅。僧道及诗人隐士每喜用之。②湘竹：湘妃竹，又名斑竹，产于湖南、河南、江西、浙江等地。竹竿布满褐色的云纹紫斑。③游心太虚：形容人的思想游走于虚无缥缈的境界里。游心，浮想骋思。④雍雍凉凉：雍雍，犹雍容，从容大方。也指声音和谐。凉凉，微寒的样子。⑤鸿蒙：传说在盘古开天辟地之前，世界是一团混沌的元气，这种自然的元气叫作鸿蒙，也作鸿濛，因此把那个时代称作鸿蒙时代，后来此词也常被用来泛指称远古时代。⑥紫桂榻、绿璚（qióng）几（jī）：榻，狭长而低矮的坐卧用具，亦泛指床。璚，同"琼"，赤色的玉，泛指美玉。几，低矮的案几。⑦太初：道家哲学中原始的宇宙状态。太初与太易、太始、太素、太极并为先天五太，是无极过渡到天地诞生前的五个阶段之一。⑧焕（huàn）煜（yù）爥（yì）熠（yuè）：光彩闪耀，明亮的样子。⑨金流：水流的美称。⑩爻（yáo）画：指《易》卦。⑪太虚：道貌。老子《道德经》认为，道大而虚静。所以，这里的"太虚"实际上就是指老子、庄子所说的"道"。⑫飙（biāo）：本义指暴风，也形容迅疾。⑬郁郁霏霏：郁郁，可形容风采文笔，也可以形容香气浓郁。霏霏，（雨、雪）纷飞，（烟、云等）很盛。泛指浓密盛多。⑭扈（hù）：披。⑮谒（yè）：拜见。⑯醴（lǐ）：甜酒。⑰侑（yòu）：相助。在筵席旁助兴。⑱纾（shū）徐：纾缓。⑲笔牍（dú）：泛指文具。⑳凌霄芽：茶的别称。

3. 宜　茶①

明·田艺蘅

【作者简介】

田艺蘅，字子艺，号品嵒（yán）子。钱塘（今浙江杭州）人，约生活在明嘉靖、隆庆和万历年间，田汝成子。善为南曲小令，作诗有才调，为人所称。著有《大明同文集》《田子艺集》《留青日记》等。

【原文】

茶，南方嘉木，日用之不可少者。品固有媺恶②，若不得其水，且煮之不得其宜，虽佳弗佳也。

茶如佳人，此论最妙，但恐不宜山林间耳。昔苏东坡诗云"从来佳茗似佳人"，曾茶山③诗"移人尤物众谈夸"，是也。若欲称之山林，当如毛女、麻姑④，自然仙风道骨，不浼⑤烟霞。若夫桃脸柳腰，亟⑥宜屏诸销金帐中，毋令污我泉石。

【注释】

①本文节选自《煮茶小品》。田艺蘅的《煮泉小品》撰于明嘉靖三十三年（1554），分十部分品评天下的泉水，即源泉、石流、清寒、甘香、宜茶、灵水、异泉、江水、井水、绪谈。②媺（měi）恶：善恶，好坏。③曾茶山：曾几（1085—1166），字吉甫，自号茶山居士。南宋诗人。文中所引诗句出自《逮子得龙团胜雪茶两胯以归予其直万钱云》。④毛女、麻姑：道教传说中的女仙。毛女据说是秦始皇宫人，秦亡后入山避难，"食松叶，遂不饥寒，身轻如飞，百七十余年"。麻姑则曾"见东海三为桑田"。⑤浼（měi）：污染。⑥亟（jí）：赶快，急切。

【原文】

鸿渐①有云："烹茶于所产处无不佳，盖水土之宜也。"此论诚妙。况旋摘旋瀹②，两及其新耶！故《茶谱》亦云："蒙之中顶茶，若获一两，以本处水煎服，即能祛宿疾③。"是也。今武林④诸泉，惟龙泓⑤入品，而茶亦惟龙泓山为最。盖兹山深厚高大，佳丽秀越，为两山之主。故其泉清寒甘香，雅宜煮茶。虞伯生⑥诗："但见瓢中清，翠影落群岫。烹煎黄金芽，不取谷雨后。"姚公绶⑦诗："品尝顾渚风斯下，零落《茶经》奈尔何。"则风味可知矣，又况为葛仙翁炼丹之所哉！又其上为老龙泓，寒碧倍之。其地产茶为南北两山绝品。鸿渐第钱塘天竺、灵隐者为下品，当未识此耳⑧。而《郡志》亦只称宝云、香林、白云诸茶，皆未若龙泓清馥隽永也。余尝一一试之，求其茶泉双绝，两浙罕伍云。

【注释】

①鸿渐：陆羽，字鸿渐。引文出自张又新《煎茶水记》："夫茶烹于所产处，无不佳也，盖水土之宜。"与原文略有出入。②瀹（yuè）：煮。③祛（qū）：驱散；消除。宿（sù）疾：久治不愈的疾病。引文出自五代时期蜀国毛文锡所撰的《茶谱》。④武林：旧时杭州的别称，以武林山得名。⑤龙泓：龙井茶得名于龙井。龙井，原名龙泓，是一个圆形的泉池，大旱不涸，古人以为此泉与海相通，其中有龙，因称龙井，传说东晋葛洪曾在此炼丹。龙井是杭州四大名泉之一，水质清冽甘美。⑥虞伯生：虞集（1272—1348），字伯生，号道园，人称邵庵先生。元代著名学者、诗人。文中所引诗句出自《游龙井》。⑦姚公绶：姚绶，明人，字公绶，号丹丘生，又号谷庵子、云东逸史。浙江嘉兴人。善书画。文中所引诗句出自姚公绶《无题》（载于《西湖游览志》卷四）。诗句的意思是：因为龙井茶确比顾渚茶好，《茶经》因过誉顾渚茶而被茶人冷落也就无可奈何了。⑧杭州产茶，唐陆羽《茶经》将杭州茶记入下品，且只记钱塘天竺、灵隐二寺产茶；宋吴自牧《梦粱录》只载宝云茶、香林茶、白云茶。明清两代俱以龙井茶为绝品，西湖其他诸山所产均不能及。

【原文】

龙泓今称龙井，因其深也。《郡志》称有龙居之，非也。盖武林之山，皆发源天目，有龙飞凤舞之谶①，故西湖之山以龙名者多，非真有龙居之也。有龙，则泉不可食矣。泓上之阁，亟宜去之。浣花诸池，尤所当浚②。

鸿渐品茶又云："杭州下，而临安、於潜生于天目山，与舒州同，固次品也。"叶清臣③则云："茂钱塘者，以径山稀。"今天目远胜径山④，而泉亦天渊也。洞霄次径山。

【注释】

①龙飞凤舞之谶（chèn）：谶，将要应验的预言、预兆。南宋王象之《舆地

纪胜》所引用的晋郭璞《地记》中有"天目山垂两乳长，龙飞凤舞到钱塘"一语。古人认为西湖群山是从西天目山发脉的，西天目山由西北向东南延伸，绵延到达钱塘江边，有龙山（今玉皇山）和凤山（凤凰山）两座山耸然并峙于西湖东南与钱塘江北岸之间，仿佛是它的"两乳"。在古人看来，这是"王气"的象征，能令人顿生敬畏之感。②浚（jùn）：疏通，挖深。③叶清臣（1000—1049）：字道卿。北宋名臣。乌程（今浙江湖州）人。历任光禄寺丞等。著作今存《述煮茶小品》。④径山：位于浙江省余杭、临安交界处，产茶历史悠久，品质优异。"产茶之地，有径山四壁坞及里山坞，出者多佳，凌霄峰者尤不可多得。大约出自径山四壁坞者色淡而味长，出自里山坞者色青而味薄。"（《继余杭县志》）

【原文】

严子濑①，一名七里滩，盖沙石上曰濑、曰滩也，总谓之浙江，但潮汐不及，而且深澄，故入陆品耳。余尝清秋泊钓台下，取囊中武夷、金华二茶试之，固一水也，武夷则黄而燥冽，金华则碧而清香，乃知择水当择茶也。鸿渐以婺州②为次，而清臣以白乳为武夷之右③，今优劣顿反矣。意者所谓离其处，水功其半者耶？

茶自浙以北者皆较胜。惟闽广以南，不惟水不可轻饮，而茶亦当慎之。昔鸿渐未详岭南诸茶，但云"往往得之，其味极佳"。余见其地多瘴疠④之气，染着草木，北人食之，多致成疾，故谓人当慎之，要须采摘得宜，待其日出山霁，露收岗净可也。

【注释】

①严子濑（lài）：即严陵濑。濑，从沙石上流过的急水。在浙江桐庐县南，相传为东汉严光隐居垂钓处。《煎茶水记》品评二十处煎茶用水，此水名列第十九位。②婺州：中国古代行政区划名。隋开皇九年（589）置，治金华县（今浙江金华市）。③以白乳为武夷之右：古代尊崇右，故以右为尊贵地位，而以左为较低的地位。白乳，名茶的一种。叶清臣《述煮茶泉品》："吴楚山谷间，气清地灵，若俊颖挺，多孕茶荈，为人采拾。大率右于武夷者为白乳，甲于吴兴者

为紫笋。"④瘅（dàn）疬（lì）：瘅，由劳累造成的病。疬，瘟疫。

【原文】

茶之团者、片者，皆出于碾硙①之末，既损真味，复加油垢，即非佳品，总不若今之芽茶也，盖天然诸者自胜耳。曾茶山《日铸茶》诗："宝锊自不乏，山芽安可无。"苏子瞻《壑源试焙新茶》诗："要知玉雪心肠好，不是膏油首面新。"是也。且末茶瀹之有屑，滞而不爽，知味者当自辨之。

芽茶以火作者为次，生晒者为上，亦更近自然，且断烟火气耳。况作人手器不洁，火候失宜，皆能损其香色也。生晒茶瀹之瓯中，则旗枪舒畅，清翠鲜明，香洁胜于火炒，尤为可爱。唐人煎茶，多用姜盐。故鸿渐云："初沸水合量，调之以盐味。"②薛能③诗："盐损添常戒，姜宜着更夸。"苏子瞻以为茶之中等，用姜煎信佳，盐则不可④。余则以为二物皆水厄也。若山居饮水，少下二物，以减岗气⑤或可耳。而有茶，则此固无须也。

【注释】

①碾硙（wèi）：指石臼，尤指使用水力之石臼，用以脱谷、制粉，成为重要之财源。②"鸿渐云"句：陆羽《茶经》"五之煮"："初沸，则水合量，调之以盐味。"③薛能：字太拙。晚唐诗人。汾州（今山西汾阳一带）人，官至工部尚书。诗多寄送赠答、游历登临之作，晚唐一些著名诗人多有诗与其唱和。文中引用诗句出自《蜀州郑使君寄鸟嘴茶因以赠答八韵》。④"苏子瞻"三句：苏轼《书薛能茶诗》："唐人煎茶用姜，故薛能诗云：'盐损添常戒，姜宜着更夸。'拠（jù，古"据"字）此则又有用盐者矣，近世有用二物者，辄大笑之。然茶之中等者，用姜煎信佳也，盐则不可。"⑤岗气：岚气，山林间的雾气。

【原文】

今人荐茶①，类下茶果，此尤近俗。是纵佳者，能损真味，亦宜去之。且下果则必用匙，若金银，大非山居之器，而铜又生腥，皆不可也。若旧称北人和以酥酪②，蜀人入以白土，此皆蛮饮，固不足责。

人有以梅花、菊花、茉莉花荐茶者，虽风韵可赏，究损茶味。如有佳茶，亦无事此。

有水有茶，不可无火。非无火也，有所宜也。李约③云："茶须缓火炙，活火煎。"活火，谓炭火之有焰者，苏轼诗"活水仍须活火烹"是也。余则以为山中不常得炭，且死火耳，不若枯松枝为妙。若寒月多拾松实④，畜为煮茶之具更雅。

【注释】

①荐茶：佐茶。茶果：现指佐茶的点心、小吃。文中当指加入茶汤中的果品。清人茹敦和在《越言释》中记载："点茶者，必于茶器正中处，故又谓点心。……岭南人往往用糖梅，吾越则好用红姜片子，他如莲荷榛仁，无所不可。"②酥酪：主要用羊奶、牛奶等制成，故又有"乳酪""奶酪"等多种名称，现在通常叫作"奶酪"。③李约：字存博。唐代诗人、茶人。陇西成纪（今甘肃天水）人。温庭筠《采茶录》说："李约性能辨茶，常曰：'茶须缓火炙，活火煎。'"活火，指有火焰的炭火。苏轼诗《汲江煎茶》中也有句云"活水还须活火烹"。④松实：松子。

【原文】

人但知汤候，而不知火候，火然则水干，是试火先于试水也。《吕氏春秋》："伊尹说汤五味，九沸九变，火为之纪。"

汤嫩则茶味不出，过沸则水老而茶乏。惟有花而无衣①，乃得点瀹之候耳。

唐人以对花啜茶②为杀风景，故王介甫诗："金谷千花莫漫煎。"其意在花，非在茶也。余意以为金谷花前，信不宜矣，若把一瓯对山花啜之，当更助风景，又何必羔儿酒也。

煮茶得宜，而饮非其人，犹汲乳泉以灌蒿莸③，罪莫大焉。饮之者一吸而尽，不暇辨味，俗莫甚焉。

【注释】

①有花而无衣：意为有水花而无浮沫。花指汤花，衣指茶汤表面泛起的沫饽。②对花啜茶：唐朝人认为对花啜茶是煞风景之事，所以王介甫《寄茶与平甫》诗中写道："金谷看花莫漫煎。"意谓对花啜茶时注意力集中在赏花而不在品茶。王介甫，即王安石，字介甫，号半山，谥文，封荆国公。抚州临川人，北宋政治家、思想家、学者、文学家、改革家。③蒿（hāo）莜（yóu）：野生杂草。

4. 茶夹铭

明·李　贽

【作者简介】

李贽（1527—1602），号卓吾。明代后期思想家、史学家、文学家。泉州晋江（今属福建）人。李贽以孔孟传统儒学的"异端"而自居，提出"童心说"，在文学方面主张创作要"绝假还真"，抒发己见。著有《焚书》《续焚书》《藏书》等。

【原文】

唐右补阙①綦毋煚②著《代茶饮序》云："释滞消壅③，一日之利暂佳；瘠气④耗精，终身之害斯大。获益则归功茶力，贻害则不谓茶灾。"余读而笑曰："释滞消壅，清苦⑤之益实多；瘠气耗精，情欲之害最大。获益则不谓茶力，自害则反谓茶殃⑥。"吁，是恕己责人之论也。乃铭⑦曰："我老无朋，朝夕唯汝。世间清苦，谁能及子？逐日子饭，不辨几钟；每夕子酌，不问几许。夙兴夜寐，我愿与事终始。子不姓汤，我不姓李，总之一味，清苦到底。"

【注释】

①右补阙：唐朝官名，职责为对皇帝进行规谏及举荐人才。②綦（qí）

毋（wú）：复姓。煛（jiǒng）：名。相传《代茶饮序》一文列举饮茶的坏处，反对将茶作为必备的饮料。③释滞消壅（yōng）：滞壅，谓臃肿而不灵活畅通。词意为消除臃肿，使得灵活畅通。④瘠气：损削元气。⑤清苦：贫苦，守贫刻苦。⑥殃（yāng）：祸害。⑦铭：古代用于称功德或申鉴戒的文体。文辞简练、有韵，内容多简短，构思精巧，内容朴素而义理深邃，与格言颇为相似，形式活泼且易诵易记。最初是刻在器物、碑碣上用来警诫自己或者称述功德的文字。

5. 识张幼于①惠泉诗后

明·袁宏道

【作者简介】

袁宏道（1568—1610）字中郎，又字无学，号石公，又号六休。明代文学家。荆州公安（今属湖北公安）人。宏道在文学上反对"文必秦汉，诗必盛唐"的风气，提出"独抒性灵，不拘格套"的性灵说。与其兄袁宗道、弟袁中道并有才名，合称"公安三袁"。

【原文】

余友麻城②邱长孺③，东游吴会，载惠山泉三十坛之团风④。长孺先归，命仆辈担回。仆辈恶其重也，随倾于江。至倒灌河⑤，始取山泉水盈之。长孺不知，矜重甚。次日，即邀城中诸好事⑥尝水。诸好事如期皆来，团坐斋中，甚有喜色。出尊取磁瓯，盛少许，递相议，然后饮之。嗅玩经时，始细嚼咽下，喉中汨汨有声，乃相视而叹曰："美哉水也！非长孺高兴⑦，吾辈此生，何缘得饮此水？"皆叹羡不置⑧而去。半月后，诸仆相争，互发其私事。长孺大恚⑨，逐其仆。诸好事之饮水者，闻之愧叹而已。

又余弟小修⑩，向亦东询，载惠山中泠泉各二尊归，以红笺书泉名记之。经月余，抵家。笺字俱磨灭。余诘⑪弟曰："孰为惠山？孰为中泠？"弟不能辨。尝之，亦复不能辨。相顾大笑。然惠山胜中泠，何况倒灌河水？自余吏吴来，尝水既多，已能辨之矣。偶读幼于此册，因忆往事，不觉绝倒^⑫。此事政与东坡河阳美猪肉事^⑬相类，书之并博幼于一笑。

【注释】

①张幼于：张献翼，字幼于，后更名敉。明代长洲人。有《文起堂集》十卷、《纨绮集》一卷，及《读易纪闻》《读易韵考》等。②麻城：地名，位于湖北省东北部，属大别山区。③邱长孺：名坦，字坦之，号长孺。世居麻城。善诗文，工书法，喜游历，享誉文坛。④团风：位于湖北省东部，大别山南麓，长江中游北岸。⑤倒灌河：现今之道观河。清光绪《黄冈县志》记载："道观河，源自大崎山，西南流为高家河，折而北为倒灌河，即道观河（此地有紫霞寺道观，因名）。"⑥好事：好事之徒。此处指喜好品茶评水的人。⑦高兴：高雅的兴致。⑧不置：不舍，不止。⑨恚（huì）：怨恨，愤怒。⑩小修：袁中道。⑪诘（jié）：盘问，追问。⑫绝倒：前仰后合地大笑。⑬东坡河阳美猪肉事：苏轼《仙释录》载："予昔在岐下（地名），闻河阳（地名）猪肉甚美，使人往市之。使者醉，猪夜逸去，不得已，贸他猪以尝（补上）。后煮之，客皆大说，以为非他产所能及也。既而事败，客大惭。"

6. 斗茶檄^①

明·张　岱

【原文】

水淫茶癖^②，爰有古风，瑞草雪芽^③，素称越绝。特以烹煮非法，向来葛灶^④生尘，更兼赏鉴无人，致使羽经积蠹^⑤。迩^⑥者择有胜地，复举汤盟，水符递自玉泉，茗战争来兰雪^⑦。瓜子炒豆，何须瑞草桥边；橘柚查梨，出自仲山圃内。八功德水^⑧，无过甘滑香洁清凉；七家常事，不管柴米油盐酱醋。一日何可少此，子猷竹^⑨庶可齐名；七碗吃不得了，卢仝茶不算知味。一壶挥麈，用畅清谈^⑩；半榻焚香，共期白醉^⑪。

【注释】

①檄：檄文，是古代用于征召、晓谕的政府公告或声讨、揭发罪行等的文书。现在也指战斗性强的批判、声讨文章。②水淫茶癖：指对饮茶的好尚。淫，过甚为害。癖，癖好，对某种事物的特别爱好。③瑞草雪芽：指茶。瑞草应指浙江湖州的紫笋茶。杜牧在《题茶山》一诗中曾赞道："山实东南秀，茶称瑞草魁。"雪芽应指产于江苏宜兴的阳羡茶，苏轼有"雪芽为我求阳羡，乳水君应饷惠山"（《次韵完夫再赠之什某已卜居毗陵与完夫有庐里之约云》）的诗句。两种名茶皆产自古时的吴越之地，故作者有"越绝"之说。④葛灶：东晋道教学者、著名炼丹家葛洪的炼丹灶，代指茶灶。⑤羽经积蠹（dù）：陆羽的《茶经》都被蠹虫蛀蚀了。蠹，蛀蚀器物的虫子。⑥迩（ěr）：近。⑦兰雪：张岱精于品茶，还借鉴安徽休宁松萝茶的制法悉心改制家乡的日铸茶，创制出一种"兰雪茶"，风靡一时。⑧八功德水：佛教用语，指具有八种殊胜功德之水，又作八支德水、八味水、八定水。所谓八种殊胜，即澄净、清冷、甘美、轻软、润泽、安和、除饥渴、长养诸根。事之超绝而稀有者，称为殊胜。⑨子猷竹：王徽之，字子猷，东晋名士、书法家，王羲之第五子。王徽之以爱竹闻名，曾说过"何可一日无此君"（《世说新语》）。⑩挥麈（zhǔ）清谈：晋人清谈时，常挥动麈尾拂尘以为谈助。后因称谈论为挥麈。挥麈，挥动麈尾。清谈，指魏晋时承袭东汉清议的风气，就一些玄学问题析理问难、反复辩论的文化现象。⑪白醉：浮白酒醉。白，指专用来罚酒的大杯。浮白，指喝酒。

附录

茶经

附录

茶 经

唐·陆 羽

【作者简介】

陆羽（733—804），字鸿渐，一名疾，字季疵，号竟陵子、桑苎翁、东冈子。唐代著名的茶学专家。复州竟陵（今湖北省天门市）人。陆羽一生嗜茶，精于茶道，以著世界第一部茶叶专著——《茶经》而闻名于世，对中国和世界茶业发展做出了卓越贡献，被誉为"茶仙"，尊为"茶圣"，祀为"茶神"。

《茶经》，是中国乃至世界现存最早、最完整、最全面介绍茶的专著，被誉为"茶叶百科全书"。此书是关于茶叶生产的历史、源流、现状、生产技术以及饮茶技艺、茶道原理的综合性论著，是划时代的茶学专著、精辟的农学著作。

《茶经》共三卷十篇，反映出当时茶叶的采摘、制作、鉴定、分级及烹煮、饮用等都积累了丰富的经验，表明唐代茶叶生产已比较发达，饮茶之风盛行。《茶经》的内容十分丰富，进一步深入研究《茶经》，将对学习和理解中国茶文化的历史有帮助；同时，对进一步弘扬中华茶文化，发展茶文化事业，也具有十分重要的意义。

一之源

【原文】

　　茶者，南方之嘉木也。一尺、二尺乃至数十尺。其巴山峡川，有两人合抱者，伐而掇之①。其树如瓜芦，叶如栀子，花如白蔷薇，实如栟榈②，蒂如丁香，根如胡桃（原注：瓜芦木，出广州，似茶，至苦涩。栟榈，蒲葵之属，其子似茶。胡桃与茶，根皆下孕，兆至瓦砾③，苗木上抽。）

　　其字，或从草，或从木，或草木并。（原注：从草，当作"茶"，其字出《开元文字音义》④。从木，当作"搽"，其字出《本草》。草木并，作"荼"，其字出《尔雅》。）

　　其名，一曰茶，二曰槚⑤，三曰蔎⑥，四曰茗，五曰荈⑦。（原注：周公云："槚，苦荼。"扬执戟⑧云："蜀西南人谓荼曰蔎。郭弘农⑨云："早取为荼，晚取为茗，或一曰荈耳。"）

【注释】

　　①伐而掇之：伐，砍下枝条。《诗经·周南》：伐其条枚。掇，拾拣。②栟（bīng）榈：棕树。《说文》："栟榈，棕也。"③根皆下孕，兆至瓦砾：下孕，在地下滋生发育。兆，裂开，指核桃与茶树生长时根将土地撑裂，方始出土成长。④《开元文字音义》：字书名。唐开元二十三年（735）编纂的字书。早佚。⑤槚（jiǎ）：本为楸、梓类的美木，借指为茶。⑥蔎（shè）：《玉篇》："蔎，香草也。"清人段玉裁认为应是草香。借指为茶。⑦荈：茶树老叶制成的茶。⑧扬执戟：扬雄，西汉人。哲学家、文学家。执戟是其官职。⑨郭弘农：郭璞，晋人。诗人、文字学家。注释过《尔雅》。

【原文】

　　其地，上者生烂石，中者生砾壤，下者生黄土。艺而不实①，植而罕茂。法如种瓜，三岁可采。野者上，园者次。阳崖阴林，紫者上，绿者次；笋者上，芽者次；叶卷上，叶舒次②。阴山坡谷者，不堪采掇，性凝滞，结瘕疾③。

茶之为用，味至寒，为饮，最宜精行俭德之人。若热渴、凝闷、脑疼、目涩、四肢烦、百节不舒，聊四五啜，与醍醐、甘露④抗衡也。

采不时，造不精，杂以卉莽⑤，饮之成疾。茶为累也，亦犹人参。上者生上党⑥，中者生百济、新罗⑦，下者生高丽⑧。有生泽州、易州、幽州、檀州⑨者，为药无效，况非此者！设服荠苨⑩，使六疾不瘳⑪。知人参为累，则茶累尽矣。

【注释】

①艺而不实：艺，指种植技术。②叶卷上，叶舒次：叶片卷者为初生故其质量好，舒展平直者质量次。③性凝滞，结瘕疾：凝滞，凝结不散。瘕，腹中肿块。《正字通》："腹中肿块，坚者曰症，有物形曰瘕。"④醍醐、甘露：醍醐，酥酪上凝聚的油，味甘美。甘露，古人认为它是"天之津液"。⑤卉莽：野草。⑥上党：唐时郡名，治所在今山西长治市长子、潞城一带。⑦百济、新罗：唐时位于朝鲜半岛上的两个小国，百济在半岛西南部，新罗在半岛东南部。⑧高丽：应为高句丽，唐时地跨今我国东北地区与朝鲜半岛北部的政权。⑨泽州、易州、幽州、檀州：皆为唐时州名。⑩荠苨（nǐ）：一种形似人参的野果。⑪六疾不瘳：六疾，指人遇阴、阳、风、雨、晦、明得的多种疾病。瘳，痊愈。

【学习提示】

本章全面概述了茶的多方面内容，包括茶的产地、起源，茶树的植物学性状，茶的名称、用字，茶树的生长环境、栽培方法、鲜叶品质，茶的效用，等等。

"茶者，南方之嘉木也。"此句言简意赅，形象生动地概述了茶树的产地之源以及茶树的秉性美好。茶既可以理解为地理环境下生长的植物，亦可以诠释为人文语境中象征君子的嘉物。陆羽称茶为生长于南方的嘉木，沿袭了屈原《橘颂》"后皇嘉树"的传统，与下文的"精行俭德"相呼应，使植物之茶标注了品德之性，有"香草比兴"之义。此嘉木之称亦为苏轼传承，撰有《叶嘉传》。

陆羽首次将茶性与君子精行俭德之性相提并论，提升了茶的文化内涵。茶饮的功能对任何饮茶之人皆有，其至寒之味却最适宜品行端正，有俭约谦逊美德的人。"精行"是就行事而言，茶人应该严格按照社会道德规范行事，不逾轨；而"俭德"是就立德而言，茶人应该时刻恪守传统道德精神，不懈怠。《易·否·象传》说：君子以俭德避难。可见俭德之重要。

【学习任务】

理解何谓"精行俭德"。

二之具

【原文】

籝①：一曰篮，一曰笼，一曰筥②。以竹织之，受五升，或一斗、二斗、三斗者，茶人负以采茶也。（原注：籝，音盈，《汉书》所谓"黄金满籝，不如一经③"。颜师古④云："籝，竹器也，容四升耳。"）

灶：无用突⑤者。

釜：用唇口者。

甑⑥：或木或瓦，匪腰而泥。篮以箄之，篾以系之⑦。始其蒸也，入乎箄；既其熟也，出乎箄。釜涸，注于甑中。（原注：甑，不带而泥之。）又以穀木枝三桠者制之，散所蒸芽笋并叶，畏流其膏。

杵臼：一曰碓，惟恒用者佳。

规：一曰模，一曰棬。以铁制之，或圆，或方，或花。

承：一曰台，一曰砧。以石为之。不然，以槐、桑木半埋地中，遣无所摇动。

襜^⑧：一曰衣。以油绢或雨衫、单服败者为之。以襜置承上，又以规置襜上，以造茶也。茶成，举而易之。

芘莉^⑨：一曰籝子，一曰筹筤^⑩。以二小竹，长三尺，躯二尺五寸，柄五寸。以篾织方眼，如圃人土罗，阔二尺，以列茶也。

棨^⑪：一曰锥刀。柄以坚木为之，用穿茶也。

扑：一曰鞭。以竹为之。穿茶以解茶也。

焙：凿地深二尺，阔二尺五寸，长一丈。上作短墙，高二尺，泥之。

贯：削竹为之，长二尺五寸。以贯茶焙之。

棚：一曰栈。以木构于焙上，编木两层，高一尺，以焙茶也。茶之半干，升下棚；全干，升上棚。

穿：江东、淮南剖竹为之；巴川峡山，纫榖皮为之。江东以一斤为上穿，半斤为中穿，四两、五两为小穿。峡中以一百二十斤为上穿，八十斤为中穿，五十斤为小穿。"穿"字旧作"钗钏"之"钏"字，或作贯"串"。今则不然，如"磨、扇、弹、钻、缝"五字，文以平声书之，义以去声呼之，其字，以"穿"名之。

育：以木制之，以竹编之，以纸糊之。中有隔，上有覆，下有床，傍有门，掩一扇。中置一器，贮煻煨火，令煴煴然^⑫。江南梅雨时，焚之以火。

（原注：育者，以其藏养为名。）

【注释】

①籝（yíng）：竹制的箱、笼、篮子等盛物器具。②筥（jǔ）：圆形的盛物竹器。③黄金满籝，不如一经：语出《汉书·韦贤传》。谓留给儿孙满箱黄金，不如留给他一本经书。④颜师古：唐初经学家，曾注《汉书》。⑤突：烟囱，成语有"曲突徙薪"。⑥甑（zèng）：古代蒸炊器，似今蒸笼。⑦篮以箄（bì）之，篾（miè）以系之：将篮状竹编物放在甑中，做隔水器，将竹篾系在箄上，以方便其进出甑口。⑧襜（chān）：系在衣服前面的围裙。《尔雅·释物》："衣蔽前谓之襜。"⑨芘（pí）莉：竹制的盘子类器具。⑩筹（páng）筤（láng）：笼、盘一类盛物的器具。⑪棨（qǐ）：穿茶饼用的锥刀。⑫煴（yūn）煴然：火势微弱的

样子。煴，没有光焰的火。颜师古说："煴，聚火无焰者也。"

【学习提示】

第二章介绍了采摘、制造、贮藏蒸青饼茶的一系列十多种器具，从形状、质地、尺寸到用法、功能，一一详细列举。从系列用具中可以看出，唐代饼茶的生产工序紧凑而完整。从籝、芘莉、焙等用具的尺寸来看，唐代饼茶生产已具有一定规模。

在这一章"茶人负以采茶"句中，陆羽首次提出了"茶人"的概念。负籝采茶的人也是茶人，与当下茶人的概念有所不同。陆羽之于茶，是从采摘、制造、煎煮到饮用全过程参与的，他所言茶人应该是指参与茶叶采制到饮用过程的人。陆羽本人就是一个善于采茶、别茶、煎茶的茶人，从唐代茶诗文中可见，如皇甫冉《送陆鸿渐栖霞寺采茶》等。陆羽的茶人概念也得到后人的认可，如皮日休与陆龟蒙的唱和诗《茶中杂咏并序》与《奉和袭美茶具十咏》中就有同题的《茶人》诗。

然而由于时过境迁，社会分工的日益成熟，种茶摘茶的人成为茶农茶工，基本成为原料鲜叶或毛茶的单纯提供者，而不再是陆羽所说的"茶人"了。

【学习任务】

谈谈你觉得现代"茶人"应具有的精神品质。

三之造

【原文】

凡采茶，在二月、三月、四月之间。茶之笋者，生烂石沃土，长四五寸，若薇蕨始抽，凌露采焉。茶之牙者，发于藂薄①之上，有三枝、四枝、五枝者，选其中枝颖拔者采焉。其日，有雨不采，晴有云不采。晴，采之、蒸之、捣之、拍之、焙之、穿之、封之，茶之干矣。

茶有千万状，卤莽而言，如胡人靴者，蹙缩然；（原注：京锥文也②。）犎牛臆者，廉襜然③；浮云出山者，轮囷④然；轻飙拂水者，涵澹然。有如陶家之子，罗膏土以水澄泚之。又如新治地者，遇暴雨流潦之所经。此皆茶之精腴。有如竹箨⑤者，枝干坚实，艰于蒸捣，故其形籭筵⑥然。有如霜荷者，茎叶凋沮，易其状貌，故厥状委悴然。此皆茶之瘠老者也。

自采至于封七经目，自胡靴至于霜荷八等。或以光黑平正言嘉者，斯鉴之下也；以皱黄坳垤⑦言嘉者，鉴之次也；若皆言嘉及皆言不嘉者，鉴之上也。何者？出膏者光，含膏者皱；宿制者则黑，日成者则黄；蒸压则平正，纵之则坳垤。此茶与草木叶一也。茶之否臧⑧，存于口诀。

【注释】

①蒹葆：丛生的草木。②京锥文也：京，高大。《诗经·皇矣》："依其在京。"《诗毛传》："京，大阜也。"锥，刀锥。文，同"纹"。全句意为：大刀锥刻划的花纹。③臆者，廉襜然：意为像牛胸肩的肉，像车侧边的帷幕。臆，指牛胸肩部位的肉。廉，边侧。《说文》："廉，仄也。"襜，帷幕。④轮囷：轮，车轮。囷，圆顶的仓。⑤竹箨（tuò）：竹笋的外壳。⑥籭（shāi）筵（shāi）：籭、筵相通，皆为竹器。《说文》："籭，竹器也。"《集韵》说是竹筛。⑦坳垤：土地低下处叫坳，小土堆叫垤。形容茶饼表面凸凹不平。⑧否（pǐ）臧：否，贬，非议。臧，褒奖。

【学习提示】

第三章概述了采制茶叶的节气时令要求、制茶工序，以及成品茶的外形特征与鉴别方法。

陆羽明确了采茶的时间是在二、三、四月之间，时当仲春、季春与孟夏，采制之茶主要为春茶。在陆羽之前，晋郭璞虽有"早取为茶，晚取为茗"即春秋皆采茶的记载，不过从晋杜育《荈赋》所言"月惟初秋，农功少休"来看，似乎还是更重视秋茶一些，因为秋天农事——主要是粮食生产已经完成，此时采茶，不会妨碍农事，可见茶叶完全是农业的附属。《茶经》

讲求采制春茶，完全是从茶叶本身特征出发的，这可谓是茶叶至陆羽时代的发展要求与体现。

陆羽还提出了带露采茶及晴天无云的要求。晴天无云采茶的要求，从手工制茶的条件来讲，这是经验之谈，适当的温度及湿度对于手工制造好茶而言，是最基本的环境条件。辅之以当天完成的蒸、造、烘焙等工序，才能制出好茶。带露采茶实质上只是保证了鲜叶的滋润，在此后对露水对于茶叶作用的认识趋于理性，茶叶生产规模日渐增大的情况下，这项要求逐渐不再为人讲求。但是陆羽对于鲜叶品质的讲求却一直是有指导意义的，只不过现在这项要求转向了茶叶嫩度等方面。

这一章运用了很大的篇幅，都在阐述茶饼的品质与鉴别，表明陆羽对这一问题的重视及这一问题的难度之大。首先成品饼茶的质量鉴别，与"一之源"中"采不时，造不精"的内容相呼应。采制合时得宜者，大抵能制成精腴的好茶，反之，只能制成脊老的劣茶。陆羽还介绍了几种加工方式与茶饼表面特征的对应关联，唐代饼茶因为紧压成型，所以鉴别主要是从茶饼的外观色泽纹理着手，并称"茶之否臧，存于口诀"而不再作更多详细介绍。这表明中唐时已经有口诀言传辨别饼茶的方法经验，可见鉴别茶叶在当时已经是茶叶普遍而重要的问题。

陆羽首创了成品茶的鉴别课题，此后茶叶的制作工艺、外观形态都不断发展，茶叶品质的鉴定至今仍是业界评审和消费者都关心的重大问题。现今评茶项目大致分为外观（形态、色泽）、汤质（水色、香气、滋味）及叶底等，各项审查标准因茶类不同而异。

【学习任务】

结合陆羽鉴别茶叶的口诀，谈谈对成品茶鉴别的理解。

四之器

【原文】

风炉（灰承）：以铜、铁铸之，如古鼎形。厚三分，缘阔九分，令六分虚中，致其杇墁①。凡三足，古文书二十一字：一足云"坎上巽下离于中②"，一足云"体均五行去百疾"，一足云"圣唐灭胡明年铸③。"其三足之间，设三窗，底一窗以为通飙漏烬之所。上并古文书六字：一窗之上书"伊公"二字，一窗之上书"羹陆"二字，一窗之上书"氏茶"二字，所谓"伊公羹、陆氏茶④"也。置墆㙇⑤于其内，设三格：其一格有翟焉，翟者，火禽也，画一卦曰离；其一格有彪焉，彪者，风兽也，画一卦曰巽；其一格有鱼焉，鱼者，水虫也，画一卦曰坎。巽主风，离主火，坎主水，风能兴火，火能熟水，故备其三卦焉。其饰，以连葩、垂蔓、曲水、方文之类。其炉，或锻铁为之，或运泥为之。其灰承，作三足铁柈⑥抬之。

筥：以竹织之，高一尺二寸，径阔七寸。或用藤，作木楦如筥形织之，六出圆眼。其底盖若利箧⑦口，铄之。

炭挝：以铁六棱制之。长一尺，锐上丰中，执细。头系一小镮以饰挝也，若今之河陇军人木吾⑧也。或作锤，或作斧，随其便也。

【注释】

①杇墁：本为涂墙用的工具，这里指涂泥。②坎上巽下离于中：坎、巽、离都是八卦的卦名，坎为水，巽为风，离为火。③盛唐灭胡明年：盛唐灭胡，指唐平息安史之乱，时在唐肃宗至德元年（763）。盛唐灭胡明年则是公元764年。④伊公羹、陆氏茶：伊公，指商汤时的大臣伊尹。相传他善调汤味，世称"伊公羹"。陆即陆羽自己，"陆氏茶"，则指陆羽煎茶。⑤墆（dì）㙇（niè）：放置于炉膛内架锅用的炉箅子。⑥铁柈：柈，通"盘"，盘子。⑦利箧：用小竹篾编成的长方形箱子。⑧木吾：木棒。崔豹《古今注》："木吾，樟也。"

【原文】

火筴：一名箸，若常用者，圆直一尺三寸。顶平截，无葱台、勾锁①之属。以铁或熟铜制之。

鍑（音辅，或作釜，或作鬴）：以生铁为之。今人有业冶者，所谓急铁，其铁以耕刀之趄②炼而铸之。内模土而外模沙。土滑于内，易其摩涤；沙涩于外，吸其炎焰。方其耳，以正令也。广其缘，以务远也。长其脐，以守中也。脐长，则沸中；沸中，则末易扬；末易扬，则其味淳也。洪州③以瓷为之，莱州④以石为之。瓷与石皆雅器也，性非坚实，难可持久。用银为之，至洁，但涉于侈丽。雅则雅矣，洁亦洁矣，若用之恒，而卒归于铁也。

交床：以十字交之，剜中令虚，以支鍑也。

夹：以小青竹为之，长一尺二寸。令一寸有节，节以上剖之，以炙茶也。彼竹之筱⑤，津润于火，假其香洁以益茶味。恐非林谷间莫之致。或用精铁、熟铜之类，取其久也。

纸囊：以剡藤纸⑥白厚者夹缝之，以贮所炙茶，使不泄其香也。

碾（拂末）：以橘木为之，次以梨、桑、桐、柘为之。内圆而外方。内圆，备于运行也；外方，制其倾危也。内容堕而外无余木。堕，形如车轮，不辐而轴焉。长九寸，阔一寸七分。堕径三寸八分，中厚一寸，边厚半寸，轴中方而执圆。其拂末，以鸟羽制之。

罗合：罗末，以合盖贮之，以则置合中。用巨竹剖而屈之，以纱绢衣之。其合，以竹节为之，或屈杉以漆之。高三寸，盖一寸，底二寸，口径四寸。

则：以海贝、蛎蛤之属，或以铜、铁、竹匕⑦策之类。则者，量也，准也，度也。凡煮水一升，用末方寸匕⑧。若好薄者减之，嗜浓者增之，故云则也。

【注释】

①葱台、勾锁：台，当作"薹"。葱薹，葱的籽实，长在葱的顶部，呈圆珠形。勾锁，不详。②耕刀之趄：耕刀，即锄头、犁头。趄，艰难行走之意，成

语有"趑趄不前"，此引申为坏的、旧的。③洪州：唐时州名，治所在今江西南昌。④莱州：唐时州名，治所在今山东莱州。⑤竹之筱：筱，竹的一种，名小箭竹。⑥剡藤纸：产于唐时浙江剡县、用藤为原料制成的纸，洁白细致有韧性，为唐时包茶专用纸。⑦竹匕（bǐ）：竹匙。匕，匙。⑧用末方寸匕：用竹匙挑起茶叶末一平方寸。陶弘景《名医别录》："方寸匕者，作匕正方一寸，抄散取不落为度。"

【原文】

水方：以椆木、槐、楸、梓等合之，其里并外缝漆之，受一斗。

漉水囊①：若常用者，其格以生铜铸之，以备水湿，无有苔秽腥涩意。以熟铜苔秽，铁腥涩也。林栖谷隐者，或用之竹木。木与竹非持久涉远之具，故用之生铜。其囊织青竹以卷之，裁碧缣以缝之，纽翠钿以缀之，又作绿油囊以贮之。圆径五寸，柄一寸五分。

瓢：一曰牺杓，剖瓠为之，或刊木为之。晋舍人杜育②《荈赋》云："酌之以瓠。"瓠，瓢也。口阔，胫薄，柄短。永嘉中，余姚人虞洪入瀑布山采茗，遇一道士云："吾，丹丘子，祈子他日瓯牺之余，乞相遗也。"牺，木杓也。今常用以梨木为之。

竹筴：或以桃、柳、蒲葵木为之，或以柿心木为之。长一尺，银裹两头。

鹾簋③（揭）：以瓷为之，圆径四寸，若合形。或瓶或罍，贮盐花也。其揭，竹制，长四寸一分，阔九分。揭，策也。

熟盂：以贮熟水。或瓷或砂，受二升。

碗：越州上，鼎州次，婺州次④，岳州次，寿州、洪州次。或者以邢州处越州上⑤，殊为不然。若邢瓷类银，越瓷类玉，邢不如越一也；若邢瓷类雪，则越瓷类冰，邢不如越二也；邢瓷白而茶色丹，越瓷青而茶色绿，邢不如越三也。晋杜育《荈赋》所谓："器择陶拣，出自东瓯。"瓯，越也。瓯，越州上。口唇不卷，底卷而浅，受半升以下。越州瓷、岳瓷皆青，青则益茶，茶作红白之色。邢州瓷白，茶色红；寿州瓷黄，茶色紫；洪州瓷褐，茶色黑。悉不宜茶。

畚⑥（纸帊）：以白蒲卷而编之，可贮碗十枚。或用筥。其纸帊以剡纸夹缝令方，亦十之也。

札：缉栟榈皮，以茱萸木夹而缚之，或截竹束而管之，若巨笔形。

涤方：以贮涤洗之余。用楸木合之，制如水方，受八升。

滓方：以集诸滓，制如涤方，处五升。

巾：以绝布⑦为之，长二尺，作二枚，互用之，以洁诸器。

具列：或作床，或作架。或纯木、纯竹而制之，或木或竹，黄黑可扃⑧而漆者。长三尺，阔二尺，高六寸。具列者，悉敛诸器物，悉以陈列也。

都篮：以悉设诸器而名之。以竹篾内作三角方眼，外以双篾阔者经之，以单篾纤者缚之，递压双经，作方眼，使玲珑。高一尺五寸，底阔一尺，高二寸，长二尺四寸，阔二尺。

【注释】

①漉水囊：滤水袋。漉，滤过。②杜育：字方叔，西晋文人，曾任中书舍人等职。③鹾（cuó）簋（guǐ）：盐罐。鹾，盐。《礼记·曲礼》："盐曰咸鹾。"簋，古代盛食物的圆口竹器。④越州、鼎州、婺州：越州，治所在今浙江绍兴。唐时越窑主要在余姚，所产青瓷极名贵。鼎州，治所在今陕西径阳三原一带。婺州，治所在今浙江金华。⑤岳州、寿州、洪州、邢州：皆唐时州郡名。治所分别在今湖南岳阳、安徽寿县、江西南昌、河北邢台。⑥畚（běn）：簸箕。⑦绝（shī）布：粗绸。⑧扃（jiōng）：可关锁的门。

【学习提示】

第四章详细介绍了全套茶具，共计二十九件器具的尺寸、材质、功能以至装饰图案，包括生火、煮茶、烤碾罗取茶、盛取盐、盛取水、饮用、清洁和陈设八大方面，大者厚重，如风炉，小者轻微，如拂末，无一不备。

在饮茶大行其道前，没有专门的器具用来饮茶，茶具、酒具、食器是通用的。直到唐代，陆羽集纳当时各地的优良茶具，以煎茶法为设计前提，对茶具的名称和形制进行了统一。设计成套茶具"二十四器"专门用于饮茶是陆羽的首创。专门茶具的出现，是茶文化成熟与独立的标志之一，完整的煮饮茶程式凭借成套茶具而行。唐封演《封氏闻见录》记载："楚人陆鸿渐为茶论，说茶之功效，并煎茶炙茶之法，造茶具二十四事，以都统笼贮之。远近倾慕，好事者家藏一副。"

这些茶具的出现使得煎茶法大行其道，同时也传递了陆羽的茶道理念。风炉是二十四器中的重器，集中镌刻了陆羽的相关思想理念。首先，篆刻的"伊公羹、陆氏茶"六字直言了陆羽对于茶和《茶经》所寄予的济世厚望。其次，特别铭刻"圣唐灭胡明年铸"，表现了他对社会和平的向往。最后，风炉运用了巽、离、坎三卦刻画于炉内三格，并于足上书有"体均五行去百疾"，体现了他通过茶对自然和谐、均衡健康的追求。

在茶具的取材上，陆羽多采用木、竹、铁等，给现代人的启示是：对器具的过度追求是不必要的。陆羽以古朴典雅、雅而不侈、坚固耐用、不损茶味为标准，充分体现了他提倡的简约茶风。与陆羽使用的茶具形成对比的是：1987年4月法门寺地宫出土的唐代宫廷茶具多为银制镏金，造型精美，工艺水平高超，但折射出的是唐代宫廷生活的奢华。

【学习任务】
谈谈当代茶具对陆羽古朴典雅简约茶风的继承与发展。

五之煮

【原文】

凡炙茶，慎勿于风烬间炙，熛焰如钻，使炎凉不均。持以逼火，屡其翻正，候炮出培塿，状虾蟆背[①]，然后去火五寸。卷而舒，则本其始又炙之。若火干者，以气熟止；日干者，以柔止。

其始，若茶之至嫩者，蒸罢热捣，叶烂而芽笋存焉。假以力者，持千钧杵亦不之烂，如漆科珠②，壮士接之，不能驻其指。及就，则似无穰骨也。炙之，则其节若倪倪，如婴儿之臂耳。既而，承热用纸囊贮之，精华之气无所散越，候寒末之。（原注：末之上者，其屑如细米；末之下者，其屑如菱角。）

其火，用炭，次用劲薪（原注：谓桑、槐、桐、枥之类也。）其炭曾经燔炙，为膻腻所及，及膏木、败器，不用之。（原注：膏木，谓柏、桂、桧也。败器，谓朽废器也。）古人有劳薪之味③，信哉！

其水，用山水上，江水中，井水下。（原注：《荈赋》所谓："水则岷方之注，挹④彼清流。"）其山水拣乳泉、石池漫流者上。其瀑涌湍漱，勿食之。久食，令人有颈疾。又多别流于山谷者，澄浸不泄，自火天至霜郊⑤以前，或潜龙蓄毒于其间，饮者可决之，以流其恶，使新泉涓涓然，酌之。其江水，取去人远者。井，取汲多者。

其沸，如鱼目⑥，微有声，为一沸；缘边如涌泉连珠，为二沸；腾波鼓浪，为三沸；已上，水老，不可食也。初沸，则水合量，调之以盐味，谓弃其啜余。（原注：啜，尝也，市税反，又市悦反。）无乃䐓䐓而钟其一味乎！（原注：上古暂反，下吐滥反，无味也。）第二沸，出水一瓢，以竹筴环激汤心，则量末当中心而下。有顷，势若奔涛溅沫，以所出水止之，而育其华也。

凡酌，置诸碗，令沫饽均。（原注：字书并《本草》："饽，均茗沫也。"蒲笏反。）沫饽，汤之华也。华之薄者曰沫，厚者曰饽，细轻者曰花。如枣花漂漂然于环池之上，又如回潭曲渚青萍之始生，又如晴天爽朗，有浮云鳞然。其沫者，若绿钱浮于水湄⑦，又如菊英堕于樽俎⑧之中。饽者，以滓煮之，及沸，则重华累沫，皤皤然⑨若积雪耳。《荈赋》所谓"焕如积雪，烨若春薮⑩"，有之。

第一煮水沸，而弃其沫，之上有水膜如黑云母，饮之则其味不正。其第一者为隽永，（原注：徐县、全县二反。至美者曰隽永。隽，味也。永，长也。味长曰隽永。《汉书》：蒯通著《隽永》二十篇也。）或留熟盂以贮之，以备育华救沸之用。诸第一与第二、第三碗次之，第四、第五碗外，非渴甚莫之饮。凡煮水一升，酌分五碗，（原注：碗数少至三，多至五；若人多至十，加两炉。）乘热连饮之。以重浊凝其下，精英浮其上。如冷，则精英随气而竭，饮啜不消亦然矣。

茶性俭，不宜广，广则其味黯澹。且如一满碗，啜半而味寡，况其广乎！

其色缃也，其馨歖也。（原注：香至美曰歖，歖音使。）其味甘，槚也；不甘而苦，荈也；啜苦咽甘，茶也。（原注：《本草》云："其味苦而不甘，槚也；甘而不苦，荈也。"）

【注释】

①炮出培塿（lòu），状虾蟆背：炮，烘烤。培塿，小土堆。虾蟆背，有很多丘泡，不平滑，形容茶饼表面起泡如虾蟆背。②如漆科珠：意为用漆斗量珍珠，滑溜难量。科，用斗称量。《说文》："从禾，从斗。斗者，量也。"③劳薪之味：用膏木、败器之类烧烤，食物会有异味。劳薪，即膏木、败器。典出《晋书·荀勖传》。④挹（yì）：舀取。⑤自火天至霜郊：火天，七月酷暑时节。《诗经·七月》："七月流火。"霜郊，霜初降大地。霜降在农历九月下旬，霜郊则指秋末冬初。⑥如鱼目：水初沸时冒出的小气泡，像鱼眼睛，故称鱼目。⑦水湄：有水草的河边。⑧樽俎：樽是酒器，俎是砧板，这里指各种餐具。⑨皤（pó）皤然：形容白色水沫。皤皤，满头白发的样子。⑩烨（yè）若春蔉（fū）：烨，光辉明亮。蔉，花的通名。

【学习提示】

第五章较为系统地介绍了唐代饼茶完整的煮饮程式，包括烤炙茶饼、碾茶罗茶、择泉汲水的前期准备，燃薪煮水、与三沸相配合的调味育华的核心步骤，以及最后的饮用环节。

在煎茶法各道工序中，作者对煎茶所用燃料及用水论之甚详，体现了作者注重清轻高洁的茶道理念。已经沾染了荤膻油腻气味的炭柴，以及有油脂的树木，与陈旧家具、工具的废弃木材等都不可用于煎茶，因为这些材料会污染茶水之味。陆羽认为，山水、江水、井水只要所取适宜都可以用，而以山水为上。只要是清洁流动的水皆可，而以甘美而清冽的泉水为最好。至北宋，前者被苏轼总结为"活水"，后者被宋徽宗论述为"以清轻甘洁为美"。唐张又新《煎茶水记》记录了陆羽曾将其经历的天下宜茶之水品评等第列出二十种，成为中国南北大地"天下第某泉"的源头。重视饮茶用水成为此后茶人的一个传统。

另外，本章还是全书最具文辞之美的部分，尤其是描述煮水三沸和茶汤中沫饽的文字文采斐然，后代诗文多有引用。

【学习任务】

1. 总结唐代煎茶法流程。
2. 感受本章文辞之美，仿写一段茶广告词。

六之饮

【原文】

翼而飞，毛而走，呿而言①，此三者俱生于天地间，饮啄以活，饮之时义远矣哉！至若救渴，饮之以浆；蠲忧忿②，饮之以酒；荡昏寐，饮之以茶。

茶之为饮，发乎神农氏③，闻于鲁周公④。齐有晏婴⑤，汉有扬雄、司马相如⑥，吴有韦曜⑦，晋有刘琨、张载、远祖纳、谢安、左思之徒⑧，皆饮焉。滂时浸俗，盛于国朝，两都并荆俞间⑨，以为比屋之饮。

饮有粗茶、散茶、末茶、饼茶者。乃斫、乃熬、乃炀、乃舂，贮于瓶缶之中，以汤沃焉，谓之痷⑩茶。或用葱、姜、枣、橘皮、茱萸、薄荷之等，煮之百沸，或扬令滑，或煮去沫，斯沟渠间弃水耳，而习俗不已。

於戏！天育万物，皆有至妙，人之所工，但猎浅易。所庇者屋，屋精极；所著者衣，衣精极；所饱者饮食，食与酒皆精极之。茶有九难：一曰造，二曰别，三曰器，四曰火，五曰水，六曰炙，七曰末，八曰煮，九曰饮。阴采夜焙，非造也；嚼味嗅香，非别也；膻鼎腥瓯，非器也；膏薪庖炭，非火也；飞湍壅潦^⑪，非水也；外熟内生，非炙也；碧粉缥尘，非末也；操艰搅遽^⑫，非煮也；夏兴冬废，非饮也。

夫珍鲜馥烈者，其碗数三。次之者，碗数五。若座客数至五，行三碗；至七，行五碗；若六人以下，不约碗数，但阙一人而已，其隽永补所阙人。

【注释】

①呿（qū）而言：呿，张口。《集韵》："启口谓之呿。"这里指能开口说话的人类。②蠲（juān）忧忿：蠲，免除。《史记·太史公自序》："蠲除肉刑。"③神农氏：传说中的上古三皇之一，教民稼穑，号神农，后世尊为炎帝。后人伪托神农作《神农本草》等书，其中提到茶，故云"发乎神农氏"。④鲁周公：名姬旦，周文王之子，辅佐武王灭商，建西周王朝，制礼作乐，后世尊为周公，因封国在鲁，又称鲁周公。后人伪托周公作《尔雅》，其中讲到茶。⑤晏婴（？—前500）：字平仲，春秋时期政治家，齐国名相。相传著有《晏子春秋》。⑥扬雄、司马相如：扬雄，见前注。司马相如（约前179—前118），字长卿，蜀郡（今四川西部）人。西汉著名文学家，著有《子虚赋》《上林赋》等。⑦韦曜（220—280）：应作韦昭，字弘嗣，三国时人，在东吴历任中书仆射、太傅等要职。⑧刘琨、张载、远祖纳、谢安、左思之徒：刘琨（271—318），字越石，晋中山魏昌（今河北无极县）人，曾任西晋平北大将军等职。张载，字孟阳，晋安平（今河北深县）人，文学家，有《张孟阳集》传世。远祖纳，即陆纳（320？—395），字祖言，吴郡吴（今江苏苏州）人，东晋时任吏部尚书等职。陆羽与其同姓，故尊为远祖。谢安（319—385），字安石，陈郡阳夏（今河南太康县）人，东晋名臣。左思（250？—305？），字太冲，齐国临淄（今山东淄博东北）人，著名文学家，代表作有《三都赋》《咏史》诗等。⑨两都并荆俞间：两都，长安和洛阳。荆，荆州，治所在今湖北江陵。俞，或作"渝"，渝州，治所在今四川重庆一带。⑩痷（yè）：意为病态。《博雅》："病也。"⑪飞湍壅潦：飞湍，飞奔的急流。壅潦，停滞的积水。潦，雨后积水。⑫操艰搅遽（jù）：操作艰难、慌乱。遽，惶恐、窘急。

【学习提示】

　　第六章中陆羽总结了他所处时代的各种茶叶形态和饮茶方式，从相反于流俗的角度倡导只添加盐的清饮方式。

　　陆羽首倡清饮之风。这是针对当时存在的夹杂多种物品混合煮饮的茶羹汤，以及只是将茶末放在瓶缶中用开水浸泡等饮茶方式提出的，陆羽认为这样的茶应该抛弃不喝，从相反的角度倡导清饮。

　　陆羽大力提倡的是除盐之外不加其他任何物品的清饮，他清醒地看到他所提倡的清俭之茶饮方式推行的难度，提出了"九难"之说：造茶、别茶、茶具、用火、择水、炙茶、碾茶、煮茶、饮用的"九难"，即从采摘制造茶饼开始直到饮用的全过程的所有问题。只有按照《茶经》所论述的规范去做，才能体会清饮的妙处，尽究饮茶的真意。

　　在这一章结尾，作者重申"城邑之中，王公之门，二十四器阙一，则茶废矣"，也就是只有完整使用全套茶具，体味其中存在的思想轨范，茶道才能存而不废。

　　这种当时推行起来极为艰难的清饮方式，却在之后的茶史上影响深远。不论是宋代的点茶法，还是明清流行至今的冲泡法，茶人们都以清饮为宗，注重茶的本真自然之味，陆羽的首倡之力厥功至伟。

【学习任务】

　　谈谈你对清饮、混饮以及当代茶饮料流行状况的理解。

七之事

【原文】

　　三皇：炎帝神农氏。周：鲁周公旦，齐相晏婴。汉：仙人丹丘子，黄山君，司马文园令相如，扬执戟雄。吴：归命侯①，韦太傅弘嗣。晋：惠帝②，刘司空琨，琨兄子兖州刺史演，张黄门孟阳③，傅司隶咸④，江洗马统⑤，孙参军楚[6]，左记室太冲，陆吴兴纳，纳兄子会稽内史俶，谢冠军安石，郭弘农璞，桓扬州温[7]，杜舍人育，武康小山寺释法瑶，沛国夏侯恺[8]，余姚虞洪，北地傅巽，丹阳弘君举，乐安任育长[9]，宣城秦精，敦煌单道开[10]，剡县陈务妻，广陵老姥，河内山谦之。后魏：琅琊王肃[11]。宋：新安王子鸾，鸾弟豫章王子尚[12]，鲍昭妹令晖[13]，八公山沙门谭济[14]。齐：世祖武帝[15]。梁：刘廷尉[16]，陶先生弘景[17]。皇朝：徐英公勋[18]。

【注释】

①归命侯：孙皓（242—283），东吴亡国之君。280年，晋灭东吴，孙皓投降，封"归命侯"。②惠帝：司马衷，西晋的第二代皇帝，290—306年在位。③张黄门孟阳：张载，字孟阳，著名诗人，但未任过黄门侍郎，任黄门侍郎的是他的弟弟诗人张协。④傅司隶咸：傅咸（239—294），字长虞，北地泥阳（今陕西铜川）人，官至司隶校尉，简称司隶。⑤江洗马统：江统（？—310），字应元，陈留县（今河南杞县东）人，曾任太子洗马。⑥孙参军楚：孙楚（218？—293），字子荆，太原中都（今山西平遥）人，曾任扶风参军。⑦桓扬州温：桓温（312—373），字元子，龙亢（今安徽怀远县西）人，曾任扬州牧等职。⑧沛国夏侯恺：《晋书》无传，干宝《搜神记》中提到他。⑨乐安任育长：乐安，应为新安之误。任育长，生卒年不详，新安（今河南渑池）人，名瞻，字育长，曾任天门太守等职。⑩敦煌单道开：东晋著名佛教徒，敦煌人，《晋书》有传。⑪琅琊王肃：王肃（436—501），字恭懿，琅琊（今山东临沂）人，初仕南齐，因父兄被南齐武帝所杀，乃投北魏。是北魏著名文士，曾任尚书令等职。⑫新安王子鸾、鸾弟豫章王子尚：刘子鸾、刘子尚，都是南北朝时宋孝武帝的儿子。一封新安王，一封豫章王。但子尚为兄，子鸾为弟。⑬鲍昭妹令晖：鲍昭，应为鲍照（414—466），字明远，东海郡（今江苏镇江）人，南朝著名诗人。其妹令晖，擅长诗赋。《玉台新咏》载其"著《香茗赋集》行于世"，但该集已佚。钟嵘《诗品》说她："往往崭绝清巧，拟古尤胜。"⑭八公山沙门谭济：八公山，在今安徽寿县北。沙门，佛教指出家修行的人。潭济，应为昙济，曾著《五家七宗论》，是南朝宋名僧。⑮世祖武帝：南北朝时南齐的第二个皇帝，

名萧赜，483—493年在位。⑯刘廷尉：刘孝绰（481—539），彭城（今江苏徐州）人，文学家。为梁昭明太子太仆兼廷尉卿。⑰陶先生弘景：陶弘景（456—536），字通明，秣陵（今江苏宁县）人，道士，有《神农本草经集注》。⑱徐英公勣：徐世勣（592—667），字懋功，唐开国功臣，封英国公。

【原文】

《神农食经》①："茶茗久服，令人有力、悦志。"

周公《尔雅》："槚，苦荼。"

《广雅》②云："荆巴间采叶作饼，叶老者，饼成以米膏出之。欲煮茗饮，先炙令赤色，捣末，置瓷器中，以汤浇覆之，用葱、姜、橘子芼之。其饮醒酒，令人不眠。"

《晏子春秋》③："婴相齐景公时，食脱粟之饭，炙三弋五卵，茗菜而已。"

司马相如《凡将篇》④："乌喙，桔梗，芫华，款冬，贝母，木蘗，蒌，芩草，芍药，桂，漏芦，蜚廉，雚菌，荈诧，白敛，白芷，菖蒲，芒消，莞椒，茱萸。"

《方言》："蜀西南人谓茶曰蔎。"

《吴志·韦曜传》："孙皓每飨宴，坐席无不率以七升为限，虽不尽入口，皆浇灌取尽。曜饮酒不过二升，皓初礼异，密赐茶荈以代酒。"

《晋中兴书》⑤："陆纳为吴兴太守时，卫将军谢安尝欲诣纳，（原注：《晋书》以纳为吏部尚书。）纳兄子俶怪纳无所备，不敢问之，乃私蓄十数人馔。安既至，所设唯茶果而已。俶遂陈盛馔，珍羞必具。及安去，纳杖俶四十，云：'汝既不能光益叔父，奈何秽吾素业？'"

《晋书》："桓温为扬州牧，性俭，每宴饮，唯下七奠柈茶果而已。"

《搜神记》⑥："夏侯恺因疾死。宗人字苟奴，察见鬼神，见恺来收马，并病其妻。著平上帻、单衣，入坐生时西壁大床，就人觅茶饮。"

刘琨《与兄子南兖州⑦刺史演书》云："前得安州⑧干姜一斤，桂一斤，黄芩一斤，皆所须也。吾体中愦闷，常仰真茶，汝可置之。"

傅咸《司隶教》曰："闻南市有蜀妪作茶粥卖，为廉事打破其器具，后又卖饼于市。而禁茶粥以困蜀妪何哉？"

【注释】

①《神农食经》：古书名，已佚。②广雅：字书。三国时张辑撰，是对《尔雅》的补作。③《晏子春秋》：又称《晏子》，旧题齐晏婴撰，实为后人采晏子事辑成，成书约在汉初。此处陆羽引书有误。《晏子春秋》原为："炙三弋五卵，苔菜而矣"，不是"茗菜"。④《凡将篇》：伪托司马相如所作的书，已佚。此处引文为后人所辑。⑤《晋中兴书》：已佚，现有清人辑存一卷。⑥《搜神记》：东晋干宝著，计三十卷，为志怪小说之始。⑦南兖州：晋时州名，治所在今江苏镇江。⑧安州：晋时州名，治所在今湖北安陆县一带。

【原文】

《神异记》①："余姚人虞洪，入山采茗，遇一道士，牵三青牛，引洪至瀑布山，曰：'予，丹丘子也。闻子善具饮，常思见惠。山中有大茗，可以相给，祈子他日有瓯牺之余，乞相遗也。'因立奠祀。后常令家人入山，获大茗焉。"

左思《娇女诗》②："吾家有娇女，皎皎颇白皙。小字为纨素，口齿自清历。其姊字蕙芳，面目粲如画。驰骛翔园林，果下皆生摘。贪华风雨中，倏忽数百适。止为茶荈据，吹嘘对鼎𤷍。"

张孟阳《登成都楼诗》③云："借问扬子舍，想见长卿庐。程卓累千金，骄侈拟五侯。门有连骑客，翠带腰吴钩。鼎食随时进，百和妙且殊。披林采秋橘，临江钓春鱼。黑子过龙醢，果馔逾蟹蝑。芳茶冠六清，溢味播九区。人生苟安乐，兹土聊可娱。"

傅巽《七诲》："蒲桃、宛柰，齐柿、燕栗，峘阳黄梨，巫山朱橘，南中茶子，西极石蜜。"

弘君举《食檄》："寒温既毕，应下霜华之茗。三爵而终，应下诸蔗、木瓜、元李、杨梅、五味、橄榄、悬豹、葵羹各一杯。"

孙楚《歌》："茱萸出芳树颠，鲤鱼出洛水泉。白盐出河东，美豉出鲁渊。姜、桂、茶荈出巴蜀，椒、橘、木兰出高山。蓼苏出沟渠，精稗出中田。"

华佗《食论》④："苦茶久食，益意思。"

壶居士⑤《食忌》："苦茶久食，羽化。与韭同食，令人体重。"

郭璞《尔雅注》云："树小似栀子，冬生叶，可煮羹饮。今呼早取为茶，晚取为茗，或一曰荈，蜀人名之苦茶"。

《世说》⑥："任瞻，字育长，少时有令名，自过江失志。既下饮，问人云：'此为茶？为茗？'觉人有怪色，乃自申明云：'向问饮为热为冷耳。'"

《续搜神记》⑦："晋武帝世，宣城人秦精，常入武昌山采茗。遇一毛人，长丈余，引精至山下，示以丛茗而去。俄而复还，乃探怀中橘以遗精。精怖，负茗而归。"

【注释】

①《神异记》：西晋道士王浮著，原书已佚。②左思《娇女诗》：原诗五十六句，陆羽所引仅为有关茶的十二句。③张孟阳《登成都楼诗》：原诗三十二句，陆羽仅录有关茶的十六句。④华佗《食论》：华佗（约141—208），字元化，东汉名医。传说其作《食论》，已佚。⑤壶居士：道教传说的真人之一，又称壶公。⑥《世说》：《世说新语》，南朝宋临川王刘义庆著，为我国志人小说之始。⑦《续搜神记》：旧题陶潜著，实为后人伪托。

【原文】

《晋四王起事》①："惠帝蒙尘，还洛阳，黄门以瓦盂盛茶上至尊。"

《异苑》②："剡县陈务妻，少与二子寡居，好饮茶茗。以宅中有古冢，每饮，辄先祀之。儿子患之，曰：'古冢何知？徒以劳意！'欲掘去之，母苦禁而止。其夜，梦一人云：'吾止此冢三百余年，卿二子恒欲见毁，赖相保护，又享吾佳茗，虽潜壤朽骨，岂忘翳桑之报③！'及晓，于庭中获钱十万，似久埋者，但贯新耳。母告二子，惭之，从是祷馈愈甚。"

《广陵耆老传》："晋元帝时有老姥，每旦独提一器茗，往市鬻之。市人竞买，自旦至夕，其器不减。所得钱散路旁孤贫乞人。人或异之。州法曹絷之狱中。至夜，老姥执所鬻茗器，从狱牖中飞出。"

《艺术传》④："敦煌人单道开，不畏寒暑，常服小石子。所服药有松、桂、蜜之气，所饮茶苏而已。"

释道说《续名僧传》："宋释法瑶，姓杨氏，河东人。元嘉中过江，遇沈台真，请真君武康小山寺。年垂悬车，（原注：悬车，喻日入之候，指垂老时也。《淮南子》⑤曰'日至悲泉，爰息其马'，亦此意。）饭所饮茶。大明中，敕吴兴礼致上京，年七十九。"

宋《江氏家传》⑥："江统，字应元，迁愍怀太子⑦洗马，尝上疏，谏云：'今西园卖醯⑧、面、蓝子、菜、茶之属，亏败国体。'"

《宋录》："新安王子鸾、豫章王子尚，诣昙济道人于八公山。道人设茶茗，子尚味之，曰：'此甘露也，何言茶茗？'"

王微《杂诗》⑨："寂寂掩高阁，寥寥空广厦。待君竟不归，收领今就槚。"

鲍昭妹令晖著《香茗赋》。

南齐世祖武皇帝遗诏⑩："我灵座上慎勿以牲为祭，但设饼果、茶饮、干饭、酒脯而已。"

梁刘孝绰《谢晋安王饷米等启》⑪："传诏李孟孙宣教旨，垂赐米、酒、瓜、笋、菹、脯、酢、茗八种。气苾新城，味芳云松；江潭抽节，迈昌荇之珍；疆场擢翘，越茸精之美。羞非纯束野麝，裹似雪之驴；鲊异陶瓶河鲤，操如琼之粲。茗同食粲，酢类望柑。免千里宿舂，省三月种聚。小人怀惠，大懿难忘。"

【注释】

①《晋四王起事》：南朝卢綝著，原书已佚。②《异苑》：东晋末刘敬叔所撰，今存十卷。③翳（yì）桑之报：翳桑，古地名。春秋时晋赵盾，曾在翳桑

救了将要饿死的灵辄，后来晋灵公欲杀赵盾，灵辄扑杀恶犬，救出了赵盾。后世称此事为"翳桑之报"。④《艺术传》：唐房玄龄所著《晋书·艺术列传》。⑤《淮南子》：又名《淮南鸿烈传》，为汉淮南王刘安及其门客所著，今存二十篇。⑥《江氏家传》：南朝宋江统著，已佚。⑦怀太子：晋惠帝之子，立为太子，元康元年（300）为贾后害死，年仅二十一岁。⑧醯（xī）：醋。陆德明《经典释文》："醯，酢（醋）也。"⑨王微《杂诗》：王微，南朝诗人。《杂诗》原二十八句，陆羽仅录四句。⑩南齐世祖武帝遗诏：南朝齐武帝名萧赜。遗诏写于齐永明十一年（493）。⑪梁刘孝绰《谢晋安王饷米等启》：刘孝绰，见前注。他本名冉，孝绰是他的字。晋安王名萧纲，昭明太子卒后，被册立为皇太子，后即位，谥号简文帝。

【原文】

陶弘景《杂录》："苦茶轻身换骨，昔丹丘子、黄山君服之。"

《后魏录》："琅邪王肃①，仕南朝，好茗饮、莼羹。及还北地，又好羊肉、酪浆。人或问之：'茗何如酪？'肃曰：'茗不堪与酪为奴。'"

《桐君录》②："西阳、武昌、庐江、晋陵③好茗，皆东人作清茗。茗有饽，饮之宜人。凡可饮之物，皆多取其叶，天门冬、拔葜取根，皆益人。又巴东④别有真茗茶，煎饮令人不眠。俗中多煮檀叶并大皂李作茶，并冷。又南方有瓜芦木，亦似茗，至苦涩，取为屑茶饮，亦可通夜不眠。煮盐人但资此饮，而交、广⑤最重，客来先设，乃加以香芼辈。"

《坤元录》⑥："辰州溆浦县西北三百五十里无射山，云蛮俗当吉庆之时，亲族集会歌舞于山上。山多茶树。"

《括地图》⑦："临遂⑧县东一百四十里有茶溪。"

山谦之《吴兴记》⑨："乌程县⑩西二十里，有温山，出御荈。"

《夷陵图经》⑪："黄牛、荆门、女观、望州⑫等山，茶茗出焉。"

《永嘉图经》："永嘉县⑬东三百里有白茶山。"

《淮阴图经》："山阳县⑭南二十里有茶坡。"

《茶陵图经》："茶陵⑮者，所谓陵谷生茶茗焉。"

《本草^⑯·木部》："茗，苦茶。味甘苦，微寒，无毒。主瘘疮，利小便，去痰渴热，令人少睡。秋采之苦，主下气消食。注云：'春采之。'"

《本草·菜部》："苦菜，一名茶，一名选，一名游冬，生益州川谷，山陵道旁，凌冬不死。三月三日采，干。注云：'疑此即是今茶，一名茶，令人不眠。'《本草注》：'按，《诗》云"谁谓茶苦"^⑰，又云"堇茶如饴"^⑱，皆苦菜也。陶谓之苦茶，木类，非菜流。茗，春采，谓之苦榇（原注："途遐反。"）。'"

《枕中方》："疗积年瘘，苦茶、蜈蚣并炙，令香熟，等分，捣筛，煮甘草汤洗，以末傅之。"

《孺子方》："疗小儿无故惊蹶，以苦茶、葱须煮服之。"

【注释】

①王肃：本在南朝齐做官，后降北魏。北魏是北方少数民族鲜卑族拓跋部建立的政权，该民族喜食牛羊肉、鲜牛羊奶加工的酪浆。王肃为讨好新主子，所以当北魏高祖问他时，他贬低说茶还不配给酪浆做奴仆。这话传出后，北魏朝贵遂称茶为"酪奴"。②《桐君录》：全名《桐君采药录》，已佚。③西阳、武昌、庐江、晋陵：均为晋时郡名，治所分别在今湖北黄冈、湖北武昌、安徽舒城、江苏常州。④巴东：晋时郡名。治所在今四川万县一带。⑤交、广：交州和广州。交州，在今广西合浦、北海市一带。⑥《坤元录》：古地学书名，已佚。⑦《括地图》：《地括志》，已散佚，清人辑存一卷。⑧临遂：晋时县名，今湖南衡东县。⑨《吴兴记》：南朝宋山谦之著，共三卷。⑩乌程县：治所在今浙江湖州。⑪《夷陵图经》：夷陵，在今湖北宜昌地区，这是陆羽从方志中摘出自己加的书名。⑫黄牛、荆门、女观、望州：黄牛山在今宜昌市向北八十里处。荆门山在今宜昌市东南三十里处。女观山在今宜都市西北。望州山在今宜昌市西。⑬永嘉县：治所在今浙江温州。⑭山阳县：今属江苏淮安。⑮茶陵：今湖南茶陵。⑯本草：《本草》即《唐新修本草》，又称《唐本草》。下文《本草》同。⑰谁谓茶苦：语出《诗经·谷风》："谁谓茶苦，其甘如荠。"茶，这里是野菜。⑱堇茶如饴：语出《诗经·绵》："周原膴膴，堇茶如饴。"

【学习提示】

本章汇集了陆羽时期所可见的绝大部分茶史料。自有史以来至初唐的茶历史文献资料四十八则为陆羽所提倡的茶饮文化提供了有力的史料支撑。

陆羽在"一之源"一章中提出了精行俭德的茶文化精神，本章的诸多史料也再次印证了这一观点。比如晏婴、桓温为将相之尊却生活简朴，茶是其生活饮食朴素的体现。陆纳以茶招待贵客谢安，表明其生活清廉简朴，为人清白正直。萧颐为帝王特遗诏命后人设茶为祭，除彰显简朴清廉外，更影响到以茶设祭的礼仪习俗。

【学习任务】

本章诸多史料印证了陆羽"精行俭德"的茶道理念，尝试搜集唐代至当代茶人故事加以解说。

八之出

【原文】

山南①：以峡州②上，（原注：峡州生远安、宜都、夷陵三县③山谷。）襄州、荆州④次，（原注：襄州生南漳县⑤山谷，荆州生江陵县山谷。）衡州⑥下，（原注：生衡山⑦、茶陵二县山谷。）金州、梁州⑧又下。（原注：金州生西城、安康⑨二县山谷。梁州生襄城、金牛⑩二县山谷。）

淮南⑪：以光州⑫上，（原注：生光山县黄头港者，与峡州同。）义阳郡⑬、舒州⑭次，（原注：生义阳县钟山⑮者，与襄州同；舒州生太湖县潜山⑯者，与荆州同。）寿州⑰下，（原注：盛唐县生霍山⑱者，与衡山州同也。）蕲州⑲、黄州⑳又下。（原注：蕲州生黄梅县山谷，黄州生麻城县山谷，并与金州、梁州同也。）

【注释】

①山南：唐贞观十道之一。唐贞观元年，划全国为十道，道辖郡州，郡州辖县。②峡州：治所在今湖北宜昌。③远安、宜都、夷陵三县：今湖北远安县、宜都市、夷陵区。④襄州、荆州：襄州，今湖北襄阳；荆州，今湖北江陵。⑤南漳县：今仍名南漳县。⑥衡州：今湖南衡阳。⑦衡山：治所在今衡阳市朱亭镇对岸。⑧金州、梁州：金州，今陕西安康一带；梁州，今陕西汉中一带。⑨西城、安康：皆在今陕西安康。⑩褒城、金牛：皆在今陕西汉中。⑪淮南：唐贞观十道之一。⑫光州：今河南潢川、光山一带。⑬义阳郡：今河南信阳市及其周边。⑭舒州：今安徽太湖安庆一带。⑮义阳县钟山：义阳县，今河南信阳。钟山，在信阳市东八十里。⑯太湖县潜山：潜山，在安徽潜山县西北三十里。⑰寿州：今安徽寿县一带。⑱盛唐县霍山：盛唐县，今安徽六安。霍山，在今霍山县境内。⑲蕲（qí）州：今湖北蕲春一带。⑳黄州：今湖北黄冈一带。

【原文】

浙西①：以湖州②上，（原注：湖州生长城县③顾渚山④谷，与峡州、光州同；生山桑、儒师二坞、白茅山悬脚岭⑤，与襄州、荆州、义阳郡同；生凤亭山伏翼阁、飞云、曲水二寺⑥、啄木岭⑦，与寿州、常州同。生安吉、武康二县山谷，与金州、梁州同。）常州⑧次，（原注：常州义兴县⑨生君山⑩悬脚岭北峰下，与荆州、义阳君同；生圈岭善权寺⑪石亭山，与舒州同。）宣州、杭州、睦州、歙州⑫下，（原注：宣州生宣城县雅山⑬，与蕲州同；太平县生上睦、临睦⑭，与黄州同；杭州临安、於潜⑮二县生天目山⑯，与舒州同。钱塘生天竺、灵隐二寺⑰，睦州生桐庐县山谷，歙州生婺源山谷，与衡州同。）润州⑱、苏州⑲又下。（原注：润州江宁县生傲山⑳，苏州长洲县生洞庭山㉑，与金州、蕲州、梁州同。）

【注释】

①浙西：唐贞观十道之一。②湖州：又名吴兴郡，今浙江吴兴一带。③长城县：今浙江长兴。④顾渚山：在长兴县西三十里。⑤白茅山悬脚岭：在长兴县渚顾山东面。⑥凤亭山：在长兴县西北四十里。伏翼阁、飞云寺、曲水寺：都是

山里的寺庙。⑦啄木岭：在长兴县北六十里，山中多啄木鸟。⑧常州：今江苏常州一带。⑨义兴县：今江苏宜兴。⑩君山：在宜兴县南二十里。⑪圈岭善权寺：善权，相传是尧时隐士。⑫宣州、杭州、睦州、歙州：宣州，今安徽宣城、当涂一带；杭州，今浙江杭州、余杭一带；睦州，今浙江建德、桐庐、淳安一带；歙州，今安徽歙县、祁门一带。⑬雅山：又称鸦山、鸭山、丫山。在今安徽宁国北部。⑭上睦、临睦：太平县二乡名。⑮於潜：今临安市於潜镇。⑯天目山：山脉横亘于浙西、皖东南。⑰钱塘生天竺、灵隐二寺：钱塘，今浙江省杭州市钱塘区。灵隐寺在杭州市西灵隐山下。天竺寺分上、中、下三寺。下天竺寺在灵隐飞来峰。⑱润州：今江苏镇江、丹阳一带。⑲苏州：今江苏苏州、吴县一带。⑳江宁县傲山：江宁县在今南京市。傲山在南京市郊。㉑长州县洞庭山：长洲县在今苏州一带。洞庭山是太湖中的小岛。

【原文】

剑南①：以彭州②上，（原注：生九陇县马鞍山至德寺、堋口③，与襄州同。）绵州、蜀州④次，（原注：绵州龙安县生松岭关⑤，与荆州同；其西昌、昌明、神泉县西山⑥者，并佳；有过松岭者，不堪采。蜀州青城县生丈人山⑦，与绵州同。青城县有散茶、末茶。）邛州⑧次，雅州、泸州⑨下，（原注：雅州百丈山、名山⑩，泸州⑪泸川者，与金州同也。）眉州⑫、汉州⑬又下。（原注：眉州丹棱县生铁山者，汉州绵竹县生竹山⑭者，与润州同。）

【注释】

①剑南：唐贞观十道之一。②彭州：今四川彭州。③九陇县、马鞍山至德寺、堋口：九陇县，今四川彭州西北。马鞍山，今至德山，在鼓城西。堋口，在鼓城西。④绵州、蜀州：绵州，今四川绵阳。蜀州，今四川崇州。⑤龙安县、松岭关：龙安县，今四川省绵阳市安州区。松岭关，在今四川省北川县西北。⑥西昌、昌明、神泉县西山：西昌、昌明、神泉县，均属绵州。西山，岷山山脉的一部分。⑦青城县、丈人山：青城县，位于今四川都江堰岷江以西，因境内有青城山而得名。丈人山，为青城山三十六峰之主峰。⑧邛州：今四川邛崃、大邑一

带。⑨雅州、泸州：雅州，今四川雅安一带。泸州，今四川泸州及周边。⑩百丈山、名山：均位于今四川雅安。⑪泸州：今四川泸州。⑫眉州：今四川眉山、洪雅一带。⑬汉州：今四川广汉、德阳一带。⑭铁山、竹山：铁山，又名铁桶山，在四川丹棱县境内。竹山，绵竹山，在四川省绵竹市境内。

【原文】

浙东①：以越州②上，（原注：余姚县生瀑布泉岭曰仙茗，大者殊异，小者与襄州同。）明州③、婺州④次，（原注：明州鄮县⑤生榆荚村，婺州东阳县东白山⑥，与荆州同。）台州⑦下。（原注：台州始丰县⑧生赤城⑨者，与歙州同。）

黔中⑩：生思州、播州、费州、夷州⑪。

江南⑫：生鄂州、袁州、吉州⑬。

岭南⑭：生福州、建州、韶州、象州⑮。（原注：福州生闽县方山⑯之阴也。）其思、播、费、夷、鄂、袁、吉、福、建、韶、象十一州未详，往往得之，其味极佳。

【注释】

①浙东：浙江东道节度使方镇的简称。节度使驻地浙江绍兴。②越州：今浙江绍兴、嵊州一带。③明州：今浙江宁波、奉化一带。④婺州：今浙江金华、兰溪一带。⑤鄮（mào）县：位于今浙江省宁波市东南的东钱湖畔。⑥东白山：在今浙江东阳。⑦台州：今浙江临海、天台一带。⑧始丰县：今浙江天台县。⑨赤城：山名。天台山十景之一。⑩黔中：唐开元十五道之一。⑪思州、播州、费州、夷州：思州，今贵州沿河一带。播州，今贵州遵义一带。费州，今贵州思南、德江一带。夷州：今贵州凤冈、绥阳一带。⑫江南：江南道。唐贞观十道之一。⑬鄂州、袁州、吉州：鄂州，今湖北武昌、黄石一带。袁州，今江西宜春。吉州，治所在今江西吉安。⑭岭南：唐贞观十道之一。⑮福州、建州、韶州、象州：福州，今福建福州、莆田一带。建州，今福建建阳一带。韶州，今广东韶关、仁化一带。象州，今广西象州一带。⑯方山：在今福建省福州市闽江南岸。

【学习提示】

唐代茶叶的种植形成了规模生产，陆羽将全国的产茶圣地分为八大区。这八大茶区涉及了今浙、苏、桂、粤、陕、川、闽、滇、鄂、湘等省区，可见当时茶园的范围遍布广、面积大。同时可以想见陆羽撰写《茶经》所付出的艰辛与努力，既包括对大量历史资料的搜集整理，长期的茶叶采摘制作、鉴别、烹煮经验的积累，还包括各大茶区的实地探访调查，这些工作量是惊人的。据传唐代贡茶紫笋茶便是由陆羽在长兴顾渚山反复实地考察后向常州刺史李栖筠推荐的，紫笋茶得名便是源于第一章中"阳崖阴林，紫者上，绿者次；笋者上，芽者次"的文字，本章中陆羽也将湖州顾渚山谷所产茶列为上品。

另外，苏轼《叶嘉传》将茶拟人化为"叶嘉"，以虚拟人物的行藏经历来反映茶的性质特征。其中叶嘉入京为官过程的描写就借用了本章相关内容："因而游见陆先生，先生奇之，为著其行录传于时。""臣邑人叶嘉……虽羽知犹未详。""陆先生"，指陆羽。"行录"原指人的传记，这里指陆羽著《茶经》行于世。第八章记："岭南：生福州、建州、韶州、象州。其思、播、费、夷、鄂、袁、吉、福、建、韶、象十一州未详……"叶嘉为闽茶，对于福州、建州之茶，陆羽《茶经》称"未详"。所以说"虽羽知犹未详"。

【学习任务】

搜集资料，介绍一种历史名茶。

九之略

【原文】

其造具，若方春禁火之时[①]，于野寺山园，丛手而掇，乃蒸，乃舂，乃拍，以火干之，则棨、扑、焙、贯、棚、穿、育等七事皆废。

其煮器，若松间石上可坐，则具列废。用槁薪、鼎𬬻之属，则风炉、灰承、炭挝、火筴、交床等废。若瞰泉临涧，则水方、涤方、漉水囊废。

若五人已下，茶可末而精者，则罗废。若援藟跻岩^②，引绠^③入洞，于山口炙而末之，或纸包、盒贮，则碾、拂末等废。既瓢、碗、筴、札、熟盂、鹾簋悉以一筥盛之，则都篮废。

但城邑之中，王公之门，二十四器阙一，则茶废矣。

【注释】

①方春禁火之时：禁火，古时民间习俗。即在清明前一二日禁火三天，用冷食，叫"寒食节"。②援藟（lěi）跻（jī）岩：攀援着藤蔓登上山岩。藟，藤蔓。《广雅》："藟，藤也。"跻，登、升。《释文》："跻，升也。"③绠：绳索。

【学习提示】

第九章中陆羽列举在野寺山园、瞰泉临涧诸种饮茶环境下，可以省略不用的制茶、煎茶用具，特别体现了陆羽茶艺的实用性和灵活性。

在这一章中，陆羽为优游林下、泛舟江湖、林栖谷隐的人提出了在山林野外各种环境下饮茶可以省略的器具。从本质上来说，陆羽有着山林隐逸之士追求自由的心，正是这种追求让他在年少时毅然逃离龙盖寺，也让他两次未赴唐廷的征召，也让他在专门讲求饮茶规范的《茶经》中，专列了一章讲述种种情况下可以省略的器具，因为在放松自由的山林里，器具足用即可。

【学习任务】

设计一次户外茶会。

十之图①

【原文】

以绢素或四幅或六幅，分布写之，陈诸座隅，则茶之源、之具、之造、之器、之煮、之饮、之事、之出、之略，目击而存，于是《茶经》之始终备焉。

【注释】

①把《茶经》本文以绢素或四幅或六幅分布写之，悬挂起来，是谓图。《四库全书提要》说："其曰图者，乃谓统上九类写绢素张之，非有别图。其类十，其文实九也。"

【学习任务】

复习《茶经》全文，谈谈学习心得。

主要参考文献

［1］陈祖槼、朱自振.中国茶叶历史资料选辑［M］.北京：中国农业出版社，1981．11.

［2］刘勤晋.茶文化学［M］.北京：中国农业出版社，2000.9.

［3］刘昌明.巴蜀茶文学史［M］.成都：四川大学出版社，2013．1.

［4］杨东甫、杨骥.茶文观止［M］.桂林：广西师范大学出版社，2011．11.

［5］钱时霖.中国古代茶诗选［M］.杭州：浙江古籍出版社，1989．1.

［6］蔡镇楚.中国品茶诗话［M］.长沙：湖南师范大学出版社，2004．9.

［7］李莫森.咏茶诗词曲赋鉴赏［M］.上海：上海社会学院出版社，2006．5.